HEYNE <

OLIVER KERN

SAU AM BRETT

FELLINGERS ZWEITER FALL

KRIMINALROMAN

WILHELM HEYNE VERLAG
MÜNCHEN

MIX
Papier aus verantwortungsvollen Quellen
FSC® C014496

Verlagsgruppe Random House FSC® N001967

2. Auflage
Vollständige deutsche Erstausgabe 04/2019

Redaktion: Tamara Rapp
Printed in Germany
Umschlaggestaltung: Eisele Grafik-Design. München,
unter Verwendung von © Bigstock (Sonsedskaya, LUMIKK5555),
Shutterstock (Maglara, Piotr Krzeslak), Depositphotos (Antisana)
Satz: Buch-Werkstatt GmbH, Bad Aibling
Druck und Bindung: GGP Media GmbH, Pößneck
ISBN: 978-3-453-43870-5

www.heyne.de

KÄFER

Ein Viertel aller Lebewesen auf diesem Planeten sind Käfer.

Bedenkt man diesen Umstand, ist es verwunderlich, dass man diesen Kerbtieren so wenig Beachtung schenkt. Selbst wenn, dann ist das vielleicht ein putziger Marienkäfer, der durchaus nett anzuschauen ist. Niedlich, schillernd bunt, sympathisch aufgrund der leicht unbeholfenen Art, wie er sich durchs kurze Käferleben bewegt. Bei einem Käfer schreien die Leute weniger oft *Igitt* als beispielsweise bei einer Spinne oder Kakerlake. Außer halt, er krabbelt auf ihrem Essen herum. Oder aus ihrem Essen heraus. Dann ist es schnell vorbei mit der Käferliebe. Erstaunlicherweise wird das Auftauchen eines Insekts in der Speise als besonders eklig empfunden, wenn es nicht bei einem daheim passiert, sondern im Wirtshaus. Diese geografisch basierte Diskrepanz zwischen Sympathie und Antipathie zeigt sich schon darin, dass man in aller Öffentlichkeit lauthals auf diesen eklatant unhygienischen Zustand aufmerksam machen kann, ohne dass es einem peinlich sein muss. Peinlich wird es in diesem Fall nur für den Wirt – und manchmal auch teuer.

Ist die Käferpopulation in einem Wirtshaus zu massiv, komme ich ins Spiel. Im Auftrag der Lebensmittelüberwachung Ostbayern. Und glauben Sie mir, ich habe ein Auge dafür. Außerdem finde ich Käfer niemals niedlich, egal wie farbenfroh und knuffig sie daherkommen. Die klugscheißerische Biene Maja hat uns da allen was Falsches eingeimpft. Der Marienkäfer und seine Genossen verfügen nämlich keinesfalls über große, einnehmende Kulleraugen. Dieser Eindruck entsteht höchstens durch eine den Betrachter raffiniert täuschende Chitinpanzerzeichnung.

Das mag für manch einen jetzt erschreckend klingen, aber dort, wo wir unsere Lebensmittel aufbewahren, gibt es Massen von Käfern. Und zwar nicht nur in abgewrackten Spelunken, Bahnhofsgaststätten oder Frittenbuden. Nein, nein, der Dicke unter den Kerbtieren findet sich überall. Nehmen wir zum Beispiel das Mehllager in einer Bäckerei. Mehlkäfer.

Grausam!

Schwarz, wie sie sind, sieht man sie leicht im weißen Pulver, möchte man meinen. Was dem pubertierenden Bäckerlehrling, der das Mehl sieben soll, in den meisten Fällen allerdings wurscht ist. Ein gescheiter Lehrling lernt schnell, dass ein geschroteter Mehlkäfer, im Vollkornbrötchen verbacken, hinterher quasi unsichtbar ist.

Grausam, aber proteinhaltig.

Nein, ich will niemandem den Appetit verderben. Ich nenne lediglich die Fakten.

Im Wirtshaus sind es ja eher die Rüssel-, Brot und Speckkäfer. Auch grausam. Doch trotz des anonymen Hinweises, der dieser Tage bei uns in der Dienststelle einging, finde ich beim Kirchenwirt nicht mehr Käfer als zugelassen. Er liegt sogar unterhalb der Toleranz, welche die Lebensmittelhygiene-Verordnung festschreibt. Hätte mich auch gewundert, wenn da was dran gewesen wäre, an diesem Anruf. Denn vom unbedarften Restaurantgast werden Käfer eher selten entdeckt, da das Insekt, wie auch in der Backware, fast nie am Stück serviert wird. So ein Käferbein ist unter gehackten Kräutern schwer zu identifizieren. Und sollte doch mal ein kompletter Krabbler verkocht werden, braucht es unter dem schummrigen Licht der Wirtshaustischbeleuchtung ein geschultes Auge. Kapern oder Käfer in feiner Soße; vom Appetit geblendet, sieht man je nach Typ keinen Unterschied, und auch geschmacklich bleibt der Coleoptera im Hintergrund. Deshalb verzichte ich persönlich auf Soßen aller Art. Die Soße bindet das Insekt. Bleibt der Teller trocken, kann das Viech noch davonkrabbeln, bevor der Braten serviert wird. Ein Käfer begibt sich grundsätzlich nicht freiwillig in unsere Nahrungskette.

Zur Beruhigung kann ich sagen, der Großteil dieser Gattung ist harmlos. Frisst halt mit, auf unsere Kosten, gibt das Verzehrte aber rein vom Nährwert her an uns Menschen im Vielfachen wieder zurück, sofern er selber verspeist wird. Was bleibt, ist der Ekel. Der ist bei uns genetisch verankert. Heißt es. Wobei ich das anzweifele. Kleinkinder probieren gerne mal Insekten, wenn sie sich unbeobachtet fühlen. Wo, bitte, greifen da die Gene?

Der einzige Käfer, der bei der heutigen Inspektion vom Kirchenwirt wirklich meine Aufmerksamkeit erregt, ist ein frischer, junger, der sich mitnichten in der Küche oder dem Lebensmittellager rumtreibt. Sie hat auch keine sechs Beine, sondern zwei sehr schlanke, unhaarige, gerade gewachsene. Außerdem hat sie ordentlich Brust. Und Augen, so grünlich-braun wie der Freudensee in der sommerlichen Hauptsaison. Weshalb ich mich im Anschluss an meine offizielle Begutachtung der konzessionsberechtigten Örtlichkeit –

und nachdem ich meine Proben und Abstriche samt Laborkoffer im Wagen verstaut habe – noch auf eine Halbe an den Tresen setze. Der Kirchenwirt war ohnehin das letzte Etablissement, das heute auf meiner Liste stand. Weil ich also schon den ganzen langen Tag in die fettverspritzten, unhygienischen Abgründe diverser Gastronomiebetriebe gestarrt habe, will ich meinem Blick wenigstens zum Feierabend etwas Versöhnliches gönnen und der harten Arbeitsrealität ein wenig an Schärfe nehmen. Das geht prima mit einem Bier und noch viel einfacher, wenn sich obendrauf noch so ein hinreißender Anblick bietet. Selbst wenn der nicht mir allein vergönnt ist. Obwohl erst kurz vor 18 Uhr, füllt sich die Gaststube zusehends. Man merkt die Ferienzeit. Die vornehmlich niederländischen und norddeutschen Gäste dinieren lieber zeitig zu Abend. Der gemeine Tourist scheut das Risiko, dass es gegen später nichts mehr gibt und nur noch welke Blätter an der Salatbar rumliegen. Schließlich befindet man sich hier schon relativ weit im Osten der Republik und traut offenbar deshalb der Versorgungslage nicht so ganz über den Weg. Außerdem ist man ausgehungert vom Wandern, vom In-die-Schwammerl-Gehen und vom Schauen in die bergige Landschaft – oder was auch immer Urlaubsgäste bei uns in der Ecke so treiben. Die Knausrigen essen bei ihren Tagestouren selten unterwegs, außer vielleicht den Apfel, den sie vom Frühstücksbüfett oder aus einem zufällig auf der Strecke gelegenen Obstgarten mitgenommen haben. Schließlich hat man beim Kirchenwirt Halbpension gebucht, und dieses Arrangement muss ausreichen, um über den Urlaub zu kommen. Ja, man kann das kontrovers diskutieren, aber wer bei uns in der Gegend seine Ferien verbringt, der achtet in der Regel aufs Geld. Wir haben nämlich auch viele Schwaben hier, weshalb auf der Speisekarte das Wiener Schnitzel wahlweise mit Soße angeboten wird.

Soße: Käfer! Nur zur Erinnerung.

Ja, die Schwaben – und nicht nur die Schwaben – kommen, weil es bei uns eben noch billig ist. Schweinsbraten mit Knödel unter zehn Euro, das Schnitzel mit Pommes keine acht. Und alles regional, versteht sich. Da legt der bewusste Urlaubsgast heute Wert drauf. Stichwort *Sanfter Tourismus*. Billig, aber bio. Nicht so wie im Allgäu oder gar drüben bei den Österreichern. Am Wolfgangsee, in Kärnten, Tirol oder weiß der Teufel, wo die Kasnocken so viel kosten wie bei uns ein Rinderhüftsteak. Dementsprechend dicht ist mit einem Mal das Gedränge am Salatbüfett, das soeben von der zauberhaften Bedienung freigegeben wird. Ich muss da vielleicht doch noch einen Blick drauf werfen. Aus der Entfernung schaut es so aus, als hätte der Spuckschutz nicht den geforderten Winkel zur knackig frischen Auslage, den sonnengereiften Tomaten aus Holland und dem Rucola aus Italien. Doch bevor ich aufspringen kann, stellt mir der Ferdl mein geordertes Bier vor die Nase, von dem ich sicher weiß, dass es regional ist.

»Bevor dir die Augen rausfallen«, brummt er und schaut seinerseits seiner jungen Angestellten aufs wohlgeformte Hinterteil. Die tanzt gerade elegant um die Tische herum und beginnt, den Hausgästen die Vorspeise zu servieren. Leberknödelsuppe. Eine Zumutung bei diesen sommerlichen Temperaturen, aber offensichtlich die Art Verköstigung, die von einem niederbayerischen Herbergsbetrieb von Auswärtigen erwartet wird. Kostengünstig darf es sein, aber auch üppig und deftig, damit man in zweifacher Hinsicht das Gefühl hat, man bekommt was für sein Geld. Und selbstverständlich unabhängig von der Großwetterlage. Wobei es mir vorkommt, als interessierten sich die männlichen Gäste heute mehr für die Knödel auf Augenhöhe statt für jene in den Suppenschüsseln.

»Wer hat dir die denn vermittelt?«, frage ich nicht ohne Neid. Immer wieder wirft die adrette Kellnerin einen kessen Blick zu uns herüber an den Tresen.

»Die ist meinem guten Ruf gefolgt«, sagt der Ferdl, und man könnte glauben, er meint es ernst. »Wir sind hier immerhin das erste Haus am Platz.«

»Erstes Haus am Platz«, äffe ich ihn nach, was ihn ein bisserl beleidigt dreinschauen lässt. Er ist schon arg dünnhäutig geworden, der Löffelmacher Ferdinand. Außerdem macht er einen kränklichen Eindruck, obwohl er nach wie vor ein Bär von einem Mann ist. Hundertzwanzig Kilo bringt er leicht auf die Waage und überragt mich dabei um einen halben Kopf. Trotzdem wirkt er blass, wie er da hinter seiner Theke steht, da helfen selbst die zahllosen Sommersprossen nichts, die sich auf Stirn, Nase und Wangen tummeln. Er hat dunkle Ringe unter den trüben blauen Augen, die eine Spur zu wässrig sind. Sein rotes Haar ist licht geworden, und obwohl er zwei, drei Jahre jünger sein dürfte als ich, sieht er deutlich älter aus. Das Leben als Gastronom geht halt an die Substanz, das ist bekannt. Wobei es den Löffelmacher gerade in den letzten Jahren auch privat arg gebeutelt hat, und so was lässt sich nicht verbergen.

»Die Mila ist eine echte Fachkraft und versteht sich hervorragend mit den Preißn. Die hat in Hamburg im

Kempinski gelernt«, fügt er an und reibt sich seine unrasierten Wangen.

»Hamburg. Kempinski. Aha. Und dann kommt sie nach der Ausbildung ausgerechnet in unser Kaff. Da hat sie sich beruflich ja nicht unbedingt verbessert.«

»Was willst du denn an der noch verbessern?«, fragt der Ferdl, und ich staune darüber, dass dieser meist bärbeißige Mensch zeitweilig doch über Humor verfügt. Da fällt mir ein, dass er beim Schafkopfen auch gelegentlich lacht, sofern er es überhaupt schafft, sich mal für ein paar Stunden von seiner Wirtschaft loszueisen, um mit uns zu karteln. Ob seine seltenen Heiterkeitsausbrüche dabei vom Bier oder von unserer Gesellschaft herrühren, habe ich noch nicht herausgefunden. Ganz sicher jedenfalls nicht daher, weil er immer gewinnen tät. Da ist nämlich eher das Gegenteil der Fall. Prompt kommen mir seine Spielschulden in den Sinn, die er bei mir hat. Frei heraus erinnere ich ihn daran. Woraufhin er gleich wieder eine mürrische Lätschn zieht. Widerwillig greift er nach dem Geldbeutel, holt einen Hunderter heraus und knallt ihn mit der flachen Hand vor mir auf den Tresen. Die Gäste in unmittelbarer Nähe drehen sich nach uns um.

Der braucht sich gar nicht so anstellen – das Geld war längst überfällig. Vielleicht stimmt es ja doch, was die Leute reden. Dass er knapp bei Kasse ist. Oberflächlich betrachtet schaut es zwar nicht danach aus. Das Haus ist voll, der Laden brummt. Aber die Ferienzeit ist kurz, und man hört das ein oder andere. Der Umbau vor fünf Jahren, vom stinknormalen Landgasthof mit ein paar spartanischen Pensionszimmern zum exklusiven Wellnesshotel, war gewiss nicht billig.

Diese Tilgungsraten und Kreditlaufzeiten möchte ich mir von meinem Finanzinstitut des Vertrauens lieber nicht an die Wand projizieren lassen.

»Firma dankt!«, sage ich und stecke den Schein in die Hosentasche, bevor er es sich anders überlegt. Dann konzentriere ich mich wieder auf die anmutigen Bewegungen der Bedienung, die im Moment ein Tablett mit Schweinsbraten, Semmelknödeln und Krautsalat zu einem der Tische balanciert. Der Ferdl bückt sich derweil runter zur Durchreiche hinter der Theke. »Macht mir auch einen Schweinsbraten! Jetzt, wo der Herr Inspektor bescheinigt hat, dass bei uns alles keimfrei ist, kann ich euch ja wieder trauen«, schreit er mit seinem überlauten Organ in die Küche. Daraufhin wird das Topfklappern dort drinnen eine Spur aggressiver. Auch eine Form, seinen Unmut kundzutun.

Unverzüglich stelle ich fest, dass mir ebenfalls der Magen knurrt. Aber ich beherrsche mich. Es mag zwar in der Küche vom Löffelmacher Ferdl im Rahmen der Hygienevorschriften alles in Ordnung sein, aber ich weiß, was ich weiß, und vor allem, was ich gesehen habe. Und das war, nicht nur auf den Kirchenwirt bezogen, schon seit Langem des Guten zu viel. Das wahre Leid des Lebensmittelkontrolleurs. Einen Gastronomen, der mein uneingeschränktes Vertrauen besitzt, gibt es nicht. Leider muss ich, schon allein weil ich nicht verhungern will, gelegentlich eine Ausnahme machen. Ein Konflikt, der innerlich an mir nagt, oftmals schlimmer als der Hunger selbst.

Mein bevorzugter Wirt ist der Pauli. Dem seine Küche ist zwar keinen Deut besser, allerdings schaue ich keinem so genau und kontinuierlich auf die Finger. Deshalb reißt er sich total am Riemen. Heute wird der Pauli allerdings noch auf mich warten müssen, bis mein Bier leer ist. Insbesondere, weil er über nichts vergleichbar Attraktives an Servicekräften verfügt. Nachdem sich diese Mila hier so schön anschauen lässt, fühle ich keinen Anreiz, den Gerstensaft allzu eilig hinunterzustürzen, Kohldampf hin oder her.

Verschwindet sie zwischenzeitlich in der Küche, fasse ich die Gäste ins Auge, was durchaus ebenfalls einen gewissen Unterhaltungswert hat. Vor mir, am großen, runden Stammtisch, hocken die üblichen Verdächtigen. Männer von der Freiwilligen Feuerwehr, zwei, drei Fußballer von der AH und ein paar von den Eisstockschützen. Es sind immer die Gleichen, die da ihre Köpfe zusammenstecken, sich an ihren Halbegläsern festhalten und den Schnupftabak rumgehen lassen. Sie diskutieren heftig über das anstehende Volksfest. Welcher Verein welchen Dienst im Bierwagen schiebt und wer die Grillhendl verkauft. Eine Diskussion, die sich in ihrer Heftigkeit ein aufs andere Jahr wiederholt, weshalb ich nicht wirklich hinhöre. Weiter hinten im Gastraum, da, wo die Tische naturbelassene Leinentischdecken haben und alles schön stimmungsvoll eingedeckt ist, sitzen die Urlauber und ein paar Leute, die aus Passau raus aufs Land gefahren sind, weil bei uns am Schweinsbraten zwei Euro gespart sind, gegenüber selbigem Gericht in der Stadt. Dass sie dabei das Vierfache an Benzin verfahren, das kalkulieren sie nicht ein, diese Kalbsköpf. Was soll's, mir kann das ja wurscht sein. Die Städter halten sich grundsätzlich für was Besseres, und in dem Glauben wollen wir aus dem Wald sie auch belassen. Sie distanzieren sich nicht nur rein optisch von uns Waidlern, sondern auch in der Wahl ihrer Getränke, die vor ihnen auf den Tischen stehen. Man trinkt gekühlten Chardonnay, unter Umständen auch Guavesaft-Schorle, falls man noch fahren muss, oder stilles Mineralwasser. Das ist en vogue und macht mehr her als wie ein stinknormales Bier. Der Wein ist natürlich vom Aldi und das Wasser aus dem Hahn. Aber der Ferdl ist so schlau und schreibt in die Speisekarte, es sei durch Granitstein gefiltertes Quellwasser aus den Tiefen des Bayerischen Waldes. Außerdem garniert er es mit Limettenscheiben, damit sich der Preis von sechs Euro pro Karaffe rechtfertigt. Es geschieht ihr ganz recht, dieser Drei-Flüsse-Bourgeoisie, wenn sie von uns ein wenig übern Tisch gezogen wird.

Die echten Urlauber sind dahingehend wieder ganz anders veranlagt. Sie versuchen, Getränke und Speisen betreffend, sich den Einheimischen anzupassen. Dem *Feeling* wegen. Um für vierzehn Tage den Eindruck aufrechtzuerhalten, dass sie dazugehören. Oder um mal auszuprobieren, ob man auf Dauer so aussteigermäßig in der Wildnis leben könnte. Mei, wie ich sie leiden kann, unsere Preißn. Die echten genauso wie die, die gern welche wären und deswegen gekünstelt Hochdeutsch sprechen. Oder dieses überkandidelte Münchner Prosecco-Bayerisch.

Da fällt mir ein Herr mittleren Alters auf, der unscheinbar und allein an einem der Pärchentische bei der vertäfelten Wand gegenüber der Fensterfront sitzt. Er trägt Anzug. Klassisch dunkelblau. Etwas zu overdressed, aber immer noch gescheiter als Landhausstil-Lederhosen und Karohemd. Sein Haar ist weißblond und sauber über die lichten Stellen gekämmt. Auf seinen pockennarbigen Wangen blüht eine ungesunde Röte. Gerade noch hat er andächtig den Schweinsbraten in sich hineingeschaufelt, da zuckt er mit einem Mal wie vom Blitz getroffen zusammen. Urplötzlich schlägt die Gesichtsröte in ein ungesundes Grün um. *Da krabbelt doch hoffentlich kein Käfer aus dem Semmelknödel*, denke ich noch, als er schon zitternd seinen Finger in den Hemdkragen hakt und ihn aufreißt. Er japst wie ein Karpfen auf dem Trockenen und verdreht die Augen. Fahrig greift er nach seinem Pils, aber es rutscht ihm aus den Fingern und ergießt sich über die grob gewebte Leinentischdecke und das Trockenblumengesteck. Eine Sekunde darauf kippt er nach vorne. Die malzige Biersoße spritzt nach allen Seiten, als er mit seinem eckigen Schädel mitten hinein in sein Abendessen fällt.

KULTURUNTERSCHIEDE

Der Herr im Schweinsbraten ist nicht mehr zu retten. Das erfasse ich augenblicklich, intuitiv und unmittelbar vor allen anderen, ohne dass ich persönlich große Erfahrung im Sterben habe.

Die nächsten Minuten verfolge ich das Geschehen eigenartig paralysiert. Nach einer längeren Schrecksekunde springen gleich drei vermeintliche oder von mir aus auch echte Ärzte auf, die sich unter den Gästen befinden. *Lassen Sie mich durch, ich bin Arzt!* Unverzüglich und im Wechsel leiten sie Wiederbelebungsmaßnahmen ein. Tja, vielleicht sollten sie besser den Hansi vom Stammtisch ranlassen. Der hat sich ebenfalls erhoben und zu den Ersthelfern gesellt. Immerhin ist er Feuerwehrkommandant und beherrscht die Herzdruckmassage, wie er zwischendrein immer wieder verlauten lässt. Aber der Hansi darf nicht ran. Er hat ja auch nicht studiert.

Den Studierten gelingt allerdings auch keine erfolgreiche Reanimation, wie sich nach zehn, fünfzehn Minuten herausstellt. Was ich nicht zwingend der Fähigkeit dieser Ärzte anlaste, selbst wenn einer der drei Veterinärmediziner ist, wie ich mittlerweile in dem allgemeinen Tohuwabohu aufgeschnappt habe. Wie schon erwähnt, es ist schlichtweg nichts mehr zu machen. So wie der Herr vornübergekippt ist, hatte das was Endgültiges. Eine Endgültigkeit, die mir von vornherein bekannt vorkam. Ähnliches habe ich schon einmal miterlebt, und auch da kam jede Hilfe zu spät. In besagtem Fall war es zwar kein Norddeutscher, sondern ein Ortsansässiger, doch beim Sterben sind wir alle gleich.

Es ist, wie es ist, und auch wenn es traurig ist, muss man die Tatsache akzeptieren. Der Herr mit der Biersoße und den Semmelknödelresten im Gesicht ist auf spektakuläre Weise jenem Schwein nachgefolgt, das man ihm vorgesetzt hat. Ich sollte mein Bier austrinken und gehen, denke ich, bleibe aber, wo ich bin. Morbiderweise kommt mir nämlich in den Sinn, dass es noch interessant werden könnte. Nicht, dass ich jetzt besonders voyeuristisch veranlagt bin. Sicher nicht, wenn es um das Begaffen von Unfällen und Todesopfern geht. Ich kann mir nicht erklären, was mich hier noch hält. Ein Bauchgefühl? Was weiß ich.

Als Nächstes erscheint unsere Allgemeinärztin, Frau Dr. Franziska Höllmüller, und obwohl der Anlass ihres Erscheinens kein freudiger ist, freue ich mich trotzdem. Auch wenn sie natürlich keine Zeit, ja nicht einmal einen Blick für mich übrig hat. Was man verstehen kann, immerhin ist sie im Einsatz.

Ja, so schnell kann's gehen. Wie ich da nach wie vor am Tresen vom Kirchenwirt rumstehe, habe ich plötzlich zwei hübsche Ärsche zur Auswahl. Und obwohl das Hinterteil von der Höllmüllerin locker zwanzig Jahre älter ist, schaut es auf seine Art nicht weniger einladend aus wie das von der Servierdame Mila.

Die Höllmüllerin übernimmt die Reanimation, schüttelt aber sehr bald darauf ebenfalls den Kopf. Schweiß glänzt auf ihrer Stirn. »Hat wer gesehen, was genau passiert ist?«, richtet sie ihre Frage an die immer noch konsterniert dasitzenden Gäste.

»Das war bestimmt der Schweinsbraten«, schreit der Toni vom Stammtisch herüber. Er meint es scherzhaft, aber nach der Reaktion der Leute zu urteilen, potenziert dieser unüberlegte Zwischenruf die vorhandene Unruhe innerhalb von Sekunden um ein Vielfaches. Leute fassen sich an die Magengegend, reiben sorgenvoll ihre Bäuche, kriegen große Augen oder schenken ihren Tischnachbarn bedauernde Blicke. *Auweh, du hast doch dasselbe gegessen!*

»So ein Schmarrn!«, brüllt daraufhin der Ferdl hinterm Tresen hervor.

»Ja, und warum ist dann der Fellinger da?«, wirft einer der Eisstockschützen ein.

Lasst mich da raus, will ich sagen, da schießt auch schon der Ferdl um den Ausschank herum wie ein Kugelblitz und stürmt auf die Stammtischbrüder zu. Es folgen Stühlescharren und ein kleines Gerangel. Ein kaum nennenswertes Hinundhergeschubse, begleitet von lautem Geschrei, was andere Kulturkreise durchaus für einen Volkstanz halten könnten. Beleidigungen werden ausgetauscht. Im Grund genommen geht es darum, wie es dem Toni einfallen kann, den einwandfreien Schweinsbraten vom Kirchenwirt zu beschuldigen. So in die Richtung, aber dermaßen unartikuliert, dass nur hier Beheimatete der verbalen Auseinandersetzung folgen können. Gut, es ist auch eine Watschn im Spiel, soweit ich das von meiner Warte aus zu beobachten vermag. Wobei ich die Watschn nicht sehe, sondern nur höre, und in dem Pulk auch nicht ausmachen kann, wer sie sich eingefangen hat. Aber alles in allem bleibt der Disput im Rahmen, und es gibt keinen Grund, nervös zu werden.

Eigentlich.

Fünf Minuten später, als sich die Gemüter bereits ohne größere Verluste wieder beruhigt haben, stellt sich heraus, dass doch irgendwer nervös geworden ist. Ich weiß nicht, wen die Schnapsidee überkam, die Polizei zu informieren, aber ich tippe auf einen der Urlaubsgäste. Einer, der mit den kulturellen Unterschieden eben nicht so vertraut ist und den die kleine Rangelei verängstigt hat. Oder es war einer, der sich einfach gern wichtigmacht. Ein Gschaftlhuber, der dann auch gleich was hat, was er auf Youtube stellen kann. Wie auch immer, es war jedenfalls eine komplett überzogene Reaktion. Besser wäre gewesen, den Umscheider Ernst anzurufen. Der wäre mit Leichenwagen und Zinksarg angerückt, das Drama wäre schnell beendet gewesen, und man hätte den Abend vielleicht noch retten können. Stattdessen, so beginne ich zu ahnen, steuert das Drama jetzt einem unkalkulierbaren Höhepunkt entgegen. Und zwar in Gestalt vom Kronawitter, der soeben die Volksbühne betritt.

Polizeimeister Kronawitter ist auch ein Käfer. Untersetzt und behäbig, langsam in seinen Bewegungen und seinem Denken. Sorte Kartoffelkäfer, sage ich mal, nur mit geringerem Intellekt ausgestattet. Völlig ganglienlos sozusagen. Dafür mit Haarwuchs. Kackbraun gelockt. Dazu ein Doppelkinn. Grundsätzlich blass, jedoch mit roten Pausbacken und dazwischen einem spitz zulaufenden Zinken. Irgendwie passt nichts zusammen bei diesem Mann. Als wenn der liebe Herrgott das genommen hätte, was irgendwo anders noch übrig war, um es mit Gewalt aneinanderzufügen. Dürre

Käferbeinchen tragen einen ordentlichen Ranzen, über dem das senffarbene Uniformhemd spannt. Damit es nicht aus der Hose rutscht, bewegt sich der Kronawitter möglichst wenig, weshalb er sich auch erst mal blöd und untätig neben der Höllmüllerin in Stellung bringt, die nach wie vor bei dem Verstorbenen kniet. Vermutlich ist sie gedanklich schon bei ihrem Protokoll der Leichenbeschauung.

Mir kommt der Gedanke, dass es nun zu spät ist, die Situation zum Guten zu wenden. Wenn auch *zum Guten* bei einer solchen Tragödie der falsche Ausdruck ist. Zum Guten für den Rest von uns, die da beim Kirchenwirt in der Gaststube versammelt sind. Mich eingeschlossen. Jetzt, da wir unvermeidlich auf den *point of no return* zusteuern, erkenne ich, dass ich besser nicht auf mein Bauchgefühl gehört hätte.

Ich korrigiere mich. Mit dem Auftritt vom Kronawitter sind wir über diesen Punkt im Grunde ja schon hinaus, auch wenn ich es nicht wirklich wahrhaben will. Auf jeden Fall kommt dem Polizeimeister nach ein, zwei Minuten endlich in den Sinn sich zu fragen, warum er eigentlich gerufen worden war. Vielleicht erscheint es ihm auch bloß plötzlich komisch, dass er statt der gemeldeten Kneipenschlägerei mit einem Toten konfrontiert wird. Wie auch immer, er tut das Dümmste, was man in seiner Situation tun kann. Er fängt an nachzudenken, soweit ich das von meinem Platz aus beobachten kann. Und weil er nicht weiterkommt bei seiner Hirnakrobatik, wendet er sich an die Öffentlichkeit. »Was ist hier eigentlich passiert?«, fragt er laut und deutlich, bemüht, nach der Schrift zu sprechen, was bei einem Niederbayern generell von wenig Erfolg gekrönt ist. Man blamiert sich lediglich bis aufs Blut.

Zu Beginn des Dramas haben wahrscheinlich viele den Gedanken geteilt, dass der Mann seinen Schweinsbraten nicht ordentlich gekaut hat und ihm ein Stück Fleisch in die Luftröhre gekommen ist. Doch nachdem relativ schnell einer der erfolglosen Retter erklärt hatte, dass die Atemwege frei waren, so weit wie er eben hineinschauen konnte, fingen bei den Anwesenden die Gedankenspiele an. Was zur Folge hatte, dass mit dem einen oder anderen die Fantasie durchging, die vom Erscheinen des Gesetzeshüters zusätzlich angeregt wurde. Auf jeden Fall erhebt sich jetzt, nach der amtlichen Frage vom Kronawitter, ein Gast, der sich leichtsinnigerweise dazu animiert fühlt, seine Beobachtung zu schildern.

»Also, aus meiner Sicht ist dieser arme Mann sehr verdächtig gestorben«, verkündet er mit einer Fistelstimme.

Verdächtig gestorben! Was bitte ist das für eine Formulierung? Ich ahne, was dieser flapsig in den Raum geworfenen Bemerkung für eine Bedeutung beigemessen werden könnte, just bevor diese Ahnung sich bewahrheitet. Der Kronawitter wird nämlich prompt aus seiner Beamtenlethargie gerissen. »Keiner verlässt den Raum!«, befiehlt er, zückt sein Handy und fordert umgehend und für alle im Wirtshaus unüberhörbar Verstärkung an. Damit schießt das Chaos ins Kraut wie eine gewässerte Saubohne.

DENUNZIAT

Weil das Polizeirevier fußläufig nur eine Minute entfernt liegt, sind der Lechner Sepp und sein grünes Geschwader blitzschnell angerückt, und ich habe endgültig die Gelegenheit verpasst, das Weite zu suchen. Nach einem kurzen Informationsaustausch mit dem Kronawitter verkündet der Polizeihauptmeister Lechner zu meinem Entsetzen, dass der Befehl »Niemand verlässt das Wirtshaus« aufrechterhalten wird, bis die Personalien jedes Einzelnen erfasst sind. Was in meinem Fall natürlich ein kompletter Schmarrn ist, weil mich ohnehin jeder von den Hiesigen kennt. Außerdem, was glaubt der Lechner, dass ich groß zu erzählen habe? Nichts anderes als die rund fünfzig weiteren Mitgefangenen. Wenn ich mir überlege, wie lange sich die Bestandsaufnahme durch die vier am Einsatz beteiligten Beamten, gemessen an der Zahl der zu befragenden Restaurantgäste, Stammtischler und des Personals, hinziehen kann, wird mir ganz schlecht. Da kann ich nur hoffen, dass die Höllmüllerin noch eine Weile mit dem Untersuchen der Leiche beschäftigt ist und mir dabei ihr Hinterteil entgegenreckt.

Ich stehe also weiterhin dumm rum und ringe mein Hungergefühl nieder. Das Betrübliche an der Situation ist, dass mein Bier leer ist und ich in diesem Durcheinander wahrscheinlich keine frische Halbe zeitnah ausgeschenkt bekomme. Doch als der Optimist, der ich bin, rede ich mir ein, dass es so lang nun auch wieder nicht dauern kann. Der Lechner schiebt um diese Uhrzeit bestimmt selbst schon reichlich Kohldampf, und seine Alte wird gern mal kratzbürstig, wenn er zum Abendessen auf sich warten lässt.

Geduld, Fellinger, Geduld! Ommm!

Auch unter den anderen Gästen wächst spürbar der Unmut. Verständlich. Die Leute wollen nicht länger in unmittelbarer Nähe eines Toten an ihren Tischen ausharren. Vor allem, da auf Geheiß des Sheriffs auch der Service eingestellt wird und nicht einmal mehr das Geschirr abgeräumt werden darf.

»Alles bleibt, wie es ist, bis wir eine Übersicht über die Sachlage haben!«, ordnet er an.

Nur die Abgebrühten und die Geizigen haben nach dem Vorfall überhaupt weitergegessen. Dem Großteil der Anwesenden ist der Appetit vergangen, und so hocken sie vor ihren kalt gewordenen Abendessen, auf das sich nun die Stubenfliegen stürzen, zu dieser Jahreszeit auf dem Land in besonders hoher Population vorhanden. Ich verstehe nicht, was der Zinnober soll, den unsere Exekutive hier veranstaltet. Das anmaßende Verhalten macht mal wieder deutlich, dass wir in einem Polizeistaat leben. Es wäre an der Zeit, dem Lechner diesen Umstand unter die Nase zu reiben. Im selben Atemzug schimpfe ich mich: *selber schuld.* Ich hätte reagieren müssen, bevor das grüne Aufgebot angerückt kam. Aber konnte ich ahnen, dass der Polizeihauptmeister gleich einen solchen Aktionismus an den Tag legt? Wahrscheinlich tut er das ja nur, weil es einen Urlauber erwischt hat und er deshalb partout nichts verkehrt machen will. Nicht dass er sich noch einen Rüffel vom Tourismusbeauftragen des Landkreises einfängt. Dass er dafür etliche andere Feriengäste verprellt, darauf kommt er nicht. Einschließlich der Einheimischen, die, da sie ebenfalls längst auf dem Trocknen sitzen, ihrerseits gerne heimgehen würden. Oder wenigstens ein Wirtshaus weiter, wo man noch bedient wird.

Mitgefangen verfolge ich das Geschehen, als säße ich im Kino. Auf einmal steht die Höllmüllerin auf und nimmt mir damit die letzte Freude. Genervt schaue ich mich um. Die Mila steht verschüchtert mit ihren Kolleginnen im Zugang zur Küche. Da ist rein visuell im Moment auch nichts mehr zu holen. Der Ferdl hat sich zurück hinter seine Theke verzogen. Wie von einer unsichtbaren Last gebeugt, kaut er nervös auf seinen kaum mehr vorhandenen Nägeln herum, während er sich mit der anderen Hand an den Zapfhahn klammert, als suchte er Rückhalt bei seiner Vertragsbrauerei. Seine Bemühungen, die Gäste zu beruhigen, sind ordentlich nach hinten losgegangen. Nun gesellt sich der Lechner zu unserer Frau Doktor, und auch ich rücke zwei Schritt näher, damit ich hören kann, was sie zu bereden haben.

»Lungenembolie, aber ohne Garantie«, sagt sie. »Wenn du es sicher wissen willst, muss er in die Pathologie.«

»Frag den Schweinsbraten«, ruft der Toni erneut, wenn auch etwas verhaltener als bei seinem ersten Denunziat. Böse funkelt ihn der Löffelmacher an, aber eine zweite Schlägerei wird es aufgrund der polizeilichen Präsenz kaum geben. Ich kenne den Lechner ja schon mein ganzes Leben, bin in der Grundschule sogar neben ihm gesessen – zumindest so lang, bis uns die Frau Putzenberger als vermeintliche Störfaktoren der Klassenharmonie ausgemacht und auseinanderdividiert hat –, von daher weiß ich, wie er reagiert, wenn er reagiert. Und auf den Hinweis mit dem Schweinsbraten reagiert er zu meinem Unverständnis tatsächlich. Und zwar so heftig und schnell wie ein Allergiker auf Ambrosiapollen.

»Besteht diese Möglichkeit?«, wendet er sich an die Höllmüllerin.

»Also, ich kann ausschließen, dass er an einem Stück Fleisch oder Knödel erstickt ist. Ob er was von den Inhaltsstoffen nicht vertragen hat, kann ich weder bestätigen noch …«

»Inhaltsstoffe!«, schreit diesmal der Ferdl und begibt sich mit schwerem Schritt zu dem Grüppchen, das um den Toten rumsteht. »Die Inhaltsstoffe sind ja wohl tadellos«, faucht er und sucht meinen Blick. Die anderen tun es ihm gleich, und ich nicke.

»Keine Beanstandungen, weder in der Küche noch in der Kühlung oder im Lebensmittellager«, erkläre ich amtlich und fühle, wie mir der Ärger hochsteigt. Natürlich stehen noch ein paar abschließende Laboruntersuchungen aus, aber ich habe Erfahrung genug, um zu beurteilen, dass auch diese zu keinem besorgniserregenden Ergebnis führen werden. Zweifelt da etwa einer meine Kompetenz an?

»Und alles bio!«, unterstreicht der Kirchenwirt, als träte er in einem Werbespot auf. Fehlt gerade noch, dass er anfügt, dafür stehe er mit seinem guten Namen.

»Und wenn er eine Unverträglichkeit hatte?«, fragt der Lechner.

»Dann hätte er halt was sagen müssen, wenn er keine Semmelknödel essen darf«, zetert der Kirchenwirt und macht keinen Hehl daraus, dass Laktoseintolerante und Glutenverweigerer es bei ihm im Wirtshaus nicht leicht haben.

Die Höllmüllerin hebt abwehrend die Hände. »Gemessen an dem, was er gegessen hat, halte ich eine derart heftige Reaktion auf die Lebensmittel für sehr fraglich. Dafür fehlen mir auch ein paar typische Anzeichen. Allerdings …« Sie hält für drei Sekunden inne und schaut kritisch in die Runde. Dann beugt sie sich vor und begutachtet, was noch auf dem Teller liegt, in das der Herr vor einer guten halben Stunde gefallen ist. Ich sehe, wie sie die Nase rümpft und schnuppert. »Nein, ich lege mich auf nichts fest, bedauere, meine Herren!«

»Da brauchst du gar nicht dran hinriechen«, mault der Ferdl. »Der Schweinsbraten ist einwandfrei. Sag's ihnen, Fellinger!«, fordert der Wirt mich erneut auf. Aber ich bin lieber still. Beäuge stattdessen die Höllmüllerin, wie sie für einige weitere Sekunden mit ihrer hübschen Nase über den Essensresten kreist, und mustere dann die Gesichter der Umstehenden.

»Fühlt sich von den hier Anwesenden sonst noch jemand unwohl?«, fragt der Lechner laut.

Als hätte er nur auf diese Aufforderung gewartet, hebt ein Glatzkopf mittleren Alters die Hand, der an der Stirnseite der Gaststube unterm Butzenglasfenster sitzt. Der Anblick seiner kränklichen, anorektischen Statur weckt mein Mitleid. Hat ihm doch der unangenehme Zwischenfall in unmittelbarer Nähe zu seinem Tisch sicherlich gänzlich den Appetit verdorben, den er so nötig bräuchte.

»Schlecht ist es ihm!«, prescht die rundliche Dame neben ihm vehement vor, so als wäre der bedauernswerte Mann nicht mehr selbst in der Lage, sich zu artikulieren. Dabei quetscht sie die knochige Hand ihres Begleiters, dessen

Finger schon ganz blutleer sind. Augenscheinlich hat *sie* ihn dazu gezwungen, sich und seine Unpässlichkeit zu erkennen zu geben. Das ist eine von den Resoluten, die nichts dem Zufall überlassen, das erkenne ich auf Anhieb. Erst recht nicht, falls diese Geschichte eine Sache für die Versicherung wird. Oder für einen Anwalt.

»Wenn Sie uns die ganze Zeit auf einen Toten starren lassen, ist es ja auch kein Wunder, dass den Leuten übel wird«, kritisiert eine Urlauberin mit niederländischem Akzent und erntet zustimmendes Nicken von den durchweg hellblonden Leuten, die um sie herumsitzen.

»Wem's schlecht ist, der bekommt einen Schnaps aufs Haus«, lenkt der Ferdl ein, offenbar um das Wohl seiner Gäste besorgt.

»Jetzt, wo du's sagst«, meint der Toni, und auch seine Stammtischkumpane bekommen ganz glänzende Augen.

»Du hast doch gar nichts gegessen!«, faucht der Kirchenwirt.

»Du hast ja auch nicht gefragt, ob es wem vom Essen schlecht ist.«

»Von unserem Essen *kann* es einem gar nicht schlecht werden.« Der Löffelmacher hat zu seiner alten Haltung zurückgefunden. Allerdings, wie er ausschaut, um den Preis eines mittlerweile stark überhöhten Blutdrucks. Er fährt zu seinen Servierdamen um, die sich immer noch wie eine Schar verschreckter Hühner vor der Tür zur Küche herumdrücken. »Jetzt stehts nicht blöd rum, bringts denen einen Schnaps, die einen wollen!«, faucht er mit hochrotem Kopf. Dann wendet er sich an den Lechner. »Und ihr schauts, dass endlich fertig werdets, damit's weitergehen kann. Das ist ja für uns alle eine Zumutung, dass der Herr Hansen hier immer noch tot in der Gaststube rumliegt. Zefixhalleluja!«

Das bringt jetzt wiederum den Lechner auf. Wenn er nicht so einen Kraut von einem Vollbart im Gesicht hätte, würde man auch bei ihm die Wangen glühen sehen.

»Es bleibt alles, wo es ist, bis ich andere Anweisungen erteile, Himmelhergottnochamal!« Er dreht sich einmal um die eigene Achse und brüllt durch den Raum. »Kronawitter! Du packst sofort die Reste von dem Schweinsbraten ein. Samt Knödel, Soße und Krautsalat. Das kommt alles in die KTU!«

ZWISCHENTÖNE

»Was meinte die Frau Doktor wohl damit, dass sie sich nicht festlegen will«, sinniert der Lechner ein paar Minuten später. Er hat sich kurz zum Verschnaufen neben mich an den Tresen gelehnt.

»Na, dass sie sich eben nicht festlegen will«, erkläre ich.

Er schaut mich etwas aufgestört an, weil er anscheinend erst jetzt merkt, dass er laut gedacht hat. »Genau das ist dein Problem, Fellinger, du überhörst stets die feinen Zwischentöne.«

»Feine Zwischentöne, ja klar. Lechner, du nimmst besser auch einen Schnaps!«, empfehle ich.

Sonst bin ich es schließlich immer, der hinter vermeintlich belanglosen Vorfällen ein Verbrechen wittert. Wobei belanglos in Bezug auf diesen bedauernswerten Herrn Hansen pietätlos klingt. Gut möglich, dass ich in der letzten Stunde zu viel auf weibliche Hintern gestarrt habe und deswegen unempfindlich gegenüber meiner Intuition war. Normalerweise stellt sich bei mir ein lästiges Jucken zwischen den Schulterblättern ein, wenn was nicht stimmt oder sich gar eine Katastrophe anbahnt. Dann juckt es genau an der Stelle, an die man am schlechtesten hinkommt, außer man verfügt über Gelenke aus Gummi. Aber mein Unheil-Jucken meldet sich heute nicht, was mich mit einem Mal beinahe mehr beunruhigt als die Tatsache, dass der von der Polizei sichergestellte Schweinsbraten letztlich auf mich zurückfallen könnte. Immer vorausgesetzt, irgendwas an der Mahlzeit stimmt nicht und sie war tatsächlich der Auslöser für den Tod von dem Fischkopf. Andererseits ist es egal, wie die Umstände sich gestalten, ich kann das nicht so einfach hinnehmen. Ob es nun juckt oder nicht.

Der Lechner stürzt sich zurück ins Gewühl und ist gleich wieder an der Seite vom Kirchenwirt vollauf damit beschäftigt, die aufgebrachten, teils verängstigten Gäste zu beruhigen; der eine mit Schnaps, der andere mit Autorität. Plötzlich marschiert wie zum Dablecka der Kronawitter auf mich zu. Ganz wichtig mit seinem iPad, mit dem er neuerdings Ermittlungsergebnisse und Aussagen protokolliert. Irgendwann sollte ihm mal jemand erklären, dass man die Berichte der Zeugen damit auch direkt aufnehmen kann. Dann bliebe einem sein umständliches Einfinger-Eintippsystem erspart, das dreimal so viel Zeit beansprucht, wie wenn er alles auf einen Block notieren würde. Ich verschränke die Arme vor der Brust und warte ab, was er will – wobei ich gleichzeitig so tu, als würde ich ihn nicht bemerken.

»War in der Küche wirklich alles in Ordnung?«, labert er mich von der Seite an, während sein stummliger Zeigefinger über dem Display kreist. Ich verdrehe die Augen und halte unauffällig nach einem Fluchtweg Ausschau.

»Ich hab da nämlich was aufgeschnappt.«

»Brauch ich etwa einen Anwalt?«, erwidere ich scherzhaft, aber selbstredend hätte ich es besser wissen müssen. Der Kronawitter ist humorresistent.

»Zeugen wollen gesehen haben, dass Ihnen der Wirt Geld zugesteckt hat.«

Sofort schlägt meine Laune um. Mit dieser Verunglimpfung gerät er bei mir an den Richtigen. Jetzt bin ich der Nächste hier im Lokal, dem die Zornesröte ins Gesicht steigt. »Hast du sie noch alle beieinander?«, schreie ich und reiße ihm das iPad aus der Hand. Ehe er sich in der neuen Situation orientieren kann, drücke ich auf die Kamera-App und filme den uniformierten Kasperlkopf. »Zu meinem Bedauern muss ich Ihnen mitteilen, dass der Herr Polizeimeister Kronawitter heute sein Hirn zu Hause gelassen hat«, protokolliere ich. »Wahrscheinlich hat er es nicht mehr gefunden, nachdem er es heute Morgen in sein Frühstücksmüsli geniest hat. Aufgrund ähnlicher Größenverhältnisse war es von den Rosinen nicht mehr zu unterscheiden. Dabei muss ich sagen, es wäre eh gescheiter gewesen, er hätte sich stattdessen eine verschrumpelte Weinbeere in den Schädel geschoben, das wäre für uns alle …«

Ich habe nicht bedacht, dass der Kronawitter jetzt, so ohne iPad, wieder beide Hände frei hat. Weshalb er für seine Verhältnisse relativ fix seine Dienstwaffe ziehen kann. Und eben diese richtet er nun auf mich.

»Sie geben mir jetzt das Gerät zurück, und dann kommen Sie mit aufs Revier!«

Ich lasse das Gerät los und hebe die Hände über den Kopf. Zu meinen Füßen schlägt das Ding auf den Fliesen auf, und ich höre, wie das Display zersplittert. Allerdings schaue ich nicht hin, weil mir das schmerzverzerrte Gesicht vom Kronawitter größere Genugtuung verschafft. In meinem Rücken kreischt eine Frau. Ob wegen des Lärms oder wegen der offensichtlichen Bedrohung durch eine Schusswaffe, kann ich nicht sagen. Auf alle Fälle verstummen damit schlagartig die zahlreichen, durcheinander quasselnden Stimmen im Wirtshaus. Für eine Sekunde überkommt mich die Befürchtung, dass der Schnittlauch mich gleich abknallt. Dass nun endlich die Gelegenheit gekommen ist, auf die er schon seine ganze Dienstzeit lang wartet. *Dem Fellinger, diesem zynischen Dreckshund, dem zahl ich diese laufende Piesackerei jetzt heim!*

Doch bevor irgendwas passieren kann, springt der Lechner zwischen uns. »Müsst ihr hier so ein Kasperltheater veranstalten und die Leute noch mehr verunsichern, ihr Affen!«

»Aber, Chef …«, stammelt der Kronawitter und zeigt unbeholfen auf das iPad zwischen uns auf dem Boden. Die Touch-Oberfläche ist, von einer Ecke ausgehend, spinnennetzartig mit Sprüngen durchzogen.

»Es leuchtet doch noch«, sagt der Lechner ungerührt, wofür ich ihn küssen könnte. Obwohl, lieber doch nicht, revidiere ich den Gedanken, weil ich mir nämlich nicht vorstellen will, was da in seinem Vollbart noch alles an Essensresten hängt und was für Ungeziefer sich in diesem Dschungel herumtreibt. Nebenbei frage ich mich, wie dem Lechner seine Frau das mitmachen kann. Wobei – ob die sich überhaupt noch so nahekommen? Mir ist bekannt, dass der Herr Wachtmeister gerne mal daheim vorgibt, beim Kartenspielen zu sein, ohne dass irgendeiner aus der Schafkopfrunde überhaupt weiß, dass wir zum Kartenspielen zusammensitzen. Was er unter diesem Vorwand so alles treibt, damit hält er hinterm Berg, der Hallodri. Aber es macht ja letztlich auch keinen Unterschied, ob nun seine Ehefrau ihn küsst oder eine mir unbekannte Dame. Grausen müsste es der einen wie der anderen …

»Fellinger! Träumst du?«, faucht er mich an.

»Nein«, sage ich. »Ich hab mir nur überlegt, wann du dich endlich mal wieder rasierst.«

Jetzt schaut mich der Lechner aus ähnlich großen Augen an, wie es der Kronawitter tut, seit ich sein iPad habe fallen lassen.

Ich gehe nicht darauf ein. »Sag deinem Handlanger bitte endlich, dass er mich nicht weiter mit seiner Waffe bedrohen soll!«

Doch statt seine Dienstpistole zu senken, macht sich der Schnittlauch ans Petzen. »Der Herr Fellinger hat Geld vom Herrn Löffelmacher angenommen.«

»Und deswegen willst du ihn jetzt erschießen, oder was?«, kontert der Lechner. Vollbart hin oder her, wenn es hart auf hart kommt, weiß er, zu wem er halten muss.

»Das ist nur wegen seinem aggressiven Verhalten«, versucht sich der Kronawitter rauszureden, steckt widerwillig die Waffe weg und kümmert sich endlich um sein demoliertes Tablet. Er hebt es auf, als würde er ein neugeborenes Kätzchen frisch aus dem Wurf nehmen.

»Und du verziehst dich besser auch!«, knurrt mich der Lechner an.

»Ich wäre schon lang weg, wenn man hier nicht wie in einer faschistischen Diktatur behandelt werden würde«, maule ich zurück.

»Außerdem will ich eine Abschrift von deinem Bericht über den Küchenbetrieb beim Kirchenwirt!«

»Das kann nur mein Chef genehmigen, der Dr. Hartinger. Das musst du über den Dienstweg machen!«

»Und das ausgerechnet von dir!« Er bohrt mir seinen Zeigefinger unters Brustbein. »Mein Freund, entweder wir beide machen das über den kleinen Dienstweg, oder ich finde vielleicht was in dem Schweinsbraten, das du übersehen hast.«

»Das ist der Beweis, der will hier was verschleiern«, quatscht der Kronawitter wichtigtuerisch dazwischen.

»Was, zefix noch mal, sollte hier denn irgendwer verschleiern wollen?«, stößt nun auch der Ferdl wieder dazu, aufgeplustert wie ein angriffslustiger Gockel.

»Na, zum Beispiel ob die Speisen überhaupt noch zu genießen sind, die den Gästen hier so vorgesetzt werden«, schlägt der Kronawitter vor.

»Schrei es halt noch ein bisschen lauter rum, du Volldepp! Wart nur, ich zeig dich an wegen Rufschädigung!«

»Und warum das Geld? Es haben mehrere Gäste unabhängig voneinander bezeugt, dass Sie dem Herrn Fellinger Geld zugeschoben haben.«

»Das waren Spielschulden, du Noderhirn!«, faucht der Kirchenwirt und wendet sich, um Bestätigung heischend, dem Lechner zu.

Der nickt. »Ja, da war noch was offen, soweit ich mich erinnere.«

Ich drehe mich zu den Leuten in der Gaststube hin um, lege meine Hände trichterförmig um den Mund und rufe: »Für alle, die es noch mal hören wollen, der Herr Hygieneinspektor Fellinger von der Lebensmittelüberwachung Ostbayern hat in der Küche vom Kirchenwirt keinerlei Beanstandungen vermerkt. Sie können demnach alle ganz beruhigt nach Haus oder auf Ihre Zimmer gehen. Und noch ein Tipp! Wenn der Wirt einen Schnaps ausgibt, würde ich ihn unbedingt nehmen, auch wenn Ihnen gar nicht schlecht ist.«

SAUTROGRENNEN

Für einen Abstecher zum Kellerwirt ist es mir jetzt zu spät. Außerdem ist mir endgültig der Appetit vergangen. Glauben die denn wirklich, ich hätte meine Arbeit nicht ordentlich gemacht? Bei dem ganzen Zirkus hab ich zu allem Überdruss verpasst, wie die Höllmüllerin das Spektakel verlassen hat. Ohne sich zu verabschieden. Ich kämpfe noch mit mir, ob ich ihr das ankreiden soll, wenn ich ihr das nächste Mal übern Weg laufe. Und ob ich erwähnen soll, was ich mir von ihr dafür als Entschädigung wünsche. Wobei es jetzt dringlichere Dinge gibt, über die ich nachzudenken habe. Statt rechts Richtung Friedhof zu gehen, trotte ich weiter die Hauptstraße entlang. Vor der Volksbank plätschert der Marktbrunnen. Die Nacht ist lau und vollmondig. Nahezu karibisch, auch wenn das Pritscheln vom Brunnen die sanfte Dünung eines türkisfarbenen Ozeans nicht ersetzen kann. Genauso wenig, wie es mich beruhigen kann. Fest steht, heimgehen ist keine Option. Dort wartet niemand auf mich, was mich für den Moment, in dem ich beinahe von einer Brise Romantik überrollt werde, betrüblich stimmt. *Zu Hause wartet niemand auf mich*, wiederhole ich in Gedanken. Folglich wird auch niemand den Kühlschrank aufgefüllt haben, kommt mir in den Sinn, was die Gefühlslage wieder zurechtrückt. Derb ausgedrückt, einer, der nur ans

Fressen und Saufen denkt, taugt nicht zum sehnsüchtigen Romantiker.

Verdächtig gestorben!, rufe ich mir stattdessen in Erinnerung – und plötzlich juckt es doch. Vielleicht auch nur, weil ich will, dass es mich juckt, und ich es mir deswegen autosuggestiv einbilde. Aber ungewöhnlich war das schon, wie dieser Herr Hansen da von uns gegangen ist. Ich führe mir die Szene noch einmal bildlich vor Augen. Ohne diese Mila wäre ich gewiss aufmerksamer gewesen. Gedankenversunken kicke ich einen Kiesel vor mir her und laufe ihm nach. Das Steinchen des Anstoßes verspringt genau zwischen unserem Italiener und dem Schuhgeschäft, dort, wo es runtergeht zum innerörtlichen Parkhaus. In ebendiese Gasse hinein zweigt mein Geschoss ab, und ich kann einfach nicht anders, als dies als Zeichen zu werten.

Alea iacta est, wie der Asterixologe zu sagen pflegt. *Die Würfel sind gefallen*, auch wenn es in diesem Fall ein Kiesel ist. Dreißig Meter voraus befindet sich linker Hand nämlich das *Bistro*. Ein irreführender, wenn nicht sogar verharmlosender Name für diese Lokalität, da es dort gar nichts zu essen gibt, schon gar nichts Französisches. Ohne jegliche Grundlage im Magen wäre ein Besuch dieses fraglichen Etablissements demnach fatal. Vor allem wenn ich bedenke, dass ich morgen früh einen Termin bei meinem Chef habe. Ganz ohne einen Grund genannt bekommen zu haben, warum mich der Dr. Hartinger überhaupt sehen will. Ja, diese Tatsache sollte mich einerseits davon abhalten, dem Bistro einen Besuch abzustatten. Andererseits könnte ein Abstecher in diese – nennen wir es beim Namen – Spelunke genau die richtige Methode sein, um sich auf eine Unterhaltung mit meinem cholerischen Vorgesetzten einzustimmen. Während mein Kopf noch das Für und Wider abwägt, stehe ich schon vorm Eingang und drücke die Tür auf.

Wie immer ist die Musik, die man ohnehin kaum als solche bezeichnen kann, zu laut und die Beleuchtung zu schwach für Leute meines Alters. Im ersten Moment fällt die Orientierung in dem grottenartigen Ambiente schwer. Früher, als in bayerischen Bewirtungsbetrieben noch geraucht werden durfte, hat der Zigarettenqualm in der schlecht belüfteten Kaschemme das Grauen einigermaßen verschleiert. Heute sind es nur noch die schwarz gestrichenen, das Restlicht zum Teil absorbierenden Wände, die einen davon abhalten, wegen des erbärmlichen Zustands der Einrichtung unverzüglich wieder Reißaus zu nehmen. Acht Stufen führen hinab in die Desillusion. So muss es sein, in den leeren Frachtraum eines leckgeschlagenen Öltankschiffs hinabzusteigen. Optisch wie gerüchlich.

Der Holler Hans, der das Bistro betreibt, dürfte enttäuscht sein, dass für einen Donnerstagabend so wenig los ist. Mir hingegen kommt dieser Umstand gerade recht. Die vier Nischen mit den klebrigen Tischen und den mit Brandlöchern und Kaugummi ekelhaft übersäten Polstersitzen sind verwaist. An der Dartscheibe, links vom Zugang zu den Toiletten, steht eine Handvoll nieten- und lederbewehrter Langhaariger, bewaffnet mit Bierflaschen und Wurfpfeilen. Im Angesicht der schummrig dunstigen Atmosphäre könnte man meinen, sie sind gerade dabei, sich zusammenzurotten, um vereint gen Helms Klamm zu ziehen. Ich wende mich von der ungewaschenen Rotte ab und blinzle mich durch die Düsternis bis zum Tresen, an dem ich eine einsame, aber mir bekannte Silhouette ausmache. Zwar hatte ich nicht die Absicht, mich heute überhaupt noch zu unterhalten, schon gar nicht, wenn ich gegen so ein Heavy-Metal-Gelärme anschreien muss. Das geht auf die Stimmbänder und auf den Geist. Aber hinsichtlich möglicher Anschuldigungen gegen meine Person bezüglich einer unsauber durchgeführten Hygienekontrolle beim Kirchenwirt kann es nicht schaden, für die Verteidigung ein paar Erkundigungen einzuholen. Und wenn einer was über die Leute im Ort weiß, ist es entweder der Pfarrer, der Frisör oder eben der Mann, der da gekrümmt über einem halb geleerten Pils hängt. »Hast du kein Zuhause?«, frage ich mit erhobener Stimme und schiebe mich auf den speckigen Barhocker neben ihm.

Der Gustl reagiert verzögert auf mein Erscheinen, vergleichbar einer Schildkröte, die langsam ihren kahlen Kopf samt faltigem Hals aus dem Panzer streckt. Denkt man sich die Goldrandbrille und den Schnauzer weg, kommt das durchaus hin. Natürlich abzüglich des weißen Kranzes, der um seinen runden Schädel wächst. Dafür hinterlässt die Barbeleuchtung einen grünlichen Schimmer auf seinem speckigen Gesicht, was dann irgendwie wieder passt. Einschließlich Überbiss. Für den Moment wirkt er, als hätte ich ihn aus dem Winterschlaf geweckt. Er muss mehrfach zwinkern, bis er mich erkennt. »Fellinger, geh weiter!«, nuschelt er und wischt mit der Hand in meine Richtung, als wollte er eine lästige Mücke vertreiben.

»Ist es dir nicht zu laut hier drin?«, frage ich und mache dabei um mein rechtes Ohr eine kreiselnde Bewegung mit dem Zeigefinger. Er kapiert tatsächlich. Irgendwie zumindest, denn er kramt aus der Brusttasche seines Oberhemds ein Hörgerät und flanscht es in den mir zugewandten Gehörgang. Ich warte, bis er fertig ist, daran herumzujustieren, wobei er mehrmals eine schmerzliche Grimasse schneidet.

»So, jetzt geht's einigermaßen«, verkündet er schließlich stirnrunzelnd, und wie um sich dafür zu belohnen, den Verstärker im Ohr richtig eingestellt zu haben, trinkt er sein Bier in einem Zug leer. Oder vielmehr betäubt er sich mit dem Alkohol, wenn ich den Radau bedenke, der ihm jetzt ungefiltert ins Hirn hämmert.

Seit der Holler Hans meint, er hat es nicht mehr nötig, in seinem Lokal die Gäste selbst zu bedienen, beschäftigt er diverse fragwürdige Aushilfen. Heute ist der Barmann einer von den Langhaarigen, den meine Ankunft nun vom Dartspiel wegholt. Nur widerwillig schleppt er sich an seinen Arbeitsplatz. Optisch ist er vom Rest des Rudels nicht zu unterscheiden. Er trägt ein schwarzes T-Shirt mit dem verschnörkelten Aufdruck einer Heavy-Metal-Kombo, von der ich mein Lebtag noch nie was gehört habe. Dazu eine schwarze, hautenge Lederhose, die auf unvorteilhafte Weise seine Steckerlhaxen in Szene setzt. Marke *Alienarsch*, denn von hinten betrachtet erinnert mich diese Gesäßansicht immer an die Viecher, mit denen Sigourney Weaver in etlichen Kinofilmen ihre liebe Not hatte. Ansonsten präsentiert sich die Servierkraft blass, verhärmt und unrasiert, mit strähnigem Haar, tätowierten Unterarmen und silbernen Ringen an vier von zehn Fingern. Genau die Sorte also, von der man sich vorbehaltlos ein Bier zapfen lässt. Besser, er würde sich eine Kopie von seinem Gesundheitszeugnis um den Hals hängen als so eine lächerliche Totenkopfmedaille. Ich frage mich, wo man diese Typen so ausstaffiert und zugerichtet in dieser Menge herbekommt und ob demnächst irgendwo ein Rockfestival in der Gegend stattfindet. Sonst eher selten bei uns zu sehen, wachsen derlei Gestalten zu solchen wattstarken Anlässen wie die Schwammerl aus dem Boden. Überhaupt scheint das der einzige Anlass, wofür sie ans Tageslicht kriechen.

»Was darf's sein?«, fragt der Biafra-Ork. *Cannibal Corpse*, entziffere ich endlich die bluttriefenden Lettern auf seiner rachitischen Hühnerbrust, was ihn allerdings keine Spur bedrohlicher für mich macht.

»Mach die Negermusik aus!«, schreit der Gustl, und der Alienarsch wirft uns einen irritierten Blick zu.

Hat der etwa Kajal um die Augen?

»Die Gäste wollen das hören«, behauptet das schwindsüchtige Zigarettenbürscherl verunsichert. Missbilligend beäugt der Gustl die restlichen Langhaarigen, um zu beurteilen, ob der Nietengürtelfraktion an der Dartscheibe die Klassifizierung *Gäste* überhaupt zusteht. Nach zwei Sekunden schüttelt er den Kopf und fixiert wieder den Barkeeper. »Aus jetzt«, faucht er, »bevor mein Hörgerät durchbrennt von dem elendigen Krach!«

Hilfesuchend schaut mich die Thekenkraft an.

»Ich nehm eine Halbe, vorausgesetzt, ich kann mich unterhalten.«

Als Verkaufsargument scheint Stille zu ziehen. Der Holler Hans erwartet Umsatz, damit er seinem Lokal weiterhin fernbleiben kann, schätze ich. Und ich kann ihn verstehen. Wer will an diesem fragwürdigen Ort schon freiwillig verweilen? Jedenfalls gilt die Devise: Wer zahlt, schafft an. Womit klar sein dürfte, dass der Gustl und ich momentan die Einzigen im Bistro sind, die Geld in die Kasse bringen. Und so kommt es, dass der Tätowierte schließlich geknickt am Regler dreht und den Lärmpegel auf ein erträgliches Maß senkt. Zu seinem Erstaunen reagieren seine Spezl nicht mit Protest auf die akustische Erleichterung, sondern spielen ungerührt weiter. Sehr wahrscheinlich sind sie bereits taub, ohne dass sie es wissen.

»Cannibal Corpse«, murmele ich kopfschüttelnd und wende mich dem Gustl zu. Auch dem entweicht ein erleichterter Seufzer, als hätte er sich gerade einer drückenden Flatulenz entledigt. Ich bestelle für ihn gleich noch ein Bier mit, und wir warten schweigend, bis der Gerstensaft vor uns steht.

»Ist der Polizeieinsatz zu Ende?«, fragt er, nachdem wir angestoßen haben und jeder einen ordentlichen Zug genommen hat. Ich erspare mir nachzuhaken, woher er von dem Zwischenfall beim Kirchenwirt weiß. Die Jahre meines Exils in dieser Ortschaft haben mich gelehrt, dass Geheimnisse hier die fragile Konsistenz von Seifenblasen haben. Sie platzen schneller, als einem lieb ist. Deshalb ist auch jedem bekannt, dass der Gustl schon seit Jahren nicht mehr Filialleiter von der Volksbank ist, obwohl er sich immer noch dafür ausgibt. Darüber, warum er seine Führungsposition verloren hat, kreisen zahlreiche Gerüchte. Sagen wir mal, auch bei ihm ist eine Blase geplatzt, aber das ist bei Banken ja nichts Ungewöhnliches. Offenbar verfügt der Gustl aber über prekäre Insider-Informationen, die ihn davor bewahren, endgültig auf die Straße gesetzt zu werden. Stattdessen steht er nach wie vor im Dienste der Bank, nur halt auf einem Posten, auf dem er keinen oder nur wenig Schaden anrichten kann. Nichtsdestotrotz weiß er über alle und jeden bestens Bescheid, vor allem, wenn es um monetäre Angelegenheiten und Vermögenswerte geht. Was durchaus zu meinem Vorteil sein kann, da ich mehr über die finanziellen Verhältnisse vom Löffelmacher wissen möchte. Aus der Erfahrung heraus entstehen unangenehme Situationen ja oft erst des Geldes wegen. Weil davon reichlich vorhanden ist oder eben auch nicht, je nach Perspektive.

»Ich suche nach einer Erklärung, warum das heute passiert ist. Und zwar am besten, bevor die Angelegenheit plötzlich auf mich zurückfällt, weil ein paar unfähige Beamte keine kreativeren Ermittlungsansätze zustande bringen«, werde ich unverzüglich konkret.

Er schaut mich an wie ein Auto. Ein unschuldiges Auto. »Aha«, bemerkt er, als wüsste er nicht ganz genau, was ich von ihm erwarte. Vorsorglich nimmt er noch einen Schluck, bevor er mir eine Gegenfrage stellt. »Erhoffst du dir eine Auskunft über die Finanzlage vom Kirchenwirt?«

»So schaut's aus.«

»Womöglich von mir?« Gespielt pikiert legt er seine altersfleckige Hand unter sein Herz, wie es auf den kitschigsten aller kitschigen Jesusbilder nicht besser dargestellt sein könnte.

»Mir ist das arg, wenn ich da womöglich in ein schlechtes Licht gerückt werde«, gebe ich ihm zu verstehen.

»Sei nicht so eingebildet. Nicht alles, was bei uns hier passiert, hat was mit deiner Person zu tun«, kontert der Ex-Filialleiter. Seiner Fast-Beleidigung entnehme ich, dass ich es richtig angestellt habe. Ich habe keinen Zweifel, dass der Gustl etwas in der Hinterhand hat, das mir weiterhelfen könnte. Es bedarf nur einer geschickten Taktik, um ihm dieses Wissen aus seinem blau geäderten Zinken zu ziehen.

»Du meinst also nicht, dass mir einer was anhängen will?«, frage ich kleinlaut und ruckle den Barhocker ein paar Zentimeter näher an den seinen heran. Der Kannibale hat sich zwar wieder zu seinesgleichen gesellt, aber ich will dem Gustl vermitteln, dass er nicht laut zu werden braucht, falls er sein Wissen mit mir teilen möchte. Sofern man es richtig anstellt und ihm ein bisschen Bewunderung vorgaukelt, ist der Gustl dazu nämlich durchaus bereit.

»Woher soll ich wissen, was du in letzter Zeit verbrochen hast? Wenn du selbst nicht weißt, wer dich aufs Kreuz legen will, kann ich dir auch nicht weiterhelfen.«

Dass ich als Hygieneinspektor nicht nur Freunde unter den Gastronomen habe, dürfte einleuchten. Gelegentlich fühle ich mich sogar bedroht. Das gehört halt zum Berufsrisiko, wenn man als Lebensmittelkontrolleur unterwegs ist. Wer Angst um seine Existenz hat, kann schnell zum Tier werden, und der Gastwirt im Allgemeinen hat häufig Angst um seine Existenz. Er hat sich für ein beinhartes Gewerbe entschieden, und auch wenn er es mit rosafarbenem Optimismus angefangen hat, ist es in der Regel so, dass ihn spätestens die erste Steuererklärung auf den steinigen Boden der Tatsachen zurückholt. Ab da wird rumgeknapst, auf Gäste gewartet und auf bessere Zeiten gehofft. Das Fachpersonal wird gegen Aushilfen eingetauscht, die Mutter in die Küche gestellt, weil der Koch auf Dauer zu teuer ist, und aus den geplanten acht Stunden, die man ursprünglich vorhatte, in der Gaststube zu stehen, werden schnell zwölf oder vierzehn, und das sieben Tage die Woche. Nur damit man allzu bald feststellen muss, dass es eigentlich immer noch nicht reicht. Dass es aber auch kein Zurück gibt, weil man seine gesamten Ersparnisse in dieses vielversprechende Projekt gesteckt hat.

Die Wenigsten, denen eine derartige Erkenntnis in den Verstand gesickert ist, empfangen einen Lebensmittelkontrolleur mit offenen Armen. Ich bin der Feind, genau wie das Finanzamt. Da kann ein Wirt schnell mal rotsehen und den Stier rauslassen. Denn wenn das Gastgewerbe die Corrida ist, dann bin ich für den geschwächten, aber wutentbrannten Bullen der Dolch, der das Ende bringen kann. Ich kann nicht beschwören, ob den Löffelmacher ähnliche Sorgen plagen. Ob ihn nicht auch die Existenzängste nachts wachhalten, obwohl sein geschundener Körper und vor allem die Psyche den Schlaf dringend bräuchten.

»Na ja, wenn dieser hinterhältige Anschlag nicht gegen mich gerichtet war, dann doch vielleicht gegen den Kirchenwirt.« Ich spreche aus, was mir in den Sinn kommt. »Ich habe mir halt gedacht, dass der Ferdl für die Investition in seinen Wellness-Tempel womöglich nicht nur saubere Kredite bei euch auf der Volksbank beantragt hat. Oder?«

Der Gustl schaukelt erneut seinen kahlen Schädel. »Überleg doch mal, Fellinger! Was hätte denn ein Kreditgeber – ob sauber oder nicht –, der monatlich auf die Rückzahlung seiner Raten wartet, davon, wenn es beim Löffelmacher wegen irgendwelchen Unstimmigkeiten zu Einnahmeverlusten kommt. Und zahlungsfähig war er bis jetzt immer, egal wie eng es gelegentlich geworden ist.«

»Ich hör da so ein bisschen raus, dass es schon mit seiner Kalkulation für den Hotelausbau Spitz auf Knopf gestanden hat und dass er sich keine schwache Saison leisten kann«, kartle ich nach.

»Kann er auch nicht, der Ferdl. Aber wie gesagt, unser Segen ist nach wie vor mit ihm … Dummerweise rächt sich halt alles irgendwann«, leitet er philosophisch nach einer kurzen, spannungserzeugenden Pause ein. »Da kann noch so viel Zeit verstreichen.«

Ich will nicht ungeduldig daherkommen, lasse ihn in aller Ruhe von seinem Bier trinken und tu es ihm gleich, um meine Neugier zu kaschieren. Dann betrachten wir beide eine Weile die Spirituosenauslage in den Regalen hinter der Bar, bis ich meine, es zerreißt mich und ich endlich möglichst teilnahmslos nachfrage: »Und wie viel Zeit ist in diesem Fall verstrichen?«

Er kraust die Stirn, um mir zu vermitteln, dass er nachdenkt oder vielleicht auch nachrechnet. Ich lasse ihn gewähren und versuche meinen Harndrang zu ignorieren, der sich plötzlich bemerkbar macht.

»Zwanzig Jahre, in etwa«, antwortet er schließlich.

Unfassbar, dass ein Bankier so lange braucht, um eine derart simple Subtraktion zu berechnen.

»Zwanzig Jahre also«, wiederhole ich und krame in meiner Erinnerung, was sich da vor zwei Jahrzehnten zugetragen haben könnte. Da war ich dreiundzwanzig und müsste es eigentlich mitbekommen haben, wenn in der Ortschaft was Denkwürdiges vorgefallen ist, an das man sich auch heute noch erinnert. Gut, ich habe damals noch auf dem Hof meiner Eltern gewohnt, der ein Stück außerhalb liegt, und es bestand auch noch nicht die Möglichkeit der digitalen Kommunikation in der Form, wie man sie heute kennt. Heute, wo schon alles im Netz steht, bevor es überhaupt passiert, wie man manchmal meinen könnte.

»Was war da jetzt genau?«

»Schalke hat den UEFA-Cup gegen Inter gewonnen«, sagt der Gustl und grinst dreckig, doch ich lasse mich nicht provozieren. Gelegentlich kann ich selbst unter höchster Anspannung ein eiskalter Hund sein. Was meinen Nebensitzer jetzt ein wenig zu ärgern scheint. Weil ich so gar nicht darum bettle, er möge doch endlich mit dem rausrücken, was ihm eigentlich auf der Zunge liegt. Statt mich zappeln zu lassen, ist er es mit einem Mal, der zappelt, auch wenn man sich bei einer Schildkröte gar nicht vorstellen kann, wie das ausschaut. Für einen kleinen Moment bekomme ich es mit der Angst zu tun. Aber er erleidet doch keinen Herzinfarkt und auch keine Lungenembolie wie der Hansen. Er greift sich lediglich ans Hörgerät und schraubt ein wenig daran herum, bis er wieder ruhig dasitzt. »Rückkopplung«, klärt er mich auf.

Ich seufze. Er hat gewonnen. »Also, was war jetzt damals?«

»O mei, ich rede vom legendären Sautrogrennen im Freudensee, du Depp! Das, bei dem der Bruder vom Löffelmacher ersoffen ist. Ich müsst mich schon sehr irren, wenn das nicht genau zwanzig Jahre her ist. Vielleicht sogar auf den Tag genau«, fügt er eindringlich an, wobei er schon arg theatralisch die Stimme senkt. Okay, wenn man bedenkt, dass wir heute wieder einen Toten hatten und es eine direkte Verbindung zum Kirchenwirt gibt, könnte man tatsächlich ins Grübeln kommen. Ganz langsam dämmert mir, worauf er anspielt, und ich muss mich in der Tat wundern, warum mir die Geschichte nicht selber eingefallen ist.

»Das Sautrogrennen«, sinniere ich. »Die Regatta des ländlichen Proletariats.« Eine arg zweifelhafte Veranstaltung, bei der erwachsene Männer sich in Holztrögen, die vornehmlich zum Entborsten von frisch geschlachteten Schweinen dienen, nur mithilfe von Muskelkraft durch einen vorgegebenen Parcourt über den See bewegen. Und sich dabei – sagen wir's, wie's ist – der Lächerlichkeit preisgeben, weshalb die gesamte Veranstaltung, so sportlich sie für den ein oder anderen anmuten mag, nur mit viel Alkohol erträglich wird. Da Vorläufe, Ausscheidungs- und Finalrennen im Einer- und Zweiersautrog duchgeführt werden, erstreckt sich dieses volkfesthafte Happening selbstverständlich über einen ganzen Tag und wiederholt sich entgegen seinem olympischen Charakter nicht nur alle vier Jahre, sondern findet selbstverständlich jährlich statt. *Fand* jährlich statt, korrigiere ich mich und widme mich wieder dem Gustl.

»Ich war damals dabei«, sinniert dieser weiter. »Alle waren wir dabei. Wie immer. Eine Mordsgaudi war das. Initiiert von der Wasserwacht, um Geld in die Vereinskasse zu spülen, was lange Zeit prima funktioniert hat. Nach dem Unglück hat man dann allerdings beschlossen, es sein zu lassen. Aus Pietät gegenüber den Hinterbliebenen, hat der Vorstand gemeint. Aber wahrscheinlich war es den Verantwortlichen von der Wasserwacht bloß scheißpeinlich, dass bei ihrer eigenen Veranstaltung und vor allem direkt vor ihrer Nase, auf ihrem ureigenen Terrain, einer ums Leben gekommen ist.«

Ich merke, dass es noch ein Bier braucht, um den Gustl am

Reden zu halten, und winke den Langhaarigen heran. Die Transaktion kostet mich weitere fünf Minuten. Doch nachdem der Bankier das Gönnerbier probiert und mit einem Nicken für gut befunden hat, scheint er bereit fortzufahren.

»Der Johannes Löffelmacher war nicht mehr, aber sicher auch nicht weniger besoffen als alle anderen Teilnehmer. Sein Pech war nur, dass er ein miserabler Schwimmer war. Und dass er bei der Auslosung ausgerechnet den Sautrog erwischt hat, der ein Leck hatte. So schnell, wie der damit abgesoffen ist, muss dieses Loch faustgroß gewesen sein. Vermutlich waren die Buben damals alle schon zu blau, um das noch zu bemerken. Genauso blau wie die von der Wasserwacht selber. Die haben unendlich lang gebraucht, bis sie mit ihrem Ruderboot in der Mitte vom See waren, eben an der Stelle, wo der Löffelmacher mitsamt dem Sautrog versunken war.« Der Gustl schaukelt seinen Schildkrötenschädel. »Zu viel Bier, dann ein Hitzschlag und schließlich ertrunken, hat es hinterher geheißen. So kann man eigentlich gar nicht verrecken, wenn du meine Meinung wissen willst. Natürlich war es an diesem Tag abartig heiß, weshalb wir alle ja auch dermaßen viel Flüssigkeit zu uns nehmen mussten. Aber als Wirtssohn war der Johannes an Bier in diesen Mengen doch gewöhnt, verstehst?«

Ja, ich verstehe und suche immer noch nach einer Erklärung, warum ich dieser fragwürdigen Traditionsveranstaltung derzeit nicht beigewohnt habe.

»Stell dir vor, diese Stümper von der Wasserwacht haben ihn erst nach einer guten halben Stunde gefunden. Na ja, der See war schon immer eine trübe Brühe, und dass er ausgerechnet in die Unterströmung vom Zulauf gekommen war, das war schon ein elendiges Pech. Zusätzlich zu dem Leck im Trog und seiner Unfähigkeit, sich über Wasser zu halten. Sag mir, Fellinger, kann jemand so viel Pech haben?«

Ich zucke mit den Schultern.

»Hast recht«, fährt der Gustl fort, »das Pech zieht sich ja durch die ganze Familie. Aber glaub mir, angefangen hat es damals, bei diesem Sautrogrennen. Seither haben die Löffelmacher nicht mehr viel zu lachen gehabt.«

VIAHAXERT

»Und deswegen geht er um«, murmelt der Gustl nach einer kurzen Pause, in der wir in unser Bier gestarrt und die Schaumbläschen gezählt haben.

»Wer geht um?«, frage ich, aus meinen Gedanken gerissen.

»Der Viahaxerte«, klärt er mich auf. Seit die Musik zu einem leisen Hintergrundrauschen geworden ist, hat die schwere, sauerstoffarme Luft im Bistro eine einschläfernde und gleichwohl bewusstseinserweiternde Wirkung gezeitigt. Das kennt man ja, dass ein Mangel an Sauerstoff einen sehr leicht etwas zusammenfantasieren lässt. Bestes Beispiel: Reinhold Messner. In diesem Zustand trifft er oberhalb sechstausend Meter gerne mal auf dubiose Gestalten mit Ganzkörperbehaarung. Gleiches gilt offenbar auch für den Gustl. Für mich dennoch ziemlich unerwartet, dass der alte Vermögensberater aufs Metaphysische umschwenkt. Der Viahaxerte ist gewissermaßen für uns am Ort das, was im Himalaja für den Messner der Yeti ist. Eine anthropomorphe Vorstellung, rational betrachtet ein Fabelwesen. Unseres haust angeblich im Moorgebiet, das ans östliche Seeufer grenzt, und wie der Name schon andeutet, ist es dabei auf vier Haxen unterwegs, was den animalischen Charakter unterstreicht. Man könnte sich jetzt wissenschaftlich oder auch esoterisch damit auseinandersetzen, aber letztlich hat dieses tierische Gebaren mit irgendwas Sexuellem zu tun. Darauf läuft es doch immer raus.

Wie bei solcherlei Erscheinungen üblich, wurde der Viahaxerte noch nie fotografiert, auch in jüngster Zeit nicht, wo doch sonst jeder immer und überall eine Handykamera draufhält. Ob sich's bewegt oder auch nicht, das spielt keine Rolle. Auch können angebliche Augenzeugen nie beschreiben, wie unser Sumpfmonster genau ausschaut. In den zweifelhaften Fällen des Aufeinandertreffens war es immer zu dunkel oder es ging zu schnell oder man war einfach zu erschrocken ob des plötzlichen Auftauchens, als dass man sich hätte ein Bild machen können. Vermutlich waren bei den häufigsten Begegnungen irgendwelche Drogen beteiligt, die das Hirn des vermeintlichen Augenzeugen vernebelt haben. Aber so was verschweigen diejenigen wohlweislich in der Regel. Gleiches gilt übrigens auch für Zusammenstöße mit Wolpertingern. Nur falls sich jemand fragt.

»Den Viahaxerten hat es doch schon gegeben, bevor der Löffelmacher Johannes ersoffen ist«, werfe ich ein und kann selber kaum glauben, diese Fantasie als *gegeben* zu bezeichnen. Offenbar fehlt es auch bei mir schon an Klarheit und Sauerstoff.

»Da muss ich dich korrigieren«, korrigiert mich der Gustl. »Erst nachdem der Bruder vom Kirchenwirt im See sein feuchtes Grab gefunden hat, sind Sichtungen gemeldet worden.«

Jetzt redet er schon wie ein Vorortberichterstatter von RTL 2. Kein Bier mehr für den Gustl, entscheide ich und protestiere ihm gleich mal dazwischen. »Feuchtes Grab? So ein Schmarrn. Der Johannes wurde doch geborgen, wenn auch zu spät. Außerdem kannst du mir nicht einreden, dass du an den Viahaxerten glaubst. Ausgerechnet du, der selbst die Existenz unseres Herrgotts anzweifelt.«

»Nicht an den Herrn im Himmel, eher an die Herren von der Frankfurter Börse glaube ich«, bestätigt er. »Nicht PAX sondern DAX, verstehst du?« Er feixt über seinen Witz, bis er darüber wieder ins Husten gerät. Es dauert eine Weile, bis er die Kontraktionen seiner Lunge wieder unter Kontrolle kriegt. Dann bekommt er einen dermaßen besinnlichen Gesichtsausdruck, als erführe er soeben eine Marienerscheinung zwischen den Schnapsflaschen hinter der Bar. »Wir leben hier in einer im höchsten Grade mythologisch geprägten Gegend, mein Freund. Erdstrahlung, Ley-Linien, heilige Orte und Kultstätten unserer keltischen Vorfahren, all das findest du bei uns. Da kann selbst einer wie ich mal esoterisch werden.«

Eher *ä*therisch, bei der Menge Bier, die er schon intus hat, denke ich und mustere ihn kritisch.

»Brauchst gar nicht so schauen, ich will dich nur langsam darauf hinführen.«

»Worauf?«

»Auf den Fluch, Fellinger, auf den Fluch.«

FLUCH

Das wird ja immer verwegener. »Welcher Fluch?«, platzt es aus mir heraus, und auf einmal haben die gemächlichen Schildkrötenbewegungen des alten Beutelschneiders für mich nichts Einlullendes mehr. Im Gegenteil. Sein Zögern fängt an, mich aufzuregen.

»Ha, du hast ja wohl gar nichts mitbekommen von dem, was da vor zwanzig Jahren abgelaufen ist«, spöttelt der Gustl, wird aber gleich wieder ernst. »Das Ertrinken vom Johannes war doch gewissermaßen erst der Anfang. Zum einen hat der Tod seines ältesten Sohnes und geplanten Erben den alten Kirchenwirt komplett aus der Bahn geworfen. Aber auch die Schwester vom Franz Löffelmacher, die Therese, diese alte Hex', konnte es nicht verwinden, ihren Lieblingsneffen verloren zu haben. Sie hat daher nicht lang gebraucht, um den Schuldigen für den Tod vom Johannes auszumachen.«

»Nämlich wen?«, frage ich dazwischen, weil der Herr Bankier wieder Anstalten macht, eine Verschnaufpause einzulegen.

»Na, den Ferdl, der damit in der Erbfolge nach oben gerückt ist.«

»Willst du damit sagen, die Löffelmacher Therese hat den *Ferdl* in Verdacht, das Loch in den Sautrog gebohrt zu haben?«

»So, oder so ähnlich«, bestätigt der Gustl und trinkt sein Bier leer, womit ich jetzt exakt eins hinterherhinke. Wieder muss ich mich wundern, warum ich damals nichts von dieser vermeintlichen Intrige mitbekommen habe. So ein verqueres Familiendrama ist eigentlich prädestiniert für die ländliche Gerüchteküche. Ein gefundenes Fressen für sämtliche Dorfratschen in der Gegend, genauso wie für die zahllosen Stammtische.

»Und dieser Verdacht … ich meine, gab es da konkrete Untersuchungen, oder war das jetzt nur das Hirngespinst von einer alten Jungfer?«

»Na, da fragst du am besten deinen Spezi Lechner, der wird vielleicht noch die alten Akten rumliegen haben. Ich kann dir nur so viel sagen; gefunden haben sie damals nichts, sonst hätte der Ferdl sein Erbe kaum antreten können«, erklärt er und rutscht vom Barhocker. Er braucht einen Moment, um seine stämmigen Beine unter Kontrolle zu bringen. »Danke fürs Bier!«, sagt er und klopft mir auf die Schulter.

»Ja, und der Fluch? Was war da jetzt?«

»Frag sie doch selber, wenn du dich traust!«

Ich schaue auf die Uhr und stelle fest, dass ich es um diese Zeit nicht mehr riskieren kann, einer Dame jenseits der achtzig einen Besuch abzustatten, Hexe hin oder her. Weil der Gustl offenbar den unbändigen Drang verspürt, die Orkhöhle zu verlassen, klatsche ich einen Zwanziger auf die Theke und eile ihm nach. Die klare Nachtluft trifft mich wie ein Hammer. Der Ex-Filialleiter hat schon einen kleinen Vorsprung, wie er da breitbeinig hoch zum Kirchplatz eiert. Ich will hinterher, doch da versagt mein Knie. *Dieses Scheiß-*

knie. Immer zum denkbar ungünstigsten Moment. Da ich zu hastig und ungenau auftrete, fährt es mir ins Gelenk, als wäre ich in einen rostigen Nagel gestiegen. Es knickt weg, und mich dreht es gegen die Hauswand. Am rauen Putz schramme ich mir die Handfläche auf. Und dabei muss ich der Mauer direkt noch dankbar sein, denn ohne sie läge ich wegen alkoholgeschwächtem Gleichgewichtssinn jetzt auf dem Kopfsteinpflaster.

Dieses lästige Wegknicken meines Knies kann man als meinen persönlichen Karriereknick bezeichnen. Es kommt zwar nur ab und an vor, und meistens habe ich es im Griff, aber bei der Polizei haben sie mich trotzdem nicht genommen. Dafür war diese chronische Unzuverlässigkeit des angeborenen Knorpelschadens unter der Kniescheibe dann doch zu unberechenbar. Im Alltag ist es zwar lästig, aber nicht so dramatisch, dass man es reparieren müsste. Im Alter schon vielleicht, dann, wenn die Leute beginnen, echte gegen künstliche Teile auszutauschen. Darüber mache ich mir allerdings noch keine Gedanken. Dennoch würde ich behaupten, die Aussetzer meines Knies waren wegweisend dafür, dass ich zu dem geworden bin, was ich bin. Ein Fahnder nach Kakerlaken statt nach Kriminellen.

Ein Bier mehr, und ich hätte sicher länger gebraucht, um mich zu berappeln. So kann ich nach kurzer Pause wieder losstolpern, dem Gustl hinterher, der nichts davon mitbekommen hat. Er ist aus einem anderen Grund stehen geblieben. Außer uns ist niemand mehr unterwegs. Das ist hier so. Sobald es dunkel ist, geht die Landbevölkerung nicht mehr raus, wenn es nicht sein muss. Das kommt von früher, als wir noch keinen Strom hatten. Anders kann ich mir dieses Phänomen nicht erklären. Mir fallen die Weisheiten vom Gustl wieder ein. *Eine im höchsten Grade mythologisch geprägte Gegend, Kultstätte keltischer Vorfahren.* Nachts geht *er* um und holt sich all jene, die nicht im Schutz des Herrgotts innerhalb ihrer geweihten vier Wände bleiben. Offenbar habe ich doch ein Bier zu viel.

Der Schmerz im Knie ist zu einem dumpfen Ziehen zusammengeschrumpft. Endlich schließe ich zum Gustl auf, der vorm *Roten Ochsen* innegehalten hat und die frisch renovierte Fassade betrachtet. *Große Neueröffnung* steht auf einem Banner über dem Eingang. Durch die Fenster sehe ich vereinzelt noch Leute an den Tischen sitzen. Der Gustl wird doch jetzt nicht auch noch dort einkehren wollen?

»Schön haben sie's gemacht«, murmelt die alte Schildkröte, und ich folge seinem Blick. Seit letzter Woche haben wir dieses neue Restaurant im Ort. In der Passauer Neuen Presse waren sie schon voll des Lobes, was die exzellente Küche angeht. Das wird dafür sorgen, dass noch mehr aus der Stadt zu uns rausfahren, um den Ortskern zuzuparken.

»Warst du schon drin?«, frage ich den Gustl.

»Selbstverständlich«, klärt er mich auf. »Ich hatte eine Einladung zum Eröffnungsdinner. Bin sogar am Tisch vom Bürgermeister gesessen.«

Warum frage ich überhaupt? Man muss nicht bis nach Venezuela fliegen, um Vetternwirtschaft und Korruption in Vollendung zu erleben.

»Und du?«, will der Gustl wissen, was ich nur mit einem Kopfschütteln kommentiere.

»Nicht mal in der Küche, zur Inspektion?«

»Mein Chef hat sich's nicht nehmen lassen, dieses

Gourmetlokal höchstpersönlich zu inspizieren«, antworte ich. Ein Verhalten meines Vorgesetzten, das im Laufe meiner Dienstzeit übrigens noch nie vorgekommen ist. Zumindest kann ich mich nicht daran erinnern, dass der Hartinger sich mal derart vorgedrängelt hätte, wenn es ums Arbeiten ging. Noch dazu kurz vor seinem Urlaub, wo er sonst immer so viel zu erledigen hat.

»Der nächste Schicksalsschlag für den Löffelmacher«, brummt der Gustl neben mir und versprengt meine Gedanken.

FEUCHTBIOTOP

Schlickig.

Kalt und schlickig.

Ich schwimme.

Nein, ich möchte schwimmen. Aber das Wasser trägt nicht. Es zieht mich runter. Dorthin, wo es noch kälter, noch schlickiger ist. Die Kälte betäubt mein Knie, doch es hilft nichts. Ich will strampeln, gegen den Sog, bloß das Knie will nicht. Egal wie lang ich meinen Hals mache, das moorige Wasser schwappt über meinen Unterkiefer und füllt meine Mundhöhle aus. Das raubt mir die letzte Kraft. Außerdem hängt da was an mir. In panischer Verzweiflung suche ich Halt, doch meine Hände greifen ins Leere. Wo ist der Sautrog? Die Verzagtheit wird zu Blei in meinen Gliedern. Lass mich los, schreie ich. Blasen steigen auf, dorthin, wo es hell ist. Dorthin, wo es Luft gibt. Doch für mich geht es abwärts. In die nasse Finsternis. *Er* hat mich erwischt. Er geht um, und jetzt holt er mich zu sich hinab auf den Seegrund. Ich weiß es, ich weiß, wer er ist. Jeder weiß es. Ich schreie seinen Namen, mein Gott, ich muss ihm entkommen! Erstickte Hoffnung. Jedem Kind ist bekannt: Wen er einmal hat, den lässt er nicht mehr los. Es drückt so sehr auf meine Brust. Gleich zerreißt es mir die Lunge. Gleich. Ein Schrei ist noch drin. Einer. »Der Viahaxerte«, brülle ich und werfe gleichzeitig die Zudecke von mir. Auf einmal ist mir nicht mehr kalt, sondern elendig heiß. Nass bin ich nicht vom Seewasser, sondern vom Schweiß, in dem ich liege.

All das rückt erst so nach und nach in mein Bewusstsein. Das Laken klebt mir am Rücken. Angeekelt wälze ich mich aus dem Bett und überprüfe dabei erneut, ob ich nicht doch irgendwo diesen glitschigen Algenfilm auf der Haut habe, den man nach einem Bad im Freudensee üblicherweise mit ans Ufer nimmt.

Was für ein depperter Albtraum.

Während ich ganz erschlagen ins Bad humple, fällt mir ein, dass es nicht das Ungetüm aus dem Feuchtbiotop sein wird, das mir heute den Atem raubt. Mich erwartet eine Begegnung mit Dr. Hartinger, was kaum weniger schlimm ist. So ein Einstieg in den Freitag kann einem das ganze Wochenende versauen.

Wegen des einen Biers zu viel, das ich gestern zu mir genommen habe, kann ich meinem Magen nicht mehr als einen Kaffee zumuten. Ich habe nicht direkt Kopfschmerzen, verspüre aber einen unangenehmen Druck ringsrum. So als würden die Biere in mir weitergären und die dabei entstehenden Gase sich als Blase unter der Schädeldecke sammeln. Keine schöne Vorstellung.

Neben den Gärungsgasen hat mir der Gustl letzte Nacht zudem einen rechten Scheißdreck in den Kopf gepflanzt. Seine Geschichten um die Löffelmachers beschäftigen mich auch während der Autofahrt nach Passau, wo wir unsere Verwaltung und das Labor haben. Dorthin begebe ich mich zuallererst, um meine gesammelten Proben der in den vergangenen Tagen inspizierten Gaststätten und Lebensmittelbetriebe abzugeben. Dabei vermeide ich tunlichst jegliche Kommunikation mit unserer Chefchemikerin Angela. Noch so ein Schauerwesen aus der Zwischenwelt, auch wenn sie offenbar kürzlich beim Frisör war, wie gemunkelt wird. Ich kann das nicht beurteilen, denn sie trägt ihr Haarnetz, das helfen soll, Verunreinigungen zu vermeiden. Einmal habe ich es gewagt, darauf hinzuweisen, dass sie selbst die Verunreinigung in Vollendung verkörpert. Seitdem ist sie noch weniger gut auf mich zu sprechen. In der Kantine habe ich neulich aufgeschnappt, dass sie sich gerade an einer Diät versucht. Auch davon kann ich nichts erkennen. Ihr Laborkittel schmückt sie in gewohnter Weise und tut ihrem unattraktiven Äußeren keinen Abbruch. Verwegen mustert sie mich über ihre aufgequollenen Hamsterbacken hinweg. »Der Hartinger will dich sehen!« Ein Stich ins Herz, wie sie denkt. Was die gegenseitige Abneigung angeht, stehen wir uns in nichts nach. Ich lächle souverän. »Ist wegen der Beförderung«, flüstere ich ihr hinter vorgehaltener Hand zu und suche das Weite.

»Ah, der Herr Fellinger«, begrüßt mich der Dienststellenleiter so scheißfreundlich, wie es eben seine Art ist. Gerade habe ich mich ein wenig besser gefühlt, nun ist das Völlegefühl im Hirn wieder zurück. Konditionell hatte ich schon bessere Zeiten. Für eine Sekunde kommt mir der Gedanke, dass sich da vielleicht ein Schlaganfall ankündigt. Dann aber zeigt mir der Hartinger sein nikotingelbes Gebiss, und ich bin abgelenkt. Ein Nagetier. Nutria, die Biberratte, dazu passt auch sein graues Haar, das wie immer unfrisiert von seinem Birnenschädel absteht. Dabei habe ich ihm beim letztjährigen Weihnachtswichteln extra einen Kamm zugespielt. Mit dem hatte ich vorab unserem Hofhund, dem Wacki, die Flöhe aus dem Fell gebürstet.

Wie üblich trägt der Hartinger einen grauen Anzug, und über den zugeknöpften Hemdkragen quillt der Halsspeck wie der Teig bei einem Muffin. Er bietet mir den unbequemen Stuhl vor seinen Schreibtisch an, während er unablässig seinen Montblanc-Füller zwischen den Wurstfingern dreht. Ich bleibe stehen, um zu signalisieren, dass ich nur widerwillig hier bin und keinesfalls die Absicht hege, zum Warmwerden über seinen Sommerurlaub zu reden, den er wie gewohnt auch dieses Jahr in Finnland verbracht hat. So wie er ausschaut, haben ihn auch diesmal weder die Stauzen aufgefressen noch hat ihn ein Elch überrannt oder ein Bär angegriffen. Schade eigentlich. Das wäre doch mal was Interessantes und nicht seine übliche Schwärmerei von der idyllischen Ruhe, die er in einer einsamen Holzhütte an einem tiefgründigen See verbringt, aus dem alle Viertelstunde ein Fisch emporspringt, um nach einer Mücke zu schnappen.

Die Sonne hat er ausgesperrt. Gut möglich, dass in Finnland schlechtes Wetter war und er sie nicht mehr gewöhnt ist. Dafür sticht das Neonlicht von der Decke. Er hätte wenigstens lüften können, bevor er sich gegen die zu erwartenden Hochsommertemperaturen verbarrikadiert. So bin ich von dem einen ins andere Feuchtbiotop geraten.

Immerhin nötigt ihn mein Verhalten dazu, sich ebenfalls zu erheben, weil er nicht gerne zu den Leuten aufschaut. Er ist massig und einen halben Kopf größer als ich, womit es nun ich wieder bin, der aufzublicken hat. »Ich sehe, Sie wollen gleich zur Sache kommen, Fellinger. Soll mir recht sein«, beginnt er, jetzt ganz ohne die gespielte Freundlichkeit. Er kennt mich eigentlich lange genug, hängt aber scheinbar an dieser Masche, zuerst den Süßholzraspler zu geben. Bei mir raspelt er allerdings seit Jahren vergebens. »Ist ja auch Freitag, da wollen Sie sicher früher Feierabend machen«, ergänzt er, und damit hat die skandinavische Kälte aus seinen grauen Augen auch den Rest seiner Mimik erfasst. Wäre er bloß droben geblieben in den einsamen Birkenwäldern.

»Ich will es kurz machen, Herr Fellinger. Es sind Anschuldigungen gegen Sie erhoben worden.«

»Wie bitte? Anschuldigungen?«

»Ja, ja, sehr ärgerlich. Es heißt, Sie würden im Austausch für ein gewisses Entgegenkommen nicht immer so genau hinschauen.«

»*Entgegenkommen*?«

»Genau. In Form von Bargeld. Jetzt tun Sie nicht, als wüssten Sie nicht, wovon ich rede!«

»Das ist …«

»Skandalös. Das bringt uns alle in Verruf. Sie verletzen Ihren Amtseid, das ist Ihnen doch hoffentlich bewusst. Und die Verpflichtung, bedenken Sie die Verpflichtung! Die Leute verlassen sich auf unser objektives Urteil. Wir von der Lebensmittelhygienekontrolle stehen für Lebensqualität und Gesundheit. Wir schreiben keine Falschparker auf, Herr Fellinger, bei uns geht es um sehr viel mehr.«

»Aber ich hab doch …«

»Sagen Sie nichts! Ich werde veranlassen, dass der Sache nachgegangen wird, und wenn da was dran ist, muss das vor einen Untersuchungsausschuss, das dürfte Ihnen klar sein. Ich halte jedenfalls nicht den Kopf für Sie hin, davon können Sie ausgehen.«

Er starrt mich an, ich starre zurück. Fand ich es vorhin noch stickig in seinem Büro, ist es jetzt nur noch kalt. Fast als würde ich wieder im See meines Albtraums treiben.

»Wer?«, frage ich mit geballten Fäusten und knirschenden Zähnen.

»Sie werden verstehen, dass ich dazu keine Aussage machen kann. Bis die Überprüfung abgeschlossen ist, werden Sie selbstverständlich weiter Ihren Dienst verrichten, aber sobald sich der Verdacht erhärtet, müssen Sie mit einer Suspendierung rechnen. Ich wünsche Ihnen ein schönes Wochenende, Herr Fellinger!«

STREICHELZOO

Offenbar macht es jemandem Freude, hinterhältige Gerüchte über mich zu verbreiten. Oder um es in niederbayerischer Direktheit wiederzugeben: *Welche Sau will mir da was anhängen?* Ich hätte jetzt rumstreiten können, aber ich beherrsche mich so weit. Was mich insofern befriedigt. Denn wenn ich losgetobt hätte, wie der Hartinger das wahrscheinlich zu provozieren versucht hat, wäre dieses Verhalten letztlich auf die Anschuldigung oben draufgesattelt worden. Wer schreit, der lügt, hat er mir mal vorgehalten. Das habe ich mir gemerkt. Seitdem lasse ich ihn allein schreien und denke mich dabei in einen Bambus hinein, der von Sturmböen zu Boden gebeugt wird, stets mit der Gewissheit, sich unversehrt wieder aufzurichten, wenn das Unwetter vorbei ist. Ein weiteres Ommm!

Trotzdem bin ich durch den Wind und bebe innerlich, wie ich aus seinem Büro rauslaufe.

Ich streiche mein Vorhaben, die vier Gaststätten zu überprüfen, die für heute auf meiner Liste stehen. Das hätte keinen Wert mehr. Ich wäre nicht bei der Sache oder zu emotional befangen, was für die Wirtsleute nicht gut ausgehen würde. Wenn ich mir in meiner aktuellen Situation etwas nicht leisten kann, dann sind das Fehler. Ziellos fahre ich donauabwärts. Die Sonne funkelt auf den graubraunen

Wellen. Von den Ausflugsschiffen winken die Leute zum Ufer her. Dazwischen strampeln die rucksackbepackten Radler auf dem Donauradweg nach Linz, Wien, Budapest. Lass sie fahren, denke ich, ohne Sehnsucht oder Neid. Da ich nicht die Absicht hege, irgendwo in Österreich rauszukommen, biege ich kurz vor der Grenze links ab. Aus dem Flusstal geht es über Serpentinen hoch in den Wald. Der Wald ist hier freilich nicht physisch vorhanden, er beginnt erst weitere zwanzig, dreißig Kilometer östlich. Ich steuere meinen Boliden durch Futtermaisfelder, die sich nach Regen sehnen, vollkommen beschäftigt mit meinen Überlegungen. Die kreisen um diese obskuren, völlig aus der Luft gegriffenen Anschuldigungen. Ich und bestechlich! Ich, ein Korinthenkacker vor dem Herrn, wenn es um die Einhaltung der Vorschriften im Rahmen der Lebensmittel- und Hygieneverordnungen geht. Was das angeht, bin ich durch und durch Beamter und kenne keine Freunde. Und das ist allgemein bekannt. Wer ist also die Sau, die mich angeschwärzt hat? Und vor allem, aus welchem Grund?

Mein Handy fiept. *Mama,* erscheint auf dem Display.

Neuerdings ist sie draufgekommen, dass ich auch unterwegs zu erreichen bin. Was heißt hier »draufgekommen«? Sicher nicht von alleine. Auch in der Hinsicht hat mich wer denunziert und ihr meine Handynummer gesteckt. Es widerstrebt mir, das Gespräch anzunehmen, aber die Ausrede, ich wäre nicht daheim gewesen, zählt jetzt leider nicht mehr. Man kann sich auf nichts mehr verlassen, weder auf den Datenschutz noch auf die mangelnde Netzabdeckung. Normalerweise ist die in diesem Zipfel der Republik nämlich vergleichbar schlecht wie die in der Hinteren Mongolei. Nicht, dass ich schon einmal dort gewesen wäre. Yakmilch-Joghurt und Buttertee halten mich irgendwie davon ab. Was ich sagen will: Netzbetreiber sehen bei uns in der Umgebung kein Marktpotenzial. Dafür werfen gelegentlich die österreichischen Telekommunikationsanbieter ihre Netze über die Grenze, um fremdzufischen. Da wenn du nicht auf der Hut bist, hast du jeden Monat saubere Roamingkosten auf der Rechnung. Alles in allem ein katastrophaler Zustand. Aber typisch – wenn man mal ein Funkloch brauchen könnte, dann ist die Verbindung zu hundert Prozent verfügbar.

»Mama?«

»Berti?«

»Ja, Mama!«

»Bist im Auto?«

»Ja, Mama! Was gibt's?«

»Gsottenes mit Mehlknödl und Sauerkraut.«

So habe ich es zwar nicht gemeint, aber die Aussicht auf ein Mittagessen weckt meinen Magen auf, der sich bislang mit einem spärlichen, aus schwarzem Kaffee bestehenden Frühstück hat zufriedengeben müssen. Ich bin etwa eine halbe Stunde entfernt und rate ihr, die Knödel noch fünfzehn Minuten zurückzuhalten, bevor sie sie ins kochende Salzwasser gleiten lässt. Sie freut sich hörbar und versichert sich erneut, ob ich auch wirklich komme.

Hm. Ihr dringendes Bedürfnis, mich zu sehen, erscheint mir übertrieben und löst sofort eine latente Unruhe aus. Ich trenne die Verbindung und merke, dass der Druck in meinem Kopf sich zum Magen hin verlagert hat. Ein Besuch bei meinen Eltern ist immer eine nervliche Herausforderung. Die Mama will Enkel, der Papa einen Nachfolger, der den

Bauernhof übernimmt. Beides sind Wünsche, die zu erfüllen ich mich nicht in der Lage sehe. Dieser Umstand führt in der Regel dazu, dass sich mein Stressfaktor noch erhöht. Doch die Anschuldigungen vom Hartinger dürften heute das Maß aller Dinge gewesen sein, beruhige ich mich. Es kann schlichtweg nicht noch schlimmer kommen.

Bis zu einem gewissen Grad verstehe ich sie ja auch. Vor allem die Mama tut sich schwer damit, dass ihr einziger Sohn mit dreiundvierzig immer noch ein kinderloser Junggeselle ist. Wie alle aus der Nachbarschaft und die gesamte Verwandtschaft in ihrem Alter sehnt sie sich nach kreischenden Quälgeistern. Ich weiß nur nicht, warum. Und der Papa … Ein ganz schwieriger Charakter, der so gar nicht nach mir kommt. Für ihn gibt es nur die Landwirtschaft und seinen Traktor. Einen Hanomag, Baujahr 1965. Wenn er sich entscheiden müsste, ich oder dieses alte Vehikel … Na ja, das ist jetzt auch wurscht.

Hinauf zum Hof führt eine schmale Straße, die stets mit festgefahrenen Erdklumpen und Kuhmist gesprenkelt ist. Man kommt über eine letzte Kuppe, und dann liegt er vor dir. Der Hof. Nichts drumherum außer Wiesen, Felder und Wald. Die perfekte ländliche Idylle. Mein Erbe, um das ich mich dereinst kümmern soll, wenn es nach meinem Vater geht. Um ein paar Milchkühe und ein paar Äcker, die sich selbst EU-subventioniert schon lang nicht mehr lohnen. Freilich, das Haus mit angebautem Stall ist über zweihundert Jahre alt. Und die Mama macht das immer schön, mit den Geranien unter den Fenstern und überhaupt. Aber da ist natürlich auch die Güllegrube, die jahrein, jahraus ihr eigenwilliges Odeur verströmt.

Neben dem dunkelbraunen Suzuki-Jeep vom Papa parkt eine Stufenheck-Limousine, die ich nicht kenne. VW Phaeton, silber-metallic, Münchner Kennzeichen. Ein Oberbayer in einem Phaeton. Ein bayerischer Preiß, da gibt es keine Zweifel. Und überhaupt. Wie kann man einem Auto so einen Namen geben? Phaeton? Das klingt für mich wie was Substanzloses, das hinten aus dem Darm rauskommt. Der wird doch gar nicht mehr gebaut, dieser Phaeton.

Nicht ohne Skepsis parke ich direkt vor dem Grand, der unermüdlich vom kalten Quellwasser gespeist wird und in dem die Mama aus Tradition immer noch eine Milchkanne frisch hält, auch wenn das, was die Ostbayerischen Milchwerke abholen, längst in selbstkühlenden Alubehältern landet.

Kaum mache ich die Autotür auf, steht auch schon der Wacki da. Unsere alte Promenadenmischung leckt mir die Hände und will gestreichelt werden. Ich tu ihm den Gefallen und ermuntere ihn dabei, den Besuch beim Verlassen des Hauses böse anzukläffen. Sonst reckt niemand seinen Kopf aus der Tür, nicht einmal die Mama, was an und für sich schon in höchstem Grad verdächtig ist. Selbst der Hanomag steht verlassen vor dem Stadel und wird nicht von den schwieligen Händen meines Alten liebkost. Der Münchner Besuch scheint die Hausleut völlig in Beschlag zu nehmen. Ich hoffe, ich komme nicht zu spät und die beiden haben sich nicht wieder eine unnötige Versicherung oder einen Bausparer aufschwatzen lassen. Schwungvoll betrete ich die Stube, und drei Köpfe drehen sich in meine Richtung. Einer davon ist mir gänzlich fremd, aber ich erkenne auf den ersten Blick einen Gschaftlhuber sondergleichen. Er trägt so ein Pseudotrachtenhemd mit Knöpfen aus Hirschgeweihimitat und einen derart akkuraten Mittelscheitel, wie ich ihn seit den späten 80er-Jahren nicht mehr gesehen habe. Schnurgerade gezogen und so blendend weiß leuchtet er aus dem aschbraunen Haar hervor, dass der Mann Angst haben muss, dass nicht versehentlich ein Flugzeug darauf landet, wenn er raus auf die Wiese geht.

Tower an Flug 4711: Sie sind nicht mehr auf dem Radar!

4711 an Tower: Mei, ich hab gmeint, das wär schon München.

Noch dazu sitzt der Mittelscheitel auf meinem Platz in der Eckbank. Was mich jedoch noch viel mehr entsetzt als der Unbekannte selbst ist die Feststellung, dass kein Essen auf den Tisch steht. Stattdessen hat die Mama ihr Sonntagskaffeegeschirr aufgefahren.

»Oh, der Bua!«, sagt sie, als hätte sie mich seit Monaten nicht gesehen und in keinem Fall mit mir gerechnet. Meine Verwirrung wächst.

Der Papa brummt etwas, was keiner versteht, und der Großstadttrachtler richtet sich so zackig auf, dass er dabei den Esstisch verschiebt. Dadurch schwappt der Kaffee aus den drei Tassen, die vor den Herrschaften stehen. Weil aber die Mama das gute Porzellan samt Untertassen genommen hat, ist das nicht so schlimm. Die Tischdecke bleibt verschont.

Trotzdem werfe ich dem Fremden einen verächtlichen Blick zu.

»Das ist der Herr Schauberger vom Tourismusbüro Oberbayern«, klärt mich die Mama auf.

»Schauberger, TBOB«, stellt er sich unnötigerweise vor

und reckt mir seine Hand über das Kaffeegedeck hinweg entgegen. Er hat ein Doppelkinn und ungesund gerötete Pausbacken. *Klingt nach TBC und ist wahrscheinlich genauso lästig,* denke ich und lasse meine Hände demonstrativ in den Hosentaschen. »Tourismusbüro Oberbayern«, wiederhole ich, als würde ich auf etwas rumkauen, was ich partout nicht schlucken möchte. »Wollt ihr verreisen?«

Dem Tourismusfuzzi leuchtet etwas Verschlagenes aus seinen Schweinsäuglein.

»A wo! Den Herrn Schauberger hat die Elli geschickt«, sagt die Mama.

»Die Elli?«

Die Elli ist eine Cousine von mir, die in München wohnt und bei der ich froh bin, ihr nur zu wichtigsten Familienanlässen zu begegnen. Hochzeiten, Beerdigungen oder Kommunionfeiern von irgendwelchen weitläufig verwandten Schrazn.

»Geh, wie lang haben wir die Elli schon nicht mehr gesehen?«, sinniert der Papa wie auf Bestellung, und ich merke der Mama an, dass sie mit verdrehten Augen zu rechnen beginnt.

»Warum schickt euch die Elli den Herrn Scheitelberger?«

»Schauberger!«, korrigiert mich der Schauberger.

»Es ist wegen der Ferienwohnung«, sagt die Mama. »Die nimmt der Herr Schauberger in sein Programm auf.«

»Ferienwohnung? Wir haben doch gar keine Ferienwohnung.«

»Noch nicht«, sagt der Papa.

»Dein Zimmer ist ja jetzt frei«, sagt die Mama.

»Mein Zimmer!« Ich achte darauf, dass sich meine Stimme

nicht überschlägt, jedenfalls nicht zu sehr. »Mein Zimmer ist keine Wohnung!«

»Zusammen mit dem Gästezimmer schon«, hilft der Alte aus. »Und die Vorinstallation für ein zweites Bad ist auch schon da.«

Schön, dass er mich daran erinnert. Die habe ich vor zehn Jahren legen lassen, als ich noch leichtfertig dem Irrglauben anhing, ich könnte es mit den beiden dauerhaft aushalten und mir deshalb oben eine eigene Wohnung einrichten. Wovon ich dann recht schnell abgekommen bin und die sündhaft teure Investition in den Sanitärausbau komplett unnötig wurde. Ein Griff ins Klo. Wortwörtlich.

»Wir brechen einfach hinten durch die Wand und machen einen separaten Aufgang, damit die Feriengäste nicht bei uns durch die Stube müssen«, führt der Papa seine Pläne aus.

»Durch die Wand!« Mittlerweile höre ich mich leicht hysterisch an. »Über dem Misthaufen?«

»Schmarrn, durch die Ostseite.«

»Ein extra Eingang ist super«, mischt sich der Mittelscheitel ein. »Und auch die Idee mit dem Streichelzoo.«

»Streichelzoo?« Jetzt sind sie komplett durchgedreht. »Ihr habt doch nur Kühe und Hühner!«, erinnere ich meine Eltern und hoffe, dass der Schwindel, der mich befällt, nur vom Hunger kommt und nicht einen Herzinfarkt ankündigt. Der fehlt mir noch, nachdem ich heute Morgen schon knapp dem Schlaganfall entronnen bin.

»Und zwei Sauen«, ergänzt die Mama in einer Inbrunst, die sie sonst nur für das Abschlusslied bei der Sonntagsmesse reserviert.

Ich ringe nach Worten. »Nix … nix davon eignet sich

zum Streicheln! Außerdem, ihr mögt doch gar keine anderen Leut … andere Leut sind euch zuwider. Ihr seid doch am liebsten unter euch, das sagst du doch immer, oder?«, wende ich mich hilfesuchend an den Papa – und das muss schon was heißen, dass ich ausgerechnet bei dem Alten auf Rückendeckung hoffe.

»Aber Berti, stell dir doch mal vor, wenn da Familien kommen. Mit kleinen Kindern. Was da wieder für ein Leben auf dem Hof wär.«

Ahhh, daher weht der Wind.

»Wunderbar«, wirft der Schauberger ein. »Sie haben ja so viel Wiese und keine gefährliche Durchgangsstraße weit und breit.«

Sein Gesäusel höre ich nur noch wie durch einen Nebel. *Kinder!* »Und du? Du bist da auch mit dabei?«, versuche ich es niedergeschmettert noch mal beim Papa.

»Mei, vielleicht kommt ja mal einer, der sich mit Landmaschinen auskennt.«

EXISTENZANGST

Nachdem der Schauberger seinen Phaeton vom Hof rangiert hat, gibt es doch noch was zum Essen. Auch wenn die Knödel zu lang im Wasser gelegen sind. Aber ich habe eh keinen Hunger mehr, von daher ist es egal. Demonstrativ mürrisch schaufle ich Fleisch und Beilagen in mich rein, die offenbar nur als billiges Lockmittel dienten, um mich hier vorzuführen. Der Papa verzieht sich als Erster, und keine Minute nachdem er die Stube verlassen hat, dengelt er auch schon mit einem Hammer auf seinem Amboss herum.

Die Mama versucht es mit Small Talk, aber ich reagiere nicht.

»Geh, Berti, der Herr war doch nett.«

War er nicht, denke ich. Der hat nur vorgegeben, nett zu sein. Da hat man jetzt nicht einmal ein besonderes Gespür dafür gebraucht, um das festzustellen. Aber auch das behalte ich für mich. Dabei haben wir früher immer zusammen *Nepper, Schlepper, Bauernfänger* mit Eduard Zimmermann geschaut. Völlig umsonst, wie ich jetzt feststellen muss. Eine für den gesunden Menschenverstand unverkennbar verdächtige Person, selbst so ein Paradebeispiel wie dieser Schauberger, wird von Leuten in der Generation meiner Eltern nicht als solche erkannt. Es muss am Alter liegen, oder am Gottvertrauen.

Obwohl es mir davor graust, mit diesem ausgschamten Menschen überhaupt zu sprechen, nehme ich mir vor, mit der Elli deswegen ein Hühnchen zu rupfen. Wie kann sie meinen Eltern nur so einen Sprücheklopfer auf den Hals hetzen, der ihre Leichtgläubigkeit ausnutzt und ihnen Flausen in den Kopf setzt. Ferienwohnung mit Streichelzoo! Ich lasse den dritten Knödel unberührt und verabschiede mich schmallippig. Die Mama verdrückt sich eine Träne. Gut so. Beim nächsten Besuch wird sie wieder auf mich hören.

Der Alte bearbeitet immer noch ein Stück Eisen. Er schaut, wie ich, nur kurz herüber. Der Wacki winselt, als ich die Autotür zuhaue. So aufgebracht, wie ich bin, kann mich auch sein treuherziger, eine Spur ins Verzweifelte gehender Hundeblick nicht erweichen.

Ohne Umwege brettere ich zum Kellerwirt. Mein Stammlokal, wenn man so will. Ein Wirtshaus, wie ein Wirtshaus sein muss. Die Tische und Stühle sind von jeher dieselben, genau wie der Rest der Einrichtung. Und wenn sich was verändert hat, dann hat das der Pauli so unauffällig gemacht, dass es mir nicht aufgefallen ist. *Das* ist für mich sanfter Tourismus.

Ich kenne den Kellerwirt, seit ich denken kann. Oder vielmehr seit mich der Papa das erste Mal an einem Sonntagvormittag nach der Kirche zum Frühschoppen hierher mitgenommen und an seinem Bier hat nippen lassen. Auch diese Geste war wegweisend. Mein Alter ist in den letzten Jahren kaum noch hergekommen. Seine Liebe zum Hanomag hat ihm irgendwie die Freude am Bier geraubt. Oder es lag am Generationswechsel, weil der Vater vom Pauli dem Sohn das Wirtshaus übergeben hat. Eine ähnliche Transaktion, die sich der Papa auch zwischen ihm und mir erhofft, was die Landwirtschaft angeht. Unbewusst wird ihm klar sein, dass es bei uns eben nicht so ablaufen wird wie beim Kellerwirt. Dabei habe ich ihn doch zumindest dahingehend beerbt, dass ich nun statt seiner nahezu täglich seine einstige Lieblingswirtschaft aufsuche.

Der Lechner sitzt an unserem üblichen Tisch, und so dreckig, wie er mich angrinst, ist das nicht seine erste Halbe.

»Mittagstisch ist vorbei«, klärt mich der Pauli auf, der soeben aus der Küche tritt. Sein Hemd hat vorne Flecken anhand derer ich zu erraten versuche, was heute auf der Karte stand.

»Bier reicht!«, brumme ich dem Wirt zu und setze mich zum Lechner.

Für Freitagnachmittag ist die Gaststube recht leer. Was sicher am Wetter liegt. Der Pauli hat im Moment keine Außenbewirtung, weil er es versäumt hat, seinen Biergarten zu sanieren. Vor ein paar Wochen hatten wir ein schweres Unwetter, das einen der Kastanienbäume entwurzelt hat, die den Biergarten säumen. Der mächtige Stamm hat so ziemlich alle Biertischgarnituren unter sich zermalmt. Zum Glück ist er vom Haus weg umgestürzt, sonst hätte der Kellerwirt noch ganz andere Wiederaufbaumaßnahmen einleiten müssen. Jedenfalls hat er es bislang nicht geschafft, den Baum entfernen zu lassen. Der liegt immer noch quer über seinem Hinterhof. Ich prognostiziere mal, das wird diesen Sommer nichts mehr. Aber offenbar kann er es sich ja leisten, der Pauli. Nicht alle Gastronomen sind von der Existenzangst befallen.

»Warst bei der Mama?«, fragt mich der Herr Oberpolizist

und reißt mich damit aus meinen Gedanken. »Hast wieder mit den beiden rumgestritten?«

Ich beschließe, nichts von den hirnrissigen Plänen zu berichten, die in meinem Elternhaus geschmiedet werden. Der Lechner lacht, doch als er erkennt, dass auch sein dummes Grinsen nichts nutzt, klopft er mir freundschaftlich auf die Schulter. »Wie kann man bei so einem Wetter so eine Lätschn ziehen? Wo drückt der Schuh? Jetzt sag halt!«

Doch ich warte nur stumm ab, bis mir der Pauli mein Bier bringt, proste dem Lechner damit zu und trinke es zur Hälfte leer.

»Sag mir lieber, ob du schon rausbekommen hast, was da gestern beim Löffelmacher los war!«

»Geh, Fellinger, ich darf doch nicht über laufende Ermittlungen sprechen«, belehrt er mich.

»Tust du doch sonst auch«, sage ich ungerührt. »Selbst in Situationen, wo wir nicht unter uns sind.«

»Na ja, aber da bist du auch nicht unmittelbar betroffen.«

»Jetzt aber mal halblang. Ich war und bin ja wohl nicht mal im Ansatz involviert in diesen Todesfall«, protestiere ich.

Der Lechner streicht sich durch den Bart und kommt mir dann etwas entgegen. »Es war etwas im Essen von diesem Hansen, da kommen wir nicht drumrum.«

»Etwas, etwas«, äffe ich ihn nach. »Und was soll dieses *Etwas* gewesen sein?« Das Schädelbrummen von heute Morgen meldet sich unvermittelt zurück. »Es gab von meiner Seite nichts zu beanstanden in der Küche vom Löffelmacher, und dabei bleibe ich.«

Ein bisschen zu selbstgefällig lehnt sich der Lechner

zurück. »Mag ja sein, dass du nichts gefunden hast, trotzdem war da was im Essen, das diesen Mann umgebracht hat. Es gibt zwar noch kein endgültiges Ergebnis, aber so viel steht bereits fest. Nur der Papst ist unfehlbar, Berthold, tut mir leid.«

SONDERKOMMISSION

Da war was im Essen, das diesen Mann umgebracht hat.

Der Stachel geht tief. Und mehr ist aus dem Lechner leider nicht rauszukriegen. Er muss dann nämlich schon wieder los. Zum Treffen der Sonderkommission *Schweinsbraten.* Die Kripo aus Passau schickt einen Kommissar, meint er, der die Ermittlungen leitet und in einer Viertelstunde zu einem ersten Sondierungsgespräch einlädt. Nur zu, denke ich nicht ungiftig. Mit zwei, drei Halben intus zum Sondierungsgespräch, da wird er gewiss Eindruck schinden beim Kommissar aus Passau.

SOKO Schweinsbraten. Da fehlen einem doch die Worte. Ich sitze da und starre wie eine Wahrsagerin in mein halb leeres Bierglas. Mich beschäftigen zwei Fragen.

Woher kam das *Etwas*?

Und wer hatte die Gelegenheit, das *Etwas* unters Essen zu mischen?

Der Lechner hat erneut vehement darauf gedrängt, meinen Untersuchungsbericht zu erhalten, und mir selbstverständlich jegliche Einmischung in die Ermittlung untersagt, bevor er abgerauscht ist. Er kennt mich halt. Weshalb ihm auch glasklar sein dürfte, dass ich das nicht auf mir sitzen lassen kann.

Da war was im Essen, das diesen Mann umgebracht hat.

Diese Andeutung, dass ich den Tod von diesem Hansen

hätte verhindern können, wenn ich meinen Job ordentlich gemacht hätte, schwebt wie eine dunkle Wolke über mir. Nein, so geht's nicht! Da stinkt was ganz gehörig. Und ich komme nicht umhin, mich zu fragen, ob die Verleumdung, die mir der Hartinger an den Kopf geschmissen hat, nicht aus derselben Jauchegrube stammt.

Ich bezahle mein Bier, was den Pauli ein wenig betrübt, denn damit verliert er seinen im Moment einzigen Gast.

»Bald kommt der Regen«, tröste ich ihn und trete ins Freie. Blauer Himmel bis zum Horizont. Die Urlauber wird das freuen und dazu motivieren, nächstes Jahr wiederzukommen. Womit ich gedanklich aufs Neue bei der Ferienwohnung bin, in die man sich dann womöglich bei uns auf dem Hof einquartieren kann. Auch eine Baustelle, um die ich mich kümmern muss. Mir steht definitiv kein entspanntes Wochenende bevor.

Wie ich am alten Rathaus vorbeifahre, fängt es zwischen meinen Schulterblättern zu kribbeln an. Jetzt auf einmal. Nur noch den Berg hoch, und ich stehe vorm Kirchenwirt, womit die Intensität meines Unheil-Juckens auf einen Schlag zunimmt. Links neben dem Gasthaus ist die Einfahrt in den Innenhof. Das Tor steht offen. Davor parkt dem Lechner sein Einsatzwagen. Hat er sein Sondierungsgespräch also an den Tatort verlegt. Das war bestimmt die Idee von dem Ermittler aus der Stadt. Im ersten Gang zuckle ich weiter und parke um die Ecke. Von dort schlendere ich zurück zum besten Haus am Platz. Man könnte meinen, dass die Leute sich am Freitagnachmittag fürs anstehende Wochenende eindecken, aber wie üblich ist der Ortskern verwaist. Wie so viele Käffer sind auch wir längst von einem Konsumgürtel umzingelt. Der rotiert zwar nicht, besitzt aber trotzdem eine Anziehungskraft, der sich die Leute nicht widersetzen können. Die ökonomischen Fliehkräfte ziehen sie aus dem Zentrum an den äußeren Rand und hinein in die schwarzen Löcher der Discounter. Eine Entwicklung, die ich missbilligend betrachte, die mir aber im Moment entgegenkommt. Ich fühle mich unbeobachtet, und diesen Zustand will ich nutzen. Vorsichtig spähe ich um die Ecke der Toreinfahrt.

Der Innenhof vom Kirchenwirt ist zweigeteilt. Über das Restaurant erreicht man den hinteren Bereich, der, mit Blumenkübeln und Rabatten abgetrennt, als Gartenwirtschaft dient. Im mir zugewandten Teil befindet sich der Nachteingang für Hotelgäste und die Zulieferung zur Küche. Dort lädt der Löffelmacher gerade Gemüsekisten aus seinem Kastenwagen. Hinter ihm stehen der Lechner und ein hoch aufgeschossener Enddreißiger, dessen imposanter Oberlippenbart von allem anderen ablenkt. Das kann nur dieser Kripobeamte aus Passau sein, auch wenn er ausschaut wie ein Volksschullehrer. Typ Sport und Werken. Konservativ lässig, was eigentlich nicht zusammengeht. Spießige Frisur, aber ein kariertes Hemd, das ihm aus der Hose hängt.

Weil der Wind günstig steht, der durch die schmale Hofeinfahrt weht, brauche ich nur drei Schritte an der Hausmauer entlangrücken, bis ich gut verstehe, was gesprochen wird.

»… noch mal mit allen vom Personal unterhalten, die gestern Abend gearbeitet haben!«, höre ich den Kommissar sagen. Vom Echo seiner Worte zittert sein Bart.

»Denen fällt heute auch nicht mehr ein als das, was sie gestern schon ausgesagt haben«, behauptet der Ferdl, bereits wieder mit ungesunder Wangenröte. »Sie halten mir da nur unnötig den Betrieb auf, außerdem beunruhigt das die Gäste. Ich habe bereits drei vorzeitige Abreisen und eine Stornierung.«

Der wandelnde Oberlippenbart bleibt gelassen herablassend. »Ich habe Sie zuvorkommenderweise *gefragt*, Herr Löffelmacher, das hätte ich aber aufgrund der Sachlage gar nicht gebraucht. Je kooperativer Sie sich zeigen, desto schneller sind wir durch.«

Schützend hält der Kirchenwirt die Blumenkohlpalette vor sich. Selbst auf die Entfernung kann ich erkennen, wie sich seine Pranken um die Tragegriffe krampfen.

»Dieser Edgar Hansen, war der öfter zu Gast bei Ihnen?«, startet der Kommissar unverzüglich seine Befragung.

»Drei-, viermal ist der schon hier gewesen in den letzten Jahren, aber das weiß der Lechner doch schon alles.«

»Immer allein?«, schießt der Kriminaler hinterher.

»Soweit ich mich erinnere. Waren ja immer nur ein paar Tage. Er hat halt die Ruhe gesucht.«

Die er nun endgültig gefunden hat, ergänze ich im Geiste.

»Hat er sich mal mit jemandem getroffen während seiner Aufenthalte? Gespräche geführt, beim Abendessen zum Beispiel?«, fragt der Kommissar weiter.

Dem Löffelmacher rinnt der Schweiß mittlerweile bächeweise in den Nacken, aber er kommt nicht auf die Idee, das Gemüse abzustellen. »Gegessen hat er immer allein, und was er tagsüber getrieben hat, dafür bin ich nicht verantwortlich. Darüber kann ich Ihnen wohl schlecht Auskunft geben. Oder meinen Sie, wir überwachen unsere Gäste, Herr Ritzer? Warum fragen Sie eigentlich so komische Sachen?«

»Der Hansen war eine große Nummer im Hamburger

Rotlichtmilieu«, schaltet sich der Lechner ein und erntet sofort einen vernichtenden Blick vom Oberermittler.

»Ach, da schau her. Da habt ihr ja euren Grund, warum man dem Preißn sein Essen vergiftet hat. Da muss ich mich schon fragen, wieso ihr mich und meine Angestellten noch weiter belästigt«, kontert der Ferdl aufgebracht. Ihm scheint nicht klar zu sein, dass das Echo aus dem Hof bis hinauf zu seinen Gästezimmern schallt.

Der Kommissar Ritzer wird jetzt seinerseits ungehalten, höchstwahrscheinlich vor allem, weil der Lechner leichtfertig Ermittlungsinterna ausgeplaudert hat. Hamburger Rotlichtmilieu also. Das klingt in der Tat nach starken Motiven und wirft ein völlig anderes Licht auf den Fall. Und es erklärt das Interesse der Passauer Kripo. Ich frage mich, ob der Herr Hansen womöglich geschäftlich in der Gegend unterwegs war. Rüber zu den Tschechen ist es nur ein Katzensprung, und dort stehen etliche Katzen sprungbereit am Straßenrand. Ausreichend Nachschub, sicher auch für die Puffs auf der Reeperbahn. Wie ich so vor mich hindenke, mir Szenarien ausmale und nebenher weiterlausche, was den Herrn von der Kripo so umtreibt, ruft jemand hinter mir unüberhörbar: »Servus, Fellinger!«

Die Zufahrt zum Hotelhof scheint von der Straße her ein noch viel besserer Schalltrichter zu sein als in die andere Richtung. Noch bevor ich mich umblicken kann, wer mir da in meinem Rücken so unbedarft einen Gruß zugeworfen hat, starren sechs Augenpaare zu mir herüber.

Der Oberlippenbart vom Ritzer bebt, obwohl er nur ein einzelnes kurzes Wort durch den drahtigen Haarvorhang schickt: »Wer?«

Eine komplett unnötige Frage, da mich jener grußwillige Passant ohnehin schon vorgestellt hat, ohne eine Erwiderung meinerseits abzuwarten. Und wie wenn das nicht schon genügen würde, lässt jetzt auch noch der Lechner verlauten: »Fellinger, zefix!«

»Was gibt's denn heut als Tagesessen?«, will ich wissen und schaue dabei so unschuldig drein, wie ich nur kann.

DEKOLLETÉ

Plötzlich fühle ich mich unwohl. Liegt vielleicht daran, dass ich gerade an der Praxis von der Höllmüllerin vorbeilaufe. Oder die Unpässlichkeit kommt daher, dass ich mich dabei so beeile. Ja, man könnte fast sagen, dass mein Vorwärtsdrang einen fluchthaften Charakter aufweist. Was daran liegen mag, dass ich nicht wirklich sicher bin, ob der Kommissar Ritzer dem Polizeihauptmeister Lechner nicht aufgetragen hat, den neugierigen Lauscher dingfest zu machen. Ein widersinniger Gedanke, der mich trotzdem antreibt. Zum Glück ereilt mich die überraschende Schwäche an der passenden Stelle. Ohne weitere Überlegung biege ich in den Hausflur des Gebäudes ab, in dem sich auch noch ein Zahnarzt und ein Physiotherapeut eingemietet haben. Ist eh äußerst unwahrscheinlich, dass Freitagnachmittag noch jemand da ist, kommt mir in den Sinn, nachdem die Eingangstür hinter mir zufällt. Doch selbst die Tatsache, dass ich von der Straße weg bin, verschafft mir schon Linderung.

Dr. med. Franziska Höllmüller, steht auf dem Schild im Treppenhaus. *Sprechzeiten: Freitag bis 12 Uhr*.

Am Aufzug hängt ein Schild. *Defekt!* Was machen bloß die ganzen Rolllator-Rentner, die morgens zum Blutabnehmen einbestellt sind? Und was mache ich? Obwohl mein Knie protestiert, nehme ich den Aufstieg in Angriff. Der

Knorpel hat den Aussetzer von gestern Abend noch nicht verdaut und jubiliert bei jeder Stufe. In der zweiten Etage angelangt, höre ich, wie über mir eine Tür zugezogen und gleich darauf mit einem Schlüsselbund geklimpert wird.

»Halt, stopp«, keuche ich, »Notfall!«, woraufhin das Klimpern verstummt.

»Fellinger?«, ertönt es von oben.

Sie ist noch da. Das beflügelt. Den letzten Absatz nehme ich fast beschwingt, bevor mir einfällt, dass ich eigentlich versehrt und angeschlagen bin. Franziska erwartet mich mit in die Hüften gestemmten Fäusten. Eine Haltung, die ihren wohlgeformten Busen betont. Was auch an dem geblümten Sommerkleid liegen kann, das sie trägt. Ich weiß gar nicht, wohin ich zuerst schauen soll. Ins Dekolleté, auf die schlanken Beine oder in ihre Augen. Sofort wird mir wieder schwindelig.

»Ich brauch was«, kommt es über meine trockenen Lippen, und ich vertraue darauf, dass sie auch nach Feierabend ohne Zögern ihrem hippokratischen Eid Folge leistet. »Eine Salbe oder so. Mein Knie bringt mich um«, setze ich nach und stütze mich schwer aufs Treppengeländer, um die letzten Meter bis zur ihr zurückzulegen. So nahe, dass ich ihr Parfüm riechen kann, oder eben so nah, wie sie mich an sich ranlässt. Besagte Distanz habe ich in unzähligen Versuchsreihen exakt ausgelotet. Die Höllmüllerin ist nämlich ein Jugendschwarm von mir. Seit wir zusammen auf dem Gymnasium waren, wenn man so will. Keiner Frau habe ich länger und erfolgloser den Hof gemacht. Selbst als sie zum Studieren nach Heidelberg ist. Selbst nach ihrer Hochzeit, zu einem Zeitpunkt, an dem sie quasi schon unerreichbar war. In all den Jahren, die sie im nichtbayerischen Ausland verbracht hat, hat meine Sehnsucht nach ihr nicht nachgelassen. Gut, vielleicht ist das Feuer etwas runtergebrannt in all den Jahren, aber die Glut ist nie erloschen. Und als sie nach ihrer Scheidung wieder in die Heimat zurückkehrte, reichte ein leichter Windhauch, hervorgerufen durch ihren Wimpernschlag, und ich stand erneut lichterloh in Flammen. Doch obwohl ich weiß, dass sie es weiß, lässt sie mich brennen.

»Das ist psychosomatisch bei dir«, behauptet sie wie immer, wenn ich sie wegen meines chronischen Leidens anspreche. Das Knie, das ist meine Achillesferse, aber die Frau Doktor ignoriert das mit stoischer Geduld.

»Die Pharmaindustrie hat seit deinem letzten Besuch dahingehend keine Fortschritte gemacht. Und nachdem alles, was wir bislang getestet haben, nichts geholfen hat, rate ich dir, es einfach mal mit Ruhigstellen zu probieren. Dafür kannst du dir das ganze Wochenende Zeit nehmen.«

»Schön wär's. Leider kann ich meine Beine nicht hochlegen, weder das gesunde noch das lädierte, woran du nicht ganz unschuldig bist.«

»Das musst du mir jetzt schon genauer erklären.«

»Na ja, wer war es denn, der den Lechner auf den Schweinsbraten vom Herrn Hansen aufmerksam gemacht hat, mit seinen wenig fundierten Mutmaßungen? Jetzt haben sie mich auf dem Kieker; die glauben doch tatsächlich, ich hätte da was übersehen, in der Küche vom Löffelmacher.« Ich hüte mich, vorwurfsvoll zu klingen, aber vielleicht entfache ich damit etwas Reue in ihr, die zu mir wohlgesinnten Folgeemotionen führen könnte.

»Davon kann ich dich freisprechen, ich habe vor einer Viertelstunde mit dem Pathologen telefoniert. Soweit ich eure mobile Laborausstattung kenne, hättest du das, was diesen Mann umgebracht hat, bei deiner Inspektion definitiv entdecken müssen. Was das angeht, bist du ein Pedant, habe ich gehört.«

»Ein Korinthen kackender Pedant, um genau zu sein.«

»Eben. Und das, gepaart mit deiner Fachkenntnis, die ich dir durchaus nicht absprechen will, hätte dir nicht entgehen können. Außerdem hätten wir wahrscheinlich nicht nur *einen* Toten, wenn das Zeug tatsächlich in der Küche vom Kirchenwirt verarbeitet worden wäre.«

»Jetzt bin ich aber neugierig!«

Sie sieht sich um, aber hinter ihr ist nur die verschlossene Praxistüre. »Der Schweinsbraten, die Knödel, der Krautsalat und die Soße. Alles gründlich mit einem Toxin versetzt. Herr Hansen hat eine absolut tödliche Menge an Rizin geschluckt, eine Dosis, die er nicht überleben konnte, egal wie schnell jemand reagiert hätte.«

Diese Information muss ich erst mal verdauen. Auch in Bezug auf das, was ich vorhin im Hof vom Kirchenwirt aufgeschnappt habe. »Kennt der Lechner das Untersuchungsergebnis schon?«, frage ich mit gesenkter Stimme.

»Diese Meldung ist brandheiß, und ich bitte dich, Fellinger, halt bloß dein Maul!«

»Rizin«, murmele ich. So langsam drehen sich die Rädchen im Oberstübchen wieder. Rizin ist, soviel ich weiß, ein pflanzliches Eiweiß, das aus den Samen der Rizinuspflanze gewonnen wird. Ein Teufelszeug, für das es kein Gegenmittel gibt. Natürlich hängt es immer von der Menge ab und davon, wie das Zeug in den Körper gelangt, aber wenn mich nicht alles täuscht, ist die Vergiftung eher schleichend und zieht sich über mehrere Stunden, wenn nicht sogar Tage hin.

»Wie kann das sein, dass es den Mann so schnell vom Stangl gehauen hat?«, frage ich aufgewühlt.

Sie nimmt meinen Gedanken auf. »Das ist allerdings ungewöhnlich. Im Normalfall macht sich die Vergiftung erst nach ein paar Stunden durch hohes Fieber bemerkbar. Gefolgt von Brechdurchfall und Husten; die Schleimhäute in Magen und Dünndarm entzünden sich, das geht mit Blutungen einher. Dann kommen Krämpfe und Koliken, schließlich Organ- und Kreislaufversagen. Das kann je nach Konstitution Tage dauern.«

»Und was war beim Hansen anders?«

»Der Pathologe will noch ein wenig herumlaborieren, aber vermutlich lag es an der Mischung.«

»Mischung?«, wiederhole ich ungeduldig, weil ich jetzt weder kryptische Äußerungen noch eine dramaturgische Pause gebrauchen kann.

»Kokain. Die Nasenscheidewand ist bei unserem Toten quasi nicht mehr vorhanden. Irgendwie hat die Menge an Stimulanzien, die er bereits intus hatte, den Kollaps beschleunigt. Fellinger, ich bitte dich noch mal, kein Wort zu niemandem.«

Ich druckse ein bisschen herum. Sie dabei zu beobachten, wie sie sich ärgert, etwas Geheimes ausgeplaudert zu haben, lässt mich sogar den Schmerz in meinem Knie ertragen. »Also, für ein Abendessen mit dir könnte ich glatt vergessen, was du grade gesagt hast.«

BLUTWURZ

Ich gehe, auch wenn ich nicht will. *Was* ich will, ist weiter im Wechsel auf die gebräunten Beine und in den V-Ausschnitt schauen. Aber es gibt keinen Grund mehr für uns, länger in dem Treppenaus stehen zu bleiben, in dem die graubraunen Wände mit Wasserfarbenbildern von Kindergartenkindern geschmückt sind. Grellfarbige Gemälde, so bunt, wie es der Malkasten eben hergab, und doch kein Vergleich zu der sommerlichen Frische, die das luftige Kleid der Frau Doktor ausstrahlt. Ich mag nicht gehen, aber andererseits habe ich, was ich mir erhofft hatte. Mehr noch. Darüber hinaus besitze ich jetzt die feste Zusage für ein Essen mit der Höllmüllerin.

Es fällt mir jetzt schon schwer, bis zum Abend abzuwarten, aber ich werde es schon aushalten. Zumal ich ja was zum Nachdenken habe. Und nicht nur zum Nachdenken, korrigiere ich mich, das wird kaum reichen. Ich werde wohl auch ein bisschen recherchieren, was den Herrn Hansen und seinen unfreiwilligen Tod angeht, der durch Rizin ausgelöst wurde.

Seit meiner Unterhaltung mit Franziska frage ich mich unentwegt, ob dem Täter bekannt war, dass der Hansen eine Koksnase war. Ob er eine Ahnung davon hatte, wie schnell das Toxin deshalb seine Arbeit tun würde. Oder ob es nicht vielmehr so war, dass er davon überrascht wurde, wie abrupt sein Opfer den Löffel abgegeben hat. War er demnach sogar noch anwesend, weil er vermutet hat, das Gift würde seine Zeit brauchen, um den Hansen umzubringen? Das zu klären erscheint mir als ziemlich relevant. Natürlich könnte ich diese Aufgabe dem Lechner überlassen und die Beine hochlegen, wie mir von meiner Hausärztin geraten wurde. Aber da ist noch diese zweite Sache, die mich wesentlich mehr beschäftigt. Wenn ich nämlich jetzt mal rein hypothetisch annehme, dass der Rizin-Schweinsbraten vielleicht gar nicht für den Hansen bestimmt war … Ja, sicher, dieser Fischkopf war aufgrund seines mutmaßlich kriminellen Hintergrunds zum Ziel prädestiniert. Aber das erscheint mir irgendwie zu simpel. Abgesehen davon, dass so ein Giftmord gar nicht ins Zuhältermilieu passt. Ich sehe da vielmehr einen Auftragskiller mit Präzisionsgewehr. Der hätte den Hansen beim Waldspaziergang prima von einem Hochsitz herab erlegen können. Blattschuss, fertig. Oder von mir aus auch: *Lass es wie einen Unfall aussehen, Luigi!*

Stattdessen Toxin im Essen. Das geht für mich einfach nicht zusammen. Wer war also noch alles unter den Gästen? Und wer hatte die Gelegenheit, die Speisen auf dem Weg von der Küche in die Gaststube mit dem geschmacklosen, wasserlöslichen Rizin zu beträufeln? Mir wird klar, dass es einiges zu tun gibt. Vermutlich wird das gesichtsbehaarte Ermittlerduo Ritzer und Lechner noch eine Weile damit beschäftigt sein, die Tagesabläufe vom Hansen zu rekonstruieren. Die Spurensicherung wird sich derweil das Zimmer und die Habseligkeiten des Hamburgers vornehmen und molekulargenetisch durchleuchten. Die Drogen konfiszieren, Verbindungen zu osteuropäischen Mädchenhändlerringen checken, ihre Schlüsse ziehen. Ich sehe es förmlich vor mir, es wird eine eingleisige Ermittlung Richtung organisiertes Verbrechen geben, da möchte ich meinen BMW drauf verwetten. Von daher dürfte ich relativ unbehelligt meine eigenen Nachforschungen anstellen können. Obwohl ich ja nicht mehr müsste, aber jetzt hat er mich erst recht gepackt, der Ehrgeiz. In mir wächst ein unbändiger Drang, dieser Sache auf den Grund zu gehen. Nicht allein, um den Lechner zu ärgern. Nein, ich fühle eine Verpflichtung. Innerlich. Das ist das Batman-Syndrom. Verbrechen aufklären ohne Auftrag. Das steckt in mir drin, und ich muss es ernst nehmen. Da bin ich einfach geprägt, einerseits durch die sonntäglichen Fernsehkrimiabende, die ich zwischen meinen Eltern auf dem Sofa erleben durfte, andererseits durch die präpubertäre Sucht nach Detektivromanen und Superheldencomics. Verdrängung wäre bei dieser Symptomatik ganz verkehrt. Nicht, dass ich noch irgendwann therapeutisch behandelt werden muss, weil ich mich meiner wahren Bestimmung nicht gestellt habe. Womöglich bin ich mit meinen Untersuchungen sogar wieder schneller als die Polizei. Genau wie beim letzten großen Fall, den wir hier im Ort hatten. Im Frühsommer. Da habe ich die Ermittlungsbeamten um Längen abgehängt, vor allem weil der Lechner in seiner uniformierten Überheblichkeit eine ganze Weile überhaupt nicht kapierte, dass er einen Kriminalfall vor Ort hat. Ist ja einerseits auch verständlich, bei unserer Dorfpolizei. Wenn man immer nur Falschparker aufschreibt und das höchste der Gefühle darin besteht, irgendeinen Trottel für Trunkenheit am Steuer anzuklagen, dann fehlt einem irgendwann die Weitsicht. Betriebsblind für das wahre Verbrechen, um es auf den Punkt zu bringen.

Wie ich da so die Marktstraße raufhinke, überlege ich mir, dass das Wetter zu gut ist, um sich zu Hause unters Dach zu hocken und im Internet Fallakten zu studieren. Zumal es um diese Jahreszeit saumäßig heiß ist in meiner Wohnung. Eben weil sie sich direkt unter einem schlecht isolierten Dach befindet. Deshalb verwerfe ich dieses Vorhaben und mache mich auf die Suche nach meinem Auto. Das habe ich in gewohnter Weise irgendwo an der Friedhofsmauer abgestellt, seit man im direkten Ortskern nicht mehr kostenfrei parken darf. Selbst als Anwohner nicht, was wir unserer neuen Bürgermeisterin verdanken. Darüber will ich mich jetzt partout nicht aufregen, weil mir sonst ein paar wichtige, für den Fall Hansen relevante Gedanken rausgehen könnten. Egal wie ich es drehe oder wende, etwas stört mich gravierend bei dem Mord an dem vermeintlichen Zuhälter. Eigentlich hängt diese Unruhe schon seit gestern wie ein hartnäckiger Bodennebel in meinen Gehirnwindungen. Also besser keine Zeit mehr vertrödeln. Der Gustl mit seinen eigentümlichen Geschichten hat mich da gestern nämlich auf was gestoßen.

Objektiv betrachtet gibt es ja neben dem Opfer noch einen weiteren Leidtragenden. Gut, wahrscheinlich gibt es sogar noch mehr, aber einen rücken meine Überlegungen halt besonders in den Fokus. Einen, der offenbar den Schicksalsschlägen nicht so einfach ausweichen kann. Erst vergangenen Winter hat sich die Frau vom Löffelmacher Ferdl das Leben genommen. Angeblich war sie depressiv. Was wiederum und unmittelbar mit ihrem Sohn zusammenhängt. Der

Jens Löffelmacher soll ja auch schwer krank sein, heißt es. Und das hat seine Mutter wohl nicht verkraftet. Wobei es auch Stimmen gibt, die behaupten, ihr Mann hätte sie derart drangsaliert, dass sie irgendwann keinen Ausweg mehr wusste. Ja, ich muss mich definitiv mehr mit den Löffelmachers beschäftigen. Das scheint mir um vieles ergiebiger, als den Tagesablauf eines Edgar Hansen zu durchleuchten, egal wie tief dieser Mensch im Hamburger Rotlichtsyndikat verwurzelt war. Ich weiß auch schon, bei wem ich anfange.

Wenn ich so darüber nachdenke, zweifle ich fast selbst ein wenig an meinem durchweg gesunden Verstand, aber ich finde es tatsächlich am besten, erst mal die metaphysischen Aspekte dieses Vorfalls auszuräumen. Der Fluch, von dem der Gustl berichtet hat, ist schon sehr weit hergeholt, und doch spukt er in meinem Kopf herum. Nicht dass ich an diesen Humbug glaube – und doch lenkt mich das irgendwie ab. Es heißt ja immer, dass sich auch im Abwegigen ab und an ein Körnchen Wahrheit verbirgt. Von daher halte ich es nicht für verkehrt, mir diejenige genauer anzuschauen, die jene Verwünschung ausgesprochen haben soll.

Für eine schnelle Besorgung fahre ich bei der Tankstelle vorbei. Es könnte hilfreich sein, nicht mit leeren Händen zu kommen. Dahingehend habe ich vom Gustl auf unserem nächtlichen Heimweg ja einen Tipp erhalten, der so Gott will seine Wirkung nicht verfehlen wird.

Ich bin mir nicht ganz sicher, wo genau Therese Löffelmacher wohnt, aber wie das bei so einem einigermaßen überschaubaren Ort wie dem unseren ist, weiß man es doch immer ungefähr. In der Niederung verläuft parallel zum Bach ein vom Streusalz zerfressenes Sträßchen, das in östlicher

Richtung aus dem Ort führt und letztlich nach gut einem Kilometer dort endet, wo zwei Bergsporne aufeinanderstoßen. An dieser Stelle hat das Wasser über Jahrtausende eine Klamm in den Stein gefressen. Je weiter ich ins Tal hineinfahre, desto mehr Abstand liegt zwischen den einzelnen Häusern. Rechts die Böschung hoch wuchern Brombeersträucher. Zu meiner Linken bevölkert Indisches Springkraut das Ufer. Die aus Asien eingeschleppte *Orchidee des armen Mannes* nimmt bei uns in Fluss- und Bachauen leider immer mehr Raum ein und verdrängt dabei die heimische Flora. Weshalb ich mir an diesem feuchtschwülen Sommertag ein bisserl wie im Amazonasbecken vorkomme. Auch wegen der Vielzahl an zermatschten Stauzen, die sich auf der Windschutzscheibe sammeln. Handtellergroße Hautflügler, wie es sie eigentlich nur in den Tropen geben kann. Nicht, dass ich schon einmal dort gewesen wäre, aber manchmal schaue ich Naturdokumentationen auf Arte. Mir wird es ein wenig flau im Magen, weil mir einfällt, dass am Ende dieses schlaglöchrigen Asphaltstreifens die Wanningermühle liegt. Natürlich ist das genauso ein Schmarrn, dass einem ein altes, dem Verfall überlassenes Gebäude Angst einjagt. Aber ich hab halt immer noch die Schauergeschichten im Kopf, die einem als Kind erzählt wurden. Darüber, was sich dort an der dem wild sprudelnden Bach zugewandten Hausmauer mehrfach zugetragen … Plötzlich stocken meine Gedanken mitten im Fluss. Die vermeintliche Hexe wohnt in unmittelbarer Nähe zum Teufel. Trotz Klimaanlage muss ich das Fenster runterlassen, weil ich mit einem Mal schlecht Luft bekomme.

Als Kinder haben wir uns genau deshalb dort

hingeschlichen, stets mit dem Gefühl, gleich in die Hose zu machen. Aber wir wollten ihn halt auch mal sehen, diesen gezackten Riss in dem alten Gemäuer, den man hie und da verputzt hat und der doch immer wieder aufgebrochen ist. Jenen finsteren Spalt, der an der Basis breit genug war, dass eine Katze hindurchschlüpfen konnte, und der sich nach oben bis knapp unter den Giebel blitzförmig verjüngte. Der Volksmund sagt, wer sich zu nahe an den Spalt wagt, den zerreißt es in der Luft. Was angeblich mal einer Henne widerfahren war, offenbar einer blinden, die sich dort, wo der Schlund der Hölle einen Zugang hat, wohl erhoffte, ein Korn zu finden.

Der vernunftbegabte Mensch fragt sich jetzt natürlich, was ist mit den Maurern, Gipsern und Malern passiert, die ab und an damit beauftragt waren, den Riss wieder zu verschließen? Der Aberglaube kann natürlich kontern, dass die vielleicht vom Pfarrer vorher mit Weihwasser besprenkelt wurden, bevor sie sich besagter Stelle genähert haben. Oder dem Beelzebub waren diese grobschlächtigen Gesellen nicht geheuer, weshalb er sich an wehrlosen Hühnern vergangen hat. Doch wie kann das Schauermärchen der Tatsache standhalten, dass dort früher tagein, tagaus Leute gearbeitet haben? In der Wanningermühle wurde nie Getreide zu Mehl vermahlen, wie viele irrtümlich annehmen. Vielmehr war dort einst eine Säge untergebracht. Das unterläufige, längst nicht mehr vorhandene Mühlrad diente als Antrieb, um Bäume in Bretter zu zerteilen. Gewiss war da gelegentlich auch ein Finger dabei. Abgetrennte Gliedmaßen waren und sind in diesem Metier nichts Ungewöhnliches. Und vielleicht haben das viele Blut und die Pein den

Teufel angelockt … Aber ist ja eigentlich wurscht. Bedenklich sollte mich höchstens stimmen, dass ich mich überhaupt mit derartigem Mumpitz befasse. Es ist doch offensichtlich, warum das Mauerwerk dort ständig aufbrach. Der Untergrund, auf dem die Mühle vor dreihundert Jahren errichtet wurde, ist wegen grundwasserbedingter Bodenbewegungen schlichtweg instabil. Diese erzeugen eine Spannung im Fundament und zack … da würde nur eine Komplettsanierung helfen, aber an den alten Kasten will sich niemand ranwagen. Nicht einmal das Amt für Denkmalpflege. Noch verwunderlicher ist, dass sich nicht schon längst irgend so ein ökologisch orientierter Konsumabkehrer aus der Landeshauptstadt dafür interessiert hat. Einer, der von Hedgefonds zur Töpferscheibe wechselt und sich in Selbstversorgung versucht, um den Sinn des Lebens zu ergründen. Aber die sind in der labilen Übergangsphase vom Topmanager zum Grünkernbratlingsjünger wahrscheinlich esoterisch zu anfällig. Wenn so einer von der mephistophelischen Geschichte des Gebäudes hört, bekommt er wahrscheinlich gleich Dünnschiss. Ich müsste mal den Gustl fragen, wem die Mühle aktuell überhaupt gehört. Obwohl, besser nicht. Dem Ex-Filialleiter verdanke ich es ja erst, dass ich mich so unwohl fühle. Zwiegespalten parke ich vor dem Haus, in dem das Reserl wohnt und von dem aus sie einen unverbauten Blick auf die etwa fünfzig Schritte entfernte Wanningermühle hat. Das Haus vom Reserl dürfte nicht viel jünger sein als der alte Kasten, der das Tal verschließt. Ein richtiges Hexenhaus, klein und gedrungen. Eingebettet in einem Birkenhain, der sich den Berg hinauf erstreckt und nach dreißig Metern von Nadelbäumen abgelöst wird. Die

Vorderfront ist komplett mit wildem Wein überwuchert. Ein Wildwuchs, in dem nur die zwei Fenster und die Haustür ausgespart sind. Wobei um die Tür- und Fensterrahmen die Triebe keineswegs akkurat geschnitten wurden. Wäre das Dach kein spitzer Giebel, sondern rund, könnte man auch einen Hobbit dort drin vermuten.

Bisher habe ich mir keine Gedanken gemacht, wie das Reserl ausschaut, obwohl ich sie bestimmt nicht nur einmal bei uns im Ort habe rumlaufen sehen. Manchmal hat man einfach ein Gesicht, aber keinen Namen dazu – oder auch andersherum. Nicht, dass ich jetzt wirklich eine Hexe erwartet habe, aber halt eine alte Frau jenseits der achtzig. Ein bisschen rundlich, ein bisschen gebeugt und faltig, wie die Frauen dieser Kriegsjahrgänge bei uns in der Gegend halt ausschauen. Geprägt und gezeichnet von harter Arbeit in der Landwirtschaft und vom Austragen und der Aufzucht vieler Kinder. Mit dem Zusammenhalt der familiären Strukturen beauftragt, während die Ehemänner morgens früh aus dem Haus gegangen waren, um ihren Brotjob zu verrichten und danach noch bis spät nachts im Wirtshaus hockten, um das zu versaufen, wofür sie tagsüber gebuckelt hatten.

Als hätte sie mich erwartet, reißt sie die Tür auf, ehe ich meinen Fingerknöchel gegen die Haustür schlagen kann; wie bei so alten Häuschen üblich, ist keine Klingel vorhanden.

Knusper, knusper Knäuschen, wer klopft da an mein Häuschen?

Ich stehe da mit erhobener Hand und gekrümmtem Zeigefinger und bin reichlich verlegen. Das mulmige Gefühl von vorhin ist wieder da, als ich über den Teufel in der

Wanningermühle sinnierte. Das Reserl stiert mir entgegen. Ein unheimlicher, starrer Blick, der durch meine Augen direkt hinein bis in meine Seele reicht. Gleich auf den ersten Blick ist mir klar, dass die Löffelmacher Therese sich weder mit der Aufzucht von Nachkommen noch mit Ehemännern rumgeärgert hat. Und offenbar hat sie auch nie besonders hart ranmüssen, was die zehrenden Arbeiten im land- und gastwirtschaftlichen Betrieb angeht. Sie sieht zwar alt, aber irgendwie auch unverbraucht aus.

»Wer sind Sie?«

Der Wind, der Wind, das himmlische Kind, geistert es durch meinen Kopf. »Fellinger, Hygienekontrolle«, stammle ich, weil mir in der Sekunde nichts Besseres einfällt.

Sie hat weder eine Hakennase noch eine Warze darauf, ist auch in keiner Weise gebeugt, sondern von hohem Wuchs, so wie es bei ihr in der Familie liegt. Ihr Haar ist schlohweiß und lang. Das Verstörende daran ist, dass sie es offen trägt und nicht, wie ich es ihrem Greisenalter entsprechend erwartet hätte, zum Zopf geflochten und zu einem Dutt hochgesteckt. Für den Moment befürchte ich, sie aus dem Bett geholt zu haben, aber das ist Unsinn, so hellwach, wie sie mich anblickt. Aus grauen Augen, mit ein bisschen Grün drin. Sie hat ein schmales Gesicht – nichts von dem Pausbäckigen, das die Löffelmachers auszeichnet – und die ledrige Haut von jemandem, der viel draußen ist. Trotzdem wirkt sie seltsam alterslos und auf gewisse Weise wie nicht von dieser Welt. Vermutlich liegt es an dem Kleid, das bis zum Boden reicht und mich an die Roben erinnert, in denen ein gewisser Schlag von Frauen immer auf Mittelaltermärkten rumläuft. Jene aus der Zeit gefallenen, nostalgisch veranlagten Damen, die aus ihren antiken Kirmeszelten heraus Socken aus Schafwolle, selbst gemachte Chutneys oder Naturkosmetik verhökern, sofern sie sich nicht als Kartenlegerin verdingen.

Ich komme mir etwas deppert vor, mit meinem Mitbringsel, das ich vorhin an der Tankstelle geholt habe. Es sei allgemein bekannt, dass das Reserl gerne schnapselt, hat der Gustl gestern beim Heimwanken verlauten lassen. Aber auf die von der Bank und ihre Auskünfte kann man sich wohl auch nicht mehr verlassen.

»Es ist wegen Ihrem Neffen«, sage ich, damit mal was gesagt wird, und verstecke die Flasche Blutwurz hinter meinem Rücken.

»Ist er verreckt?«

»Wer?«

»Der Ferdl. Sonst hab ich ja keinen mehr.«

»Äh, nein, nein, alles in Ordnung.«

»Schad«, sagt sie und macht den Türrahmen frei. »Ich hab gerade Tee aufgebrüht, wenn Sie möchten!«

Um die Blüten, die aus den Blumenkästen vor den Fenstern hängen, summen Bienen. Tief im Weinbewuchs, der die Hauswand einnimmt, rascheln und tschilpen ein paar Spatzen. Der üppige Bewuchs und das Geraschel und Gesumme erwecken den Eindruck, als wäre das Haus irgendwie … lebendig. Obwohl ich doch genau das wollte, fällt es mir etwas schwer, ihrer Einladung hinein in diesen Organismus zu folgen; womöglich besteht ja die Gefahr, ich könnte verdaut werden.

»Nehmen'S den Blutwurz ruhig mit rein!«, höre ich sie aus dem Halbdunkel des Flurs rufen. Jetzt ist es zu spät zum

Umkehren, ich taste mich vorsichtig vorwärts. Die Düfte, die mich latent schon vor der Haustür umweht haben, drängen nun massiv in meine Nase. Ein Bouquet aus Kräutern und Blumen, vermischt mit etwas Süßlichem. Vielleicht Honig. Dazu Katzenpisse und noch irgendwas Unangenehmes, das ich nicht identifizieren kann. Räucherstäbchen, Marihuana, 4711 oder eine Mischung aus allem, einschließlich des Geruchs nach Alter.

Auch drinnen gibt es keine geraden Kanten. Die gekalkten Wände wölben sich in alle erdenklichen Richtungen, weichen zurück oder nähern sich an, als wäre das Organische um mich herum mitten im Luftholen erstarrt. Der Flur ist kurz, zwei Schritte, und ich stehe in der Wohnstube. Dabei muss ich mich bücken, um nicht gegen den Türstock zu stoßen. Ich gehe direkt auf einen großen Holztisch zu, rechts stehen ein Sofa und ein Buffet, links befindet sich die Küche. Spartanisch, nur mit einer Spüle und einem Holzofen, wie ihn meine Oma gehabt hat, um damit das Haus zu heizen und darauf zu kochen. Die Decke ist niedrig und von drei Holzbalken durchzogen. An einem hängen zahllose, getrocknete Kräuterbüschel und Blumengebinde. Auf den Fensterbrettern jede Menge Kerzen und dazwischen immer wieder Flaschen, Töpfchen und Phiolen ungewissen Inhalts. Eigens angesetzte Mixturen, Kräutersude, Salben und Tinkturen. Vielleicht, wenn man ganz aufmerksam hinschaut, findet man auch Rizin, kommt mir in den Sinn. Aber ich wische diese Überlegung beiseite. Das Reserl war gestern definitiv nicht im Wirtshaus ihres Neffen, auch wenn sie ihn offenbar gerne tot sehen würde: Ihre Erscheinung wäre auf jeden Fall in Erinnerung geblieben. Gut möglich, dass sie sogar Hausverbot hat, falls die Antipathie zwischen ihr und dem Neffen auf Gegenseitigkeit beruht. Das würde auch erklären, warum an den Wänden alle möglichen Sachen, nur keine Familienfotos hängen. Über der Eckbank fehlt mir außerdem der Herrgottswinkel, was mich noch nervöser macht. Kein gekreuzigter Jesus, kein Marienbild. Nicht, dass ich jetzt besonders gläubig wäre, doch in diesem Fall hätten ein paar römisch-katholische Devotionalien zu meiner Beruhigung beigetragen. Immerhin schaut die Löffelmacherin den lieben langen Tag auf einen Eingang zur Hölle.

Dort, wo die Sonne ein helles Rechteck aufs Sofa zeichnet, liegt eine grauschwarz getigerte Katze. Ein Monstrum, mit einem Schädel so groß wie ein Handball. Solchen Viechern begegnet man in der Regel nur, wenn sie mit Eisengittern von einem getrennt sind. Ich schiebe mich möglichst leise daran vorbei und nehme den Stuhl, den das Reserl mir anbietet. Damit habe ich die Katze im Rücken, kann mich aber nicht entscheiden, ob das besser oder schlechter ist.

Den Blutwurz stelle ich auf den Tisch, der zahllose Gebrauchsspuren unterschiedlichster Art aufweist. Getrocknete Glasränder sind noch die harmloseren Hinterlassenschaften auf der schartigen Oberfläche. Die großen, dunklen Flecken im vorderen Bereich könnten ins alte Holz gesickertes Blut sein. Mir kommt ein Bild vor Augen, wie die Alte auf ihrem Küchentisch Operationen und Abtreibungen durchführt. Oder Opferungen. Besser, ich lasse meine Hände auf den Oberschenkeln liegen.

Sofort bekomme ich einen Tee vorgesetzt. Der dampft und riecht gesund. Obenauf treiben Rückstände, die es durchs Teesieb geschafft haben. Angeblich ist es ja besser, an heißen Tage was Warmes zu trinken, aber ein Bier wäre mir trotz allem lieber. Ich wage nicht, nach Zucker zu fragen. Das Reserl setzt sich mir gegenüber. Ihre langfingrigen Hände hat sie um eine Tasse gelegt. Die Hitze des heißen Gebräus, die durch das Porzellan dringt, scheint ihr nichts auszumachen.

»Gschieht ihm recht«, sagt sie, und ich vermute, sie meint den Ferdl. Offenbar weiß sie schon Bescheid darüber, was gestern beim Kirchenwirt vorgefallen ist, und hat nun einfach scharfsinnig kombiniert, dass mein Auftauchen damit in Verbindung steht. Aber dass sie gleich so gnadenlos auf den armen Ferdl draufhaut …

»Warum sagen Sie das? Er ist doch Ihr Neffe«, fühle ich mich genötigt, ihn zu verteidigen.

»Er war immer neidisch auf den Johannes.«

Das war derjenige, der ersoffen ist, rufe ich mir ins Gedächtnis. Gleichzeitig fällt mir ein, dass da ja noch ein weiterer Bruder war, auf dessen Namen ich gerade nicht komme. »Neidisch?«, hake ich bedächtig nach.

»Und wie der Ferdinand neidisch war! Der Johannes konnte nämlich immer alles besser und hatte auch die hübschere Freundin. Die sich sein Bruder dann gleichfalls unter den Nagel gerissen hat, genau wie das Wirtshaus.«

»Wie jetzt? Die Frau vom Ferdl war vorher mit dem Johannes zusammen?«

»Jetzt hat's gschnackelt, junger Mann!«

Sie steht auf und holt zwei Schnapsgläser aus dem Büfett, als wollte sie mir Zeit geben, das Gesagte zu verdauen. Und weil man zum Verdauen gerne auf einen Schnaps zurückgreift, schenkt sie uns beiden von dem Blutwurz ein, den ich vorhin ganz unauffällig auf dem Tisch deponiert habe. Wir prosten uns zu. Der Hochprozentige brennt sich meine Speiseröhre runter und ist binnen Sekunden auch in meinem Gehirn. Ich hätte besser was essen sollen.

»Der Nachwuchs war dann freilich schnell unterwegs, kaum dass der Johannes unter der Erde war. Daher weine ich auch der Magdalena keine Träne hinterher. Obwohl sie gelitten hat unter dem Ferdl und ich sie genauso gut bedauern könnte. Aber nein. Die wollte Wirtin werden, und zwar um jeden Preis, das sag ich dir!«

Nach dem ersten Schnaps sind wir also schon per du. Noch während ich mir diese Neuigkeiten durch den Kopf gehen lasse, kommt mir ein Geistesblitz. Und bevor ich darüber nachdenken kann, ob ich diese Idee wirklich mit ihr teilen soll, ist der Blitz auch schon aus mir herausgefahren. »Vielleicht war das Kind ja noch vom Johannes, und der Ferdl hat sich erbarmt.«

Sie funkelt mich böse an. Sehr böse. Sie zischt sogar noch ein Stamperl, ohne dass der böse Blick nachlässt.

»Könnte doch sein?«, hake ich etwas weniger forsch nach.

Es ist nicht das Reserl, dass mich anspringt. Das übernimmt ihre Katze, die ich zu diesem Zeitpunkt längst vergessen habe. Unverhofft landet sie auf meinem Rücken und schlägt ihre Krallen in meine Schulterblätter. Der Aufprall drückt mich nach vorne und beinahe mit dem Zinken in den heißen Tee. Bevor ich mit Kreischen fertig bin, arbeitet sich das Fellmonster bis auf meine rechte Schulter hoch, mit ausgefahrenen Krallen, als würde es einen Telegrafenmast besteigen, und macht von dort an meinem Ohr vorbei einen Satz auf die Eckbank. Abschließend drischt es mir dabei den buschigen Schwanz ins Gesicht. Katzenhaare bleiben in meinem Mundwinkel kleben. Angeekelt wische ich mir über die Lippen, während ich mich wieder aufrichte.

»Geh, Herbert!«, sagt die Alte unerwartet sanft und kichert kurz und schrill.

»Herbert!«, wiederhole ich ungläubig, ohne meine Abneigung gegen das Viech zu verbergen.

»Er macht sich halt gern einen Spaß«, entschuldigt sie ihn halbherzig.

Auf meinem Rücken spüre ich jede einzelne Stelle, auf die der Herbert seine Pranke gesetzt hat, aber ich beiße die Zähne zusammen. Hasserfüllt betrachte ich den Kater. Meine Hand umklammert die Teetasse. Der Herbert faucht mich an, und prompt zucke ich zusammen. Dann hebt das Reserl den Hexenfinger, und der Kater ist still. Er rollt sich auf der Bank zu einem Knäuel zusammen und fängt an zu schnurren. Erst jetzt spüre ich so richtig, wie mir das Herz bis zum Hals schlägt. *Teufelsviech, elendiges!*

»Das Temperament hat er vom Vater, der war eine echte Wildkatze«, erklärt die Alte.

Eine Wildkatze! Ich sag's doch: Teufelsviech!

Ich brauche ein paar Sekunden, um mich zu sammeln und den Faden wiederzufinden. Habe ich nicht eben der Frau vom Löffelmacher Ferdl unterstellt, dass sie ihm das Kind von seinem Bruder untergejubelt hat? Ich finde nach wie vor nichts Verkehrtes an diesem Gedanken und knüpfe daran an. »Vielleicht gab es auch deshalb immer Zwist zwischen dem Ferdl und seiner Frau, genau wie zwischen Vater und Sohn. Weil der Sohn halt nicht der leibliche war.«

Sie sackt ein bisschen in sich zusammen, dann schenkt sie sich wieder nach. Den Tee hat sie längst beiseitegestellt, und ich tue es ihr gleich. Behalte die Tasse aber in Reichweite, falls der Herbert noch mal aufmuckt. Die Alte kippt sich den Schnaps in den Rachen. Macht sie in dem Tempo weiter, ist sie besoffen, bevor ich meinen Fragenkatalog abgearbeitet habe.

»Der Jens ist schon in Ordnung«, gesteht sie mir, nachdem sie sich mit dem Handrücken über den faltigen Mund gewischt hat. »Eine arme Seele ist der Bub. Er hatte es nie leicht, und dazu jetzt noch diese verteufelte Krankheit, die er seit drei Jahren mit sich herumträgt.«

Der Ferdl lässt in der Hinsicht ja nichts raus. Wobei unsere Schafkopfrunden sicher auch nicht der passende Ort für derlei Probleme sind. Zudem muss ich mir eingestehen, dass ich mich nie wirklich ernsthaft dafür interessiert habe. Es hat mir immer genügt, was ich so an Gerede über die Theken in der Bäckerei oder Metzgerei hinweg aufgeschnappt habe. Dass der Jens durchgedreht ist, weil er Drogen genommen hat. Und, dass ihm *das* jetzt bleibt, wobei *das* niemals konkret ausgesprochen wird, so als würde man es selber kriegen, wenn man es nur in Worte fasst. Eigentlich eine Schande, eine derartige Ignoranz gegenüber seinen Mitmenschen. Weil ich mich spontan deswegen schäme, habe ich nichts dagegen, dass mir das Reserl ebenfalls noch einen eingießt. Zumal ich ein Katzenhaar auf meiner Zunge spüre und ich die Gelegenheit nicht auslassen möchte, meinen Mund ausgiebig zu desinfizieren. Der zweite brennt schon weniger, und danach ist auch das Haar verschwunden.

»Was genau fehlt dem Buben denn?«, frage ich, nachdem

der Schnaps sich gesetzt hat und mit angemessener Sensibilität in der Stimme.

Sie schüttelt den Kopf, nicht, weil sie keine Antwort hat, sondern um ihren Unmut auszudrücken. »Ich erzähl's jedem, der es hören will. Sein Vater ist schuld. Der hat den Bub in die Drogensucht getrieben. Ich weiß nicht, was er genommen hat, aber das Rauschgift hat bei ihm Schizophrenie ausgelöst. Und die Medikamente, die sie ihm deswegen einflößen, sind keinen Deut besser. Teufelszeug. Aber Hauptsache, er ist ruhiggestellt. Was anderes will der Ferdl ja gar nicht, erst recht nicht, dass das Kind wieder gesund wird. Deshalb hört er auch nicht auf mich.«

Schwere Vorwürfe. Gut, ich kenne mich da zu wenig aus, bezweifle aber, dass das Reserl mit ihren selbst gebrauten Kräutersuden größere Erfolge erzielen könnte. Ich hänge da vielleicht auch zu sehr an der Schulmedizin, weshalb ich meine Meinung für mich behalte. Schon allein weil ich dem Herbert keinen Grund geben will, mich erneut anzufallen. Nachdem sie vorhin etwas allergisch auf die Mutter vom Jens reagiert hat, verzichte ich gleich auf meine Fragen hinsichtlich der Magdalena und springe zum letzten Löffelmacher auf meiner gedanklichen Liste.

»Und der dritte Bruder? Der … Dings?«

»Der Rudi!«

»Genau, der Rudi. Wo steckt der eigentlich?«

Das Reserl bekreuzigt sich.

»Auch tot?«

Sie beugt sich mir über den Tisch hinweg entgegen. »Verschollen«, murmelt sie. »Auch wegen dem Ferdl. Der hat den Rudi nach dem Tod vom Johannes wohlweislich vertrieben, damit keiner mehr übrig ist, der ihm sein Erbe streitig macht. Keine Ahnung, wie er das angestellt hat, aber das ändert nichts an den Fakten.«

Ich komme ihr nun meinerseits näher, weil ich den Inhalt der nächsten Frage für explosiv halte und sie daher sehr vorsichtig behandeln möchte.

»Der Ferdl hat also Ihrer Meinung nach alles an sich gerissen. Haben Sie ihn deshalb verflucht?«

Sie starrt mir wieder in die Augen, so wie zu Beginn, als sie die Tür geöffnet hat. Mir fällt auf, dass der Geruch, den ich vorhin wahrgenommen habe und nicht einzuordnen vermochte, von ihr ausgeht. Wahrscheinlich irgendeine von ihren zusammengemischten Tinkturen. Was zum Einreiben gegen die Gicht oder wegen mir auch ein Mittelchen, das böse Geister fernhält. Etliche Sekunden verstreichen. Der Herbert schnurrt immer noch. Sie stößt mir ihren Blutwurzatem ins Gesicht. »Wannst mit'm Deife tanzt, brauchst guade Schua«, raunt sie mir beschwörend entgegen.

Ich denke an den Teufel, der drüben im Gemäuer der Wanningermühle hockt, und schlucke trocken. »Äh, und was heißt das jetzt?«

Plötzlich läuft ihr das Gesicht auseinander, und sie grinst mich amüsiert an. »Das ist doch alles Kokolores! Du glaubst auch jeden Scheiß!«

»Scheiß? Ach so«, sage ich. »Ja, dann halte ich Sie nicht länger auf, Frau Löffelmacher.«

»Und der Tee?«

»Ein anderes Mal«, verspreche ich und erhebe mich, nicht ohne nervös auf den Herbert zu schielen. Das Reserl folgt mir aus der Stube. Ich vernehme ihre schlurfenden Schritte hinter mir und spüre ihren brennenden Blick im Nacken. Sie will sich wohl vergewissern, dass ich auch wirklich gehe. Das Haus ächzt, wie ich hinaus in die Sonne trete. Es hat mich wieder ausgespuckt, kommt mir in den Sinn, doch erst als ich wieder jenseits des Gartenzauns bin, setzt die Erleichterung ein. Als ich gerade in meinen BMW steigen will, bemerke ich einen Wagen, der vor der Wanningermühle parkt. Über die wild wuchernde Himbeerhecke hinweg kann ich leider nur das Dach erkennen, aber ich bin mir sicher, dass da vorher noch kein Auto stand.

»Gibt es einen Kaufinteressenten?«, frage ich in die Richtung vom Reserl, aber sie ist verschwunden. Die Haustür ist zu.

MEDIUM RARE

Zugegeben, es war optimistisch von mir, beim Pauli einen Tisch zu reservieren. Abgesehen davon, dass er mir kein Candle-Light-Dinner serviert hätte, wird mein nächster Besuch beim Kellerwirt saupeinlich werden. Ich komme ungern in Erklärungsnot. Wird aber passieren, weil die Frau Doktor, statt ein Schnitzel beim Kellerwirt zu verzehren, darauf besteht, unseren neuen Gourmettempel auszuprobieren. Für einen Moment bereue ich es sogar, sie endlich zu einem Abendessen überredet zu haben.

»Da kriegen wir doch überhaupt keinen Tisch mehr«, wende ich ein, wie ich da bei ihr im Hausflur stehe und darauf warte, bis sie alles in ihre Handtasche gepackt hat, was sie eben so braucht, um die Zweisamkeit mit mir zu überstehen.

»Ich hab vorbestellt«, lässt sie mich wissen und grinst. »Und jetzt verzieh nicht dein Gesicht! Wenn wir schon ein nobles Lokal im Ort haben, muss man das doch mal ausprobieren.«

»Aber ich bin gar nicht passend angezogen.« Ich schaue demonstrativ an mir runter. Hemd, kurzärmlig. Jeans, verwaschen. Sneakers, nicht ganz sauber. Beim Pauli wäre ich in dem Aufzug nicht weiter aufgefallen. Ich streiche mir übers Kinn und spüre die Bartstoppeln.

»Du siehst einwandfrei aus«, meint die Höllmüllerin und lacht. Dann hakt sie sich bei mir ein und zieht mich nach draußen. Natürlich schaut sie traumhaft aus, wie sie da an meinem Arm hängt. Wieder im Sommerkleid, nur diesmal etwas höher geschlossen und weniger bunt. Dazu hochhackige Schuhe, die sie locker fünf Zentimeter größer machen, sodass sie nicht mehr zu mir aufzublicken braucht. Ihre nach oben gesteckten Haare glänzen in diesem raffinierten Kastanienton, der so gut mit ihren Augen harmoniert. Freilich sind sie gefärbt; wenn ich genau hinschaue, sind sie im Ansatz schon grau, was man einer Frau mit Anfang vierzig ja durchaus zugestehen darf. Trotz allem ist sie für mich immer noch die begehrenswerte Franziska von vor fünfundzwanzig Jahren. Das Alter hat sie schlichtweg nur noch interessanter gemacht.

»Jetzt freu dich halt ein bisschen!«

»Ich freu mich ja!«, erwidere ich und versuche mit ihr Schritt zu halten. Sie meistert souverän das Kopfsteinpflaster. Wir können zu Fuß gehen, auch von ihrer Wohnung aus. Diese Kompaktheit ist das Praktische an unserem Kaff. Trotzdem fahren die meisten mit dem Auto, wie der volle Parkplatz vor dem Restaurant beweist, das wir innerhalb von fünf Minuten erreichen. Drei, vier Stadtnummern und zwei Regensburger Kennzeichen. Der Rest der Gäste scheint mir aus der näheren Umgebung zu kommen. Ich hätte nicht gedacht, dass die Leute die Gourmetküche so annehmen. Gut, die Neugier halt. Die wird den meisten erst vergehen, wenn sie die Speisekarte aufschlagen. Letztlich bleiben dann die übrig, die unbedingt dazugehören wollen. Die darf man allerdings nicht unterschätzen.

»Ich hätte es umbenannt«, sage ich, wie wir so Arm in Arm vor dem Eingang stehen.

»Aber das ist doch gerade das Schöne, dass der neue Besitzer den alten Namen gelassen hat.«

»Der Rote Ochse war die heruntergekommenste Spelunke im Ort. Mit der schlechtesten Küche – du machst dir echt keine Vorstellung –, und nur grindige Grattler, Knastbrüder und Schnointreiber als Kundschaft. Dieses Wirtshaus hatte einen Ruf bis weit über die Landkreisgrenze hinaus, und dieser Ruf taugt nicht gerade fürs Marketing, das sag ich dir.«

»Es zeugt doch von Mut, den Namen trotzdem zu behalten.«

»Es zeugt von Blödheit«, widerspreche ich. »Die haben doch sonst alles modernisiert und einen Haufen Geld reingesteckt. Wahrscheinlich hat es halt dann für die Namensänderung nicht mehr gereicht.«

»Was hätten sie denn daraus machen sollen? Red Bull?«

»Bloß keine Anglizismen«, brummle ich und steige an ihrer Seite die drei Granittreppen hinunter. Sie verbietet mir, die Karte zu inspizieren, die neben dem Eingang in einem beleuchteten Schaukasten hängt. Was vermutlich besser ist, weil ich bezahlen werde. Zumindest dahingehend unbefangen, lasse ich mich von ihr in unser neues Nobelrestaurant führen.

Für gewöhnlich werfe ich zuallererst einen Blick in die Küche, bevor ich die Gaststube betrete. Aber auch darauf muss ich heute verzichten. Dass ich mich damit im neuen *Roten Ochsen* auch noch auf das Urteil vom Dr. Hartinger verlassen muss, macht es doppelt schwer. Das Urteil eines Menschen, bei dem ich arg im Zweifel bin, ob er überhaupt die Kompetenz besitzt, die hygienischen und lebensmittelrelevanten Zustände zu erfassen. Während ich mir erneut den Kopf darüber zerbreche, wie es überhaupt dazu kommen konnte, dass mein Vorgesetzter diese Lokalität persönlich in Augenschein genommen hat, empfängt uns ein Kellner, um uns zu unserem Tisch zu geleiten. Da ich weiß, wie es hier vor dem Umbau ausgesehen hat, bin ich durchaus überrascht. Was nicht heißt, dass mir gefällt, was der wahrscheinlich komplett überteuerte Innenarchitekt aus der Unterschichtenkneipe gemacht hat. Das ist ohne Frage genau das Ambiente, das die Großkopferten anspricht. Ich kenne solche Läden zuhauf. Modern, klare Linien, und dazwischen ein bisschen Vintage, wie das heute heißt. Dazu Klaviermusik. Live. Den schwarz lackierten Bechstein-Flügel malträtiert der Wandl Rolf, der sonntags die Kirchenorgel spielt. Jetzt müht er sich mit Jazz ab. Immerhin ist der Deckel zu, weshalb das Geklimper nur gedämpft bei dem Tisch ankommt, der uns zugedacht ist. Soll mir recht sein, ich mag eh keinen Jazz.

»Einen Aperitif?«, flötet der Kellner. Ein junger, vollbärtiger mit Pferdeschwanz. Ganz in Schwarz gekleidet, mit einer roten Schürze bis zu den Knöcheln.

»Was können Sie empfehlen?«, fragt die Höllmüllerin auch gleich und lässt sich dann einen Champagner aufschwätzen. Ich schüttle nur den Kopf und bestelle demonstrativ eine Halbe.

»Nur Pils«, ist die Antwort, und ich stimme mürrisch zu.

»Aber zum Essen nehmen wir Wein«, entscheidet die Frau Doktor auf eine Art, die keinen Widerspruch duldet.

Die Essbereiche sind durch mannshohe Bambusgewächse

in Nischen unterschiedlicher Größen abgeteilt, weshalb man schlecht sehen kann, wer heute alles da ist. Von meinem Platz aus muss ich mich ein wenig winden, um mir überhaupt einen Überblick verschaffen zu können. Die Höllmüllerin tätschelt meine Hand, um mir zu signalisieren, ich möge meine Aufmerksamkeit doch lieber ihr widmen. Sie hat ja recht. Ich benehme mich wie der letzte Trottel. Aber wenn ich mich irgendwo nicht wohlfühle, tu ich mich halt schwer. Vielleicht lässt sich diese Marotte auf ein Trauma aus meiner Kindheit zurückführen.

Dann kehrt auch schon der Kellner zurück und bringt zusammen mit den Getränken zwei völlig überdimensionierte Speisekarten, hinter denen man sich noch besser verstecken kann wie hinter den Bambussträuchern. Eigentlich bin ich noch satt von den vielen neuen Informationen, die ich über die Familie Löffelmacher erfahren habe. Und bei den Beträgen hinter den aufgelisteten Speisen vergeht mir komplett der Appetit. Nicht, dass ich ein Geizkragen bin. Nein, keineswegs. Aber ich weiß, was das Zeug, das die hier verkochen, im Einkauf kostet. Und nur, weil ich einem Gericht einen französischen Namen gebe, die Soßen aufschäume und alles *an* statt *auf* serviere, muss ich es nicht für dermaßen horrende Summen verkaufen. Ich bezweifle sehr, dass dieses Konzept und die Investition in unserem Kaff auf Dauer aufgehen. Schon gar nicht bei diesen gepfefferten Preisen.

Die Höllmüllerin weiß offenbar sofort, was sie will, und drängelt zudem, weil sie Hunger hat. Wenn das so weitergeht, halte ich es für sehr unwahrscheinlich, dass die Romantik noch aufkommt, die ich mir für diesen Abend gewünscht habe.

Entgegen meiner Liebe zu Durchgebratenem nehme ich die Herausforderung an und bestelle dasselbe wie meine Begleitung: das T-Bone-Steak, dreihundert Gramm, medium rare. Frau Doktor mag es blutig, und ich stelle fest, dass ich mit Karte zahlen muss. Erst recht, weil wir der Empfehlung des Kellners folgen und es den Wein, den er für uns aussucht, nur als Flasche gibt. Die Höllmüllerin probiert schmatzend den ersten Schluck von dem Spanier. Entnervend lang lässt sie ihn über ihre Zunge kreisen, bevor sie zustimmend nickt. Mir ist klar, ich muss mich mit meinem Bier nicht beeilen, weil das Dekantieren über der Kerzenflamme sich in die Länge zieht. Effekthascherei, nichts weiter. Rot und schwer flutet der Rioja schließlich die bauchigen Gläser. Endlich können wir anstoßen, was vorhin mit Champagner und Bier von meiner Begleitung nicht für schicklich befunden wurde.

»Auf einen schönen Abend!«, sagt sie, und ich wünschte, ich könnte meine Bedenken abstreifen. Ehe ich was Sinnreiches erwidern kann, gesellt sich eine adrette Blondine zu uns, die ich davor schon mehrfach hin und her huschen gesehen habe.

»Herzlich willkommen im Roten Ochsen!«, begrüßt sie uns mit Handschlag. »Mein Name ist Sylvia, und ich bin Ihre Gastgeberin!«

»Heißt das, wir sind eingeladen?«, frage ich zurück, woraufhin Frau Sylvia gekünstelt lächelt und die Höllmüllerin das Gesicht verzieht.

»Ist der Wein sauer?«, frage ich echauffiert, in der Absicht, den Preis drücken zu können.

»Nein, nein, der Wein ist vorzüglich«, lautet die Antwort.

Offensichtlich hat sie nicht vor, meinen Plan zu unterstützen.

»Wunderbar, dann wünsche ich Ihnen einen angenehmen Aufenthalt und natürlich einen guten Appetit!«, fertigt uns die Blonde ab, und schon ist sie am Nebentisch.

»Russin«, katalogisiere ich sie.

»Polin«, korrigiert mich die Höllmüllerin. »Habe ich gehört. Und die Frau von diesem Schmauderer.«

»Schmauderer?«

»Geh, Fellinger, du bist wieder null vorbereitet. Karlheinz Schmauderer ist der Maître hier. Angeblich kocht er sich auf seinen ersten Michelin-Stern zu. Stell dir mal vor! Das bei uns im Ort!«

Mich wundert, dass die Höllmüllerin sich für solche Banalitäten begeistern kann. Die ersehnte romantische Stimmung scheint damit irgendwie in noch weitere Fernen zu rücken. Da hetze ich nun seit Jahren der Gelegenheit hinterher, mit dieser Frau einen schönen Abend zu verbringen, und jetzt erleide ich auf der Zielgeraden so einen emotionalen Einbruch. Ich greife zum Wein und leere, ganz unangemessen jeglicher Genussverpflichtung gegenüber dem verschwenderischen Gesöff, das Glas mit einem Zug. Vielleicht liegt es ja gar nicht an der Umgebung. Vielleicht muss ich einfach ein paar Dinge klären, die mich davon abhalten, die reizende Gesellschaft genießen zu können. Am besten noch bevor das Essen serviert wird.

Doch ehe ich meine erste Frage loswerden kann, kommt der heutzutage obligate *Gruß aus der Küche*. Karamellisierte Ingwer-Zitronen-Walnusshälften auf einer Dattel, verrät uns der Kellner mit Kennermiene. Eine halbe Walnuss und eine viertel Dattel pro Portion, nüchtern betrachtet. Gerade mal was für den hohlen Zahn. Tatsächlich muss ich es nicht einmal kauen – und bekomme sogleich vorgehalten, dass ich schlinge.

»Wie ist eigentlich die Frau vom Löffelmacher Ferdl … ich meine, weißt du da was drüber?«, lenke ich von meinem unfeinen Essverhalten ab, direkt während die Höllmüllerin noch ihren *Gruß* zelebriert.

»Ach, jetzt komm, Fellinger. Das ist ja wohl nicht dein Ernst?«

Ich übe mich ein bisschen im Dackelblick. »Es tut mir auch leid, aber ich merke einfach, mir wird das Essen nicht schmecken, wenn ich nicht ein paar Fragen aus dem Kopf kriege.«

Jetzt schaut auch die Franziska nachdenklich drein und testet vorsichtshalber noch mal den Wein.

»Das war allerdings die obskurste Art, freiwillig aus dem Leben zu scheiden, die mir bisher untergekommen ist. Deswegen hab ich so meine Bedenken, dass dir unser Dinner danach besser mundet.«

Während der Kellner unsere Gläser nachfüllt, denke ich über das unerschwingliche Stück Rind nach, das demnächst vor mir liegen wird. »Das Risiko muss ich eingehen«, erkläre ich dann und suche ihren Blick. »Über allem, was ich bislang über die Familie Löffelmacher erfahren habe, schwebt so was anrüchig Mysteriöses. Bei denen geht irgendwie nichts normal vonstatten, habe ich den Eindruck, und das beschäftigt mich halt.«

»Selbstmord, egal wie, kannst du generell wohl schlecht in die Kategorie *Normal* einstufen.« Die Höllmüllerin senkt die Stimme und neigt sich näher. »Aber du hast recht, was die Magdalena Löffelmacher angeht. Die hat noch mal eins draufgesetzt, als sie sich letzten Winter für den Freitod entschieden hat.«

»Es gibt Gerüchte, dass sie erfroren ist«, fällt mir wieder ein.

»Sie hat Anfang Dezember den ersten heftigen Frost abgepasst. Der genaue Ablauf konnte unter der Decke gehalten werden, was auch gut war. Wenn rausgekommen wäre, wie sie es gemacht hat, hätten noch wesentlich heftigere Spekulationen über ihre Psyche die Runde gemacht. Was wiederum eine Katastrophe gewesen wäre, vor allem für ihren Sohn, den Jens. Für den war und ist das in seinem labilen Zustand ohnehin schlimm genug, was da mit seiner Mutter passiert ist.«

Ja, aber was ist denn passiert?, möchte ich sie, von Neugier befeuert, am liebsten anschreien. Um derlei Auslassungen zu unterbinden, fülle ich meinen Mund mit Rotwein, darum bemüht, Geschmack an dem schweren Rioja zu finden. In meiner Mimik lässt sich meine Ungeduld aber wohl nicht verbergen, und letztlich hat Magdalenas Tod die Höllmüllerin ja auch von jeglicher Schweigepflicht entbunden.

»Sie hat sich nachts aus dem Haus geschlichen. Barfuß und im Nachthemd. In diesem Aufzug hat sie sich in die Regentonne gesetzt und darauf gewartet, dass die zufriert.«

»Mit ihr drin?«, frage ich ungläubig.

»Mit ihr drin«, bestätigt die Höllmüllerin. »Man hat sie erst am nächsten Morgen gefunden. Festgefroren in diesem Fass. Sie muss schon arg verzweifelt gewesen sein, dass sie so einen grausamen Tod gewählt hat. Es heißt ja immer, der

Ferdl hat ihr sehr zugesetzt und ihr stets die Schuld an der Misere mit dem Jens gegeben. So lange, bis sie es nicht mehr ertragen hat. Aber sich deshalb ins Eiswasser zu hocken und darauf zu warten, bis es vorbei ist …«

»Vielleicht hat sie es aus Selbsthass getan?«

Die Höllmüllerin schaut mich aus großen Augen an.

»Nur so ein Gedanke.«

ARGENTINISCH

Dann kommt das Steak, und das ist innen noch kalt. Zumindest kommt es mir nach dieser eisigen Geschichte so vor. Nachdem ich reingeschnitten habe, fließt Blut. Das ist bei der Magdalena nicht mehr passiert. Jedenfalls nicht, bevor man sie in der Pathologie wieder aufgetaut hatte. Der Appetit, der nie wirklich vorhanden war, ist damit – wie prophezeit – endgültig futsch. Na, Hauptsache der Höllmüllerin schmeckt's, denke ich leicht vergrämt. Und blutig genug kann es ihr wohl auch nicht sein. Typisch Arzt. Da ist doch jeder auch ein kleiner Metzger bei den studierten Medizinern. So präzise, wie sie ihre dreihundert Gramm seziert, wäre sie bestimmt auch eine prima Chirurgin geworden.

»Angeblich hatte der Ferdl auch eine Affäre«, sagt sie zwischen zwei Bissen. »Die Leute wollen ihn mehrfach mit einer adretten Blondine gesehen haben.« Auf ihrer Unterlippe hängt ein Blutstropfen. Das hat beinahe was Erotisches, weshalb es zwei, drei Sekunden dauert, bis ich die Information integriert habe. In meiner verschwommenen Erinnerung ist die Magdalena eine rassige Dunkelhaarige mit Mokkaaugen. Aber man sucht ja immer gern nach dem Extrem, nach dem, was man nicht täglich zu sehen bekommt, vor allem, wenn man das, was man stets vor sich hat, irgendwann nicht mehr wirklich wahrnimmt. »Willst du damit andeuten, der

Kirchenwirt hatte vor, seine Frau wegen einer anderen zu verlassen, und sie hat sich deshalb umgebracht?«

»Ich meine nur, das musste noch erwähnt werden, damit du alle Fakten beieinanderhast.«

»Gerüchte sind ja keine Fakten«, erkläre ich altklug, aber selbstverständlich rattert es bereits heftig in meinem Oberstübchen. Eine Blondine … Der Löffelmacher hat nie auch nur eine Andeutung in diese Richtung gemacht, wenn er mit uns Karten gespielt hat. Mal abgesehen davon, dass er eh nie viel erzählt hat. Aber es macht ja schon einen gewaltigen Unterschied, ob man beim Schafkopfen über finanzielle Probleme und Schwierigkeiten innerhalb der Familie spricht, die bei diesem Anlass ohnehin nicht interessieren – oder ob man angeberisch berichten kann, dass man eine adrette Blondine aufgerissen hat. Mit so einer Bemerkung hat man sofort die Aufmerksamkeit, egal, wie sehr die anderen sich aufs Kartenspiel konzentrieren. Da verliert manch ein Mitspieler selbst mit vier bombensicheren Stichen auf der Hand noch die Runde, weil er sein Blatt vor lauter Fantastereien gar nicht mehr im Blick hat.

Der Lechner ist da keinen Deut besser, fällt mir ein. Der hat mich auch noch nie an seinen außerehelichen Eskapaden teilhaben lassen. Kein Wort ist ihm dahingehend über die Lippen gekommen, dem Sauhund.

Ich will die Höllmüllerin gerade fragen, von wem sie das mit dem Löffelmacher seinem Gspusi gehört hat, da tritt ein beleibter Herr im weißen Kochkittel an unseren Tisch. *Schmauderer* ist auf Höhe der Brust dunkelrot in seine Jacke gestickt, die so blütenrein sauber ist, dass er darin unmöglich seiner Arbeit am Herd nachgegangen sein kann. Nicht einmal, wenn er nur dabeigestanden und seinem Lehrling über die Schulter geschaut hat. Da muss ich mich schon fragen, wer nun eigentlich mein Steak in der Pfanne geschwenkt hat, das mich letztlich ein Drittel meiner monatlichen Beamtenbesoldung kostet.

»Ist alles zu Ihrer Zufriedenheit?«

Weil er so saudumm schräg hinter mir steht – garantiert, um den besten Blick ins Dekolleté von der Höllmüllerin haben zu können –, muss ich mich schmerzhaft verrenken, um dem Maître ins Gesicht schauen zu können. Ehrlich gesagt, hatte ich so einen dynamischen Jungkoch mit affektiertem Spitzbärtchen erwartet. Der echte Schmauderer hingegen dürfte locker an die sechzig sein und verfügt vermutlich über keinerlei Aussichten auf eine abendfüllende Kochshow bei RTL. Optisch entspricht er allenfalls der Erscheinung der bedauernswerten Fernsehköche beim Frühstücksfernsehen in den Öffentlich-Rechtlichen. Er hat kaum mehr Haare auf dem Kopf, dafür aber einen schmalen Schnauzbart, wie ihn sonst nur kolumbianische Drogenbarone tragen. Seine Nase ist groß und gerötet, genau wie die Wangen. Geradezu aufgedunsen, möchte ich sagen. Unter den Augen trägt er stattliche Tränensäcke zur Schau. Wahrscheinlich ist er nicht annähernd so alt, wie man ihn aufgrund seines Äußeren schätzen möchte, aber eindeutig zu betagt für die Polin, die vorhin bei uns am Tisch war. Ich blicke auf meinen Teller und auf das Stück Fleisch, das da immer noch vor sich hin blutet. Ein einigermaßen talentierter Tierarzt wäre vermutlich in der Lage, das Vieh wiederzubeleben. »Das Rind«, sage ich und deute auf das übersichtliche Gemetzel, weil die übersichtlichen Beilagen in extra

Schälchen gereicht wurden. »Mich würde interessieren, von welchem Bauern das kommt.«

»Das ist argentinisch«, erklärt er mit leichter Irritation. »Das steht so auch in der Karte.«

»Also kennen Sie den Gaucho jetzt nicht persönlich?«, hake ich nach.

»Bedauere!«

»Ich hab halt gmeint, dass Sie bei dem Preis höchstpersönlich rübergeflogen sind.«

»Es schmeckt ganz vorzüglich, Herr Schmauderer«, mischt sich die Höllmüllerin ein. »Lassen Sie sich durch den Herrn nicht beirren. Der kennt von daheim nichts anderes als Schweinsbraten.«

Beide lachen. Ich lache mit, weil ich nicht den Spielverderber geben will.

»Haben wir natürlich auch auf der Karte. Saalower Kräuterschwein. Nur als Empfehlung, für Ihren nächsten Besuch.«

»Kräuterschwein. Merk dir das, Berthold!«, sagt die Höllmüllerin und tupft sich endlich das Rinderblut von der Lippe.

CHAMÄLEONBLICK

Nachdem mir die Sache gestern etwas entglitten ist, wache ich alleine in meinem Bett auf. Nicht, dass ich mir im Vorfeld große Chancen ausgerechnet hatte, die Höllmüllerin zu mehr als dem gemeinsamen Essen überreden zu können. Aber wer keine Träume hat, wird in seinem Leben auch nichts erreichen. Leider schafft das Philosophieren am Samstagmorgen es nicht, meine Laune zu verbessern. Und der sauteure Rioja ist mir ebenfalls nicht bekommen. Auch die zweite Flasche nicht, die von der Höllmüllerin leichtfertig und in euphorischer Erwartung weiterer Geschmacksexplosionen geordert wurde. Ich meine mich zu entsinnen, dass sie den ersten Schluck mit »Mmm, besser als Sex« kommentiert hat.

Wie auch immer, vom Sex habe ich noch nie einen Schädel bekommen. Die Nachwehen des Weins spüre ich sowohl im Magen als auch unter der Hirnrinde. Die Säure reizt die Schleimhäute, und die dreizehnkommafünf Volumenprozent fügen meinem Denkapparat nachhaltig Schmerzen zu. Da wäre so ein nackter Frauenkörper neben mir schon ein verdienter Balsam für die geschundene Männerseele gewesen. Aber klar, ich hätte mich schwergetan gegen den vollmundigen Spanier. Beklag dich nicht, sage ich mir also tapfer. Zwar lief es auf der Gefühlsebene suboptimal zwischen der Franziska und mir, dafür habe ich hinsichtlich meiner aktuellen kriminalistischen Herausforderung doch einiges an neuen Erkenntnissen dazugewonnen. Außerdem beschließe ich, dem Schmauderer demnächst einen dienstlichen Besuch abzustatten. Dann wird er sich mit tiefster Reue an sein blödes Gekicher von gestern Abend zurückerinnern. Ich muss nur darauf achten, dass der Hartinger nichts davon mitkriegt, bevor die Laborergebnisse auf dem Tisch liegen. *Dass* ich in der Gourmetküche was zum Beanstanden finden werde, steht mit Gewissheit fest. Der Hygieneinspektor Fellinger findet immer was. Wenn er will.

Ja, so motiviert man sich selbst, stelle ich fest und schwinge die Beine über die Bettkante. Der suggerierte Energieschub verpufft, als ich merke, dass kein Kaffee mehr im Haus ist. Da hilft es auch nicht, mir einzureden, dass Tee ohnehin besser für meinen übersäuerten Magen ist. Vielleicht kommt das Sodbrennen ja gar nicht vom Wein, sondern von dem argentinischen Dry Aged Beef. Gut möglich, dass ich nur deshalb so viel getrunken habe, um den Blutgeschmack von der Zunge zu bekommen.

Ich fahre zum Pauli, der samstags neuerdings Weißwurstfrühstück anbietet. Nicht, dass ich auch nur eine dieser ekelhaften Würste anrühren würde. Aber der Kaffee beim Kellerwirt ist gar nicht so schlecht, wenn man seine Erwartungen nur niedrig genug ansetzt. Ein echter, ehrlicher Filterkaffee halt. Soll ja wieder im Kommen sein. Genau wie Schnauzer. Von diesen Freddy-Mercury-Gedächtnisbärten sind mir gestern gleich zwei begegnet. Ich kann's kaum erwarten, bis der Lechner auf diesen Trend aufspringt.

Natürlich hockt der Polizeihauptmeister schon da, allerdings weiterhin mit Vollbart. Modisch hinkt er gerne hinterher, aber gut möglich, dass er kriminalistisch was Neues zu berichten hat. Doch ich will nicht mit der Tür ins Haus fallen. »Wohnst du jetzt schon hier?«

Er schaut mich an, unschuldig wie ein Singerl.

»Hat dich deine Alte rausgeworfen?«, werde ich konkreter und setze mich zu ihm. »Wie sind denn dem Paulis seine Fremdenzimmer?«

»Was sollte die Klara für einen Grund haben, mich rauszuwerfen?«, fragt er scheinheilig.

»Zum Beispiel die Unbekannte, zu der du immer gehst, wenn du angeblich mit uns Karten spielst.«

»Fellinger, du redest manchmal so einen Scheißdreck raus …«

»Geh, Sepp, wir sind doch unter uns und außerdem die besten Freunde. Mir kannst du dich doch anvertrauen. Komm, red es dir von der Seele, dann geht's dir besser!«

Er schnappt nach Luft, sagt aber nichts, weil in dem Moment der Pauli herkommt und einen Porzellantopf vor den Lechner hinstellt. Dazu süßen Senf und einen Korb mit drei Brezeln.

»Auch Weißwürscht?«, fragt er mich.

»Nur Kaffee!«, winke ich eilig ab und greife nach einer Brezel. Der Lechner haut mir auf die Finger, aber ich bleibe hartnäckig, und schließlich überlässt er mir das Laugengebäck. Besser gesagt, er hat keine Zeit mehr, weiter darum zu streiten, weil er sich über seine Weißwürste hermacht.

»Ich hab gehört, du warst gestern im Roten Ochsen. Der Wandl Rolf hat dich gesehen.«

»Der hätte mal besser auf seine Noten geschaut, statt die Gäste auszuspionieren. Seit wann spielt der denn Jazz?«

»Mit dem Gehalt als Organist in der Kirchengemeinde und mit dem bisserl Klavierunterricht, den er nebenher gibt, wird er halt nicht mehr auskommen seit seiner Scheidung.«

»Na, da kannst du dir ja bei ihm Tipps holen, wie man es nicht machen soll.«

»Ich hab doch nicht vor, mich scheiden zu lassen! Spinnst du?«

Ich nage eine Weile an der trockenen Brezel herum und lasse den Lechner seine Wurst zuzeln. Dann setze ich noch einmal an. »Wenn du so in aller Ruhe hier frühstücken kannst, muss ich mich schon fragen, wer da jetzt eigentlich im Fall Hansen ermittelt?«

Wie aufs Stichwort fällt ihm wieder ein, dass ich ihn und den Kommissar Ritzer belauscht habe. Das sehe ich an der vertikalen Falte, die sich zwischen seinen buschigen Brauen bildet.

»Besser, du nimmst deinen Kaffee *to go*, weil hier nämlich jeden Moment der Ritzer auftaucht«, empfiehlt er mir mit grimmiger Miene. »Wenn der dich sieht, kann ich für nichts garantieren.«

»Du bist mit ihm verabredet? Hier in unserer Stammkneipe?«, empöre ich mich, aber der Lechner scheint sich keiner Schuld bewusst. »Das halte ich aus!«, trumpfe ich trotzig auf, und wie aufs Stichwort steht der Pauli da, mit einem dampfenden Haferl in der Hand. Allerdings komme ich nicht dazu, auch nur dran zu nippen, denn jetzt geht die Tür auf, und der Ritzer kommt herein. Im dynamischen Stechschritt. Das Weißwurstfrühstücksangebot wird nicht so gut angenommen, wie der Kellerwirt sich das wünscht, weshalb die Gaststube recht überschaubar ist. Schon steht er bei uns am Tisch.

»Oha, der Herr Hygieneinspektor«, begrüßt er mich, und dann funkelt er den Lechner böse an. Aus der Nähe wirkt der Kriminalkommissar aus Passau ein wenig verhärmt. Unrasiert, die Jeans leicht speckig. Das Hemd hängt ihm verknittert aus der Hose. Dort an der Hüfte, wo seine Dienstwaffe am Gürtel steckt, trägt es ein wenig auf. Dieses Outfit hat er sich wahrscheinlich von einem der neuen, extracoolen Tatortermittler abgeschaut.

»Der Herr Fellinger wollte eh gerade gehen«, behauptet der Lechner. »Dann sind wir unter uns.«

»Ach, es ist vielleicht ganz praktisch, wenn der Herr Fellinger noch ein paar Minuten bleibt«, meint der Ritzer und zieht sich einen Stuhl heran. Er postiert sich so, dass er uns beide im Blick hat. »Nach den jüngsten Ergebnissen aus der Forensik hätte ich jetzt doch auch an Sie ein, zwei Fragen.«

Ich muss erst mal so tun, als wüsste ich von nichts. Das bin ich der Höllmüllerin schuldig, auch wenn sie mich gestern im Roten Ochsen nicht unerheblich geärgert hat. »Aha, so so, gibt es neue Erkenntnisse?«, frage ich interessiert.

»Kann ich davon ausgehen, dass das unter uns bleibt?«, fragt er in die Runde. Und das allen Ernstes, wo ich doch über seine Schulter hinweg sehen kann, wie der Pauli hinter seinem Tresen große Ohren kriegt. Der Herr Kommissar folgt meinen Blick, und der Kellerwirt fühlt sich ertappt, greift nach einem Lappen und wischt geschäftig über die Zapfanlage.

»Machen'S mir auch einen Kaffee!«, ruft ihm der Ritzer

zu, bevor er mich wieder beäugt wie ein SED-Offizier einen gefassten Republikflüchtling.

»Wir haben ein Toxin gefunden«, murmelt er, und der Lechner, dieser Speichellecker, nickt grenzdebil dazu wie ein Wackeldackel auf der Hutablage.

»Ein Toxin?«

»Im Schweinsbraten.«

»Von diesem …?«

»Von diesem Hansen.«

»Nein, das ist ja ein Skandal!«

»Ihnen ist also nichts Verdächtiges untergekommen, als Sie die Küche inspiziert haben?«

Dem Lechner sein Handy klingelt. Er braucht ewig, bis er es aus seiner Hosentasche gefingert hat und den Anruf entgegennimmt, was daran liegt, dass er in der anderen Hand immer noch die halb ausgezuzelte Weißwurst hält. Ekelhaft schaut das aus, wie der leere Darm da zwischen seinen Fingern baumelt. Senfspritzer und Breznbrösel hängen in seinem Bart. Mir zieht es schon wieder den Magen zusammen, und ich bereue es, nicht doch Kamillentee bestellt zu haben. Ein paar Sekunden hört der Lechner nur zu, dann weiten sich seine Augen. Die Wurst plumpst zurück in den Brühtopf. Der Lechner steht auf und kommt mir dabei seltsam steif vor.

»Wir müssen los!«, sagte er zum Ritzer. »Notfall!«

Ich kann nur stumm zuschauen, wie Starsky und Hutch aus der Gaststube eilen. Sobald sich die Tür hinter ihnen geschlossen hat, stehe ich auf. Im Vorbeigehen drücke ich dem Pauli ein Zweieurostück in die Hand.

»Kaffee kostet zweifünfzig«, sagt der Pauli.

»Stimmt so!«, erwidere ich entschlossen und folge den Polizisten ins Freie.

Der Lechner biegt bereits mit durchdrehenden Reifen in die Hauptstraße ein. Er hat das Blaulicht angemacht. Sie fahren ortseinwärts, und ich kann noch erkennen, dass sie im Kreisel die erste rechts nehmen. Mit forschem Schritt gehe ich zu meinem BMW und folge ohne übertriebene Hast derselben Route. Es ist keine Überraschung, dass das Polizeiauto erneut die Hofeinfahrt vom Kirchenwirt blockiert. Davor steht der Kronawitter mit hochrotem Kopf und winkt die Schaulustigen weiter. Nicht, dass besonders viele vorbeikommen, die meisten von denen sind aus der direkten Nachbarschaft, und die lassen sich nicht wegschicken. In der gegenüberliegenden Häuserzeile sind ein paar Fenster offen, und die Leute glotzen zu uns herunter. Die Jüngeren mit ihren Handys vor der Nase. Ein besseres Unterhaltungsprogramm an einem Samstagvormittag kann man sich in diesem Kaff kaum wünschen. Alle warten sie wie gebannt, wahrscheinlich auf einen Schusswechsel oder etwas ähnlich Spektakuläres.

Haben wir ein neues Giftopfer? Mit dieser Frage im Kopf rolle ich langsam vorbei und parke an der Friedhofsmauer. Von dort brauche ich eine Minute, bis ich wieder vor dem Gasthof ankomme und mich unter die Leute mische. Der Kronawitter fuchtelt nach wie vor verzweifelt herum, ohne dass sich auch nur irgendwer darum kümmert. Da ich gelernt habe, dass ihm die Knarre recht locker sitzt, hoffe ich, dass er nicht wieder so fickrig reagiert wie bei seinem letzten Auftritt.

Unter den Gaffern entdecke ich den Moosbrucker Toni,

unseren hiesigen Versicherungsvertreter. Der Toni ist ausgesprochen katastrophengeil und prinzipiell unverzüglich vor Ort, wenn was passiert. Um gegebenenfalls sofort eine Versicherung mit den Geschädigten abzuschließen oder einfach nur durch seine Anwesenheit zu verdeutlichen, dass die Betroffenen besser vorher bei ihm unterschreiben hätten sollen und es jetzt zu spät dazu ist. Egal, was ihn antreibt, ob Geschäftssinn oder Arglist, er ist da, wenn sich ein Unglück anbahnt oder bereits geschehen ist. Vielleicht gibt es für so was ja mittlerweile eine App, die ihn dementsprechend durch die Gegend navigiert. Mir soll es recht sein. Der Toni ist nämlich praktischerweise schön breit, und ich kann mich gut hinter ihm verbergen.

»Was ist passiert?«, frage ich über seine schuppengesprenkelte Anzugschulter hinweg. Er dreht sich zu mir um. Zwischen seinen fleischigen Lippen klebt eine Kippe.

»Einsatz«, sagt er und lacht. Dabei zieht er irgendwie fast gleichzeitig Schleim aus seinem Rachen und spuckt diesen samt dem Zigarettenstummel auf das Kopfsteinpflaster. Ich bin froh, dass er sich erst danach vollständig zu mir umdreht. Schwer vorstellbar, wie man bei so einem unappetitlichen Menschen eine Versicherung abschließen kann. Unter seinen zahlreichen Unzulänglichkeiten sind der aus der Anzughose ragende Hemdzipfel und die stets schief gebundene Krawatte noch die weniger schlimmen.

»Mit allen verfügbaren Kräften«, ergänzt er. »Wie ich gehört habe, gab es eine Rauferei.«

»Und deswegen rückt unsere gesamte Polizei aus?«

Er mustert mich durchdringend. Allerdings nur mit einem Auge. Das andere reißt nach links aus und schielt an mir vorbei. Ich kenne den Toni ja schon von klein auf und weiß, das ist bei ihm angeboren. Und er hat es nicht immer. Nur wenn er aufgeregt ist, und selbst dann hängt es wahrscheinlich von seiner Tagesform oder der Höhe des Cholesterinspiegels ab, ob er das Auge auf Kurs halten kann. Man soll sich ja beherrschen und über solche körperlichen Mängel hinwegsehen. Aber es ist wie ein innerer Zwang, und so folge ich auch diesmal wie hypnotisiert seinem Chamäleonblick. Wobei anzunehmen ist, dass er gar nicht da hinschaut, wo man meint, dass er hinschaut. Wie auch immer diese Automatismen gesteuert sind, ich kann nicht dagegen an. Und dabei entdecke ich jemanden, von dem ich denke, den kennst du doch von irgendwoher. Oder ich täusche mich, weil es halt nur ein winziger Moment ist und immer mehr Leute zusammenlaufen und mir die Sicht sofort wieder versperren. Außerdem war es ja nur aus dem Augenwinkel. Was bei mir wohlgemerkt eine ganz andere Bedeutung hat als beim Toni.

»Weiß man was Genaues?«, frage ich den Versicherungstandler und versuche mich irgendwie auf sein gesundes Auge zu konzentrieren, das zwar exakt geradeaus blickt, dafür aber ein wenig trieft.

»Angeblich ist der Ferdl zusammengeschlagen worden, und es soll ein Preiß gewesen sein, hab ich gehört.«

»Ein Urlaubsgast?«

Er zuckt mit den Schultern, über denen sich das C&A-Sakko zum Zerreißen spannt. »Wahrscheinlich hat dem das Frühstück nicht gemundet«, sagt der Moosbrucker und lacht sein blechernes Lachen. »Ich bezweifle sehr, dass sie ihn erwischt haben, diesen Krüppel. Der ist doch bestimmt schon über alle Berge, so lang, wie unsere Gurkentruppe wieder gebraucht hat, um auszurücken. Ich sag dir, Fellinger, wenn hier mal wirklich was Ernsthaftes passiert … also zum Beispiel mit einem Islamisten, so mit Sprengstoffgürtel, verstehst? ISIS! Kawumm!« Er klatscht in die Hände, und ich ducke mich instinktiv. »Ich sag dir, Fellinger, wenn es hier mal so weit ist, dann sind wir alle am Arsch, bevor die im Revier auch nur von ihren Schreibtischstühlen hochkommen. Ich bin ja schon lang für eine effektive Bürgerwehr, aber mit der neuen Bürgermeisterin sind da alle meine Bemühungen im Sande verlaufen. Eine Linke ist die, das sag ich dir, Fellinger, linker als links. Und links, das ist dir schon klar, Fellinger, links ist der Abgrund.«

Ich unterbreche den Moosbrucker nur zu gerne in seinem politischen Diskurs. »Du, Toni, sagamal, wie gut ist denn der Löffelmacher eigentlich so versichert?«

Er japst ein bisschen, und seine Wampe wackelt. »Geht dich nix an, Fellinger.«

Okay, er ist noch beleidigt, weil ich ihn im Frühsommer ein klein wenig in die Ecke gedrängt habe, was seine subventionierten Schnaxlausflüge rüber nach Tschechien angeht.

»Schon recht, Moosbrucker. Ich weiß ja, deine Gesellschaft zahlt gerne Lebensversicherungen vor der Zeit aus.«

Unverzüglich sammelt sich Schweiß auf seiner wulstigen Oberlippe. Er hält mir drohend seine Wurstfinger vors Gesicht. »Du, wenn ich was wissen muss …«

»… erfährst du es selbstverständlich als Erster, aber vorher müsste halt ich was wissen. Wegen dem Gleichgewicht, verstehst?«

Der Moosbrucker rückt noch näher an mich heran. Ich

kann seine Ausdünstungen riechen, Zigaretten und Schweiß, bleibe jedoch stehen wie ein Mann. Er verengt die Augen zu Schlitzen, indem er seine rot geäderten Pausbacken nach oben zieht. »Das, was der Ferdl mal an Lebensversicherungen und sonstigen Wertanlagen hatte, gehört längst alles der Bank«, zischt er mir zu. »Besser, er hätte seine Sauna ein bisserl kleiner gebaut.«

Das ist jetzt nichts, woraus ich neue Erkenntnisse ziehen kann. Ich bekomme lediglich bestätigt, was der Gustl schon hat durchblicken lassen. Es lohnt sich nicht, den Kirchenwirt kaltzumachen, schon gar nicht aus Sicht seiner Kreditgeber.

Bevor der Herr Versicherungsmakler nun seinerseits einen Gefallen bei mir einfordern kann, tut sich was vor dem Eingang zum Wirtshaus. Alle Köpfe um mich herum, der vom Moosbrucker eingeschlossen, wenden sich dem Geschehen zu. Im Gänsemarsch rumpeln der Lechner und zwei aus seiner schnellen Eingreiftruppe raus auf die Straße. Mit leeren Händen. Zumindest wird niemand abgeführt. Ein Blick in die Runde der Schaulustigen zeigt nur enttäuschte Gesichter. Das ganze Blaulicht und Tatütata für nix. Erst als die Sanitäter den Ferdl auf einer Trage aus dem Haus wuchten, kehrt ein wenig Stimmung zurück. Dem Kirchenwirt hat man einen dicken Turban um den Schädel gewickelt. Sein Trachtenhemd weist ein paar Blutflecken auf. Dann, kurz bevor sie ihn in den Rettungswagen schieben können, schreckt der bislang lethargisch daliegende Gastronom plötzlich hoch. Das bringt die Sanis aus dem Tritt. Der Kirchenwirt will offenbar von der Pritsche springen! Während die Ersthelfer angestrengt versuchen, die Balance zu halten, eilt der Notarzt herbei und bemüht sich, den Löffelmacher zu fixieren. Ein zum Scheitern verdammtes Unterfangen. Augenscheinlich ist der Ferdl wieder bei Sinnen und will weder ins Krankenhaus noch ein Sedativum injiziert bekommen. Was dazu führt, dass der Einsatz nun doch erheblich an Unterhaltungswert gewinnt. Das Geschrei lockt nun auch die Belegschaft aus dem Gasthaus, und es bildet sich eine Traube vor dem Eingang. Die Mila ist auch darunter, doch obwohl sie selbstverständlich immer noch eine Augenweide ist, sieht sie mitgenommen aus. Was ja kein Wunder ist. Im Kempinksi wird es wohl weitaus weniger wild zugegangen sein, und vermutlich bereut sie ihren Wechsel in die ostbayerische Provinz nicht zum ersten Mal, wenn auch nach dem heutigen Ereignis ganz gewiss.

Durch die Kellner, Köche und Hotelangestellten schiebt sich zuletzt der Kommissar Ritzer, mit eingezogenem Kopf, die Hände tief in den Taschen seiner Jeans vergraben. Vielleicht ärgert er sich, weil er nicht hat rumballern dürfen. Jetzt mischt er sich in den Disput zwischen Notarzt und Patient ein, kann aber ebenfalls nicht verhindern, dass der Löffelmacher letztlich doch seinen Willen bekommt und auf wackligen Beinen zurück in sein Reich entflieht.

Das nehme ich zum Anlass, um mich unbemerkt vom Moosbrucker Toni und dem Rest der Gaffer wegzuschleichen. Ich hab da eine Idee und biege eilig um die nächste Hausecke. Dort setze ich mich über eine schmale, der Öffentlichkeit eigentlich nicht zugängliche Gasse ab, die mich zur Rückseite des Kirchenwirts führt. Habe ich zumindest gedacht. Auf halber Strecke wuchern allerdings die Brennnesseln so dicht und hoch zwischen den von den

Jahrhunderten gekrümmten Gemäuern, dass ich nicht weiterkomme. Wieder mal die Machete nicht eingesteckt. In mich hineinfluchend kehre ich um. Muss ich doch den umständlichen Weg nehmen, der mich zurück auf die Marktstraße führt. Zurück unter die Augen der Polizei, der ich tunlich aus dem Weg gehen wollte.

Oder? Ich halte inne. Die alte, baufällige Scheuer lenkt meinen Blick auf sich. Eingeklemmt zwischen dem Grundstück vom Löffelmacher und einem angrenzenden, schon lange Zeit leer stehenden Gebäude, in dem früher eine Schmiede untergebracht war, wartet der Schuppen darauf, in sich zusammenzufallen. Schmiede und Scheuer bilden ein Ensemble, das man schon längst aus dem Ortskern hätte entfernen können, aber offensichtlich findet sich wie bei der Wanningermühle auch hier kein Finanzier. Ist aber jetzt wurscht. Einzig die Tatsache zählt, dass die Kette, die das windschief in den Angeln hängende Tor stets verschlossen hat, nicht mehr an Ort und Stelle hängt. Konnte der marode, vom Holzwurm zerfressene Riegel das schwere Eisenschloss nicht mehr länger tragen? Oder hat da womöglich jemand nachgeholfen?

Ich komme nicht umhin, mir das genauer anzusehen. Zumal sich mir dabei womöglich die Gelegenheit bietet, durch die Ruine hindurch ohne größeren Umweg und vor allem unbemerkt in den Hinterhof vom Kirchenwirt zu gelangen. Das Tor knarrt, aber nur ein wenig, und wenn ich ganz fest ausatme, genügt mir ein schmaler Spalt. Schon bin ich drin. Zwielicht empfängt mich. Das löchrige Dach lässt an manchen Stellen ein wenig Sonne herein. Helle, von Staub durchsetzte Streifen und Punkte, die gerade so viel von der Dunkelheit verdrängen, dass man nicht über irgendwelchen Unrat stolpert, der hier in Massen herumsteht. Im Dachgebälk vernehme ich ein leises Rascheln und vermute Fledermäuse dort oben, die, nervös geworden ob meines Eindringens, ihre ledrigen Flügel aneinanderreiben. Mir wird ein wenig mulmig, und ich beeile mich, die Scheuer zu durchqueren, ohne an einem der zahlreichen spitzen oder scharfkantigen Gegenstände hängen zu bleiben. Bei diesen rostigen Teilen wäre im Falle einer Verletzung der Wundstarrkrampf praktisch vorprogrammiert.

Mit Spinnweben im Gesicht erreiche ich die gegenüberliegende Seite und die dortige Tür, die mich hoffentlich wieder nach draußen bringt. Ich verharre kurz. Wenn die verriegelt ist, war der ganze Aufwand umsonst, aber nun ist es zu spät, um darüber nachzudenken. Gerade wie ich mich dagegenstemmen will, höre ich das Knacken eines Funkgeräts. Aha, denke ich mir, der Lechner hat an die Absicherung an der Rückseite gedacht. Wobei ich eher auf den Ritzer tippe, der ja neuerdings die Einsatzleitung hat. Vorsichtig spechte ich durch einen Spalt zwischen zwei vom Wetter zerfressenen Brettern. Vor dem Hintereingang ins Wellnessparadies steht die Wullner Silke. Die ist Stift beim Lechner auf der Dienststelle. Polizeianwärterin, um korrekt zu sein, und eigentlich eine ganz nette. Zumindest ist sie nicht so verbohrt wie der Kronawitter. Wobei ich nicht beurteilen kann, wie sie drauf ist, wenn sie sich im Einsatz befindet. So als einzige Frau bei uns auf dem Revier ist sie sicher allzeit bereit zu zeigen, wie gut sie sich behaupten kann. Das erkenne ich schon an der energisch in die Stirn gezogenen Kappe. Bestimmt ist sie in dieser Krisensituation angespannt wie eine Oberleitung bei

Minusgraden. Nachher zuckt ihre Hand noch nervös zur Dienstwaffe, wenn sie mich entdeckt. Erst schießen, dann fragen, ist bei der Landgendarmerie durchaus gängige Praxis. Besser, ich bleibe erst mal, wo ich bin.

Offenbar wird sie eben über Funk von ihrem Chef informiert, dass der Einsatz abgebrochen wird. Oder sie bekommt den Befehl, einen Fahndungsring um den Ort zu ziehen. Irgend so einen Schmarrn halt, den unsere Gesetzeshüter immer dann veranstalten, wenn sie sonst nicht mehr weiterwissen. Ich stelle mir vor, wie sie und ihre Kollegen die Ausfallstraße nach Passau blockieren und die Bauern auf ihren Traktoren kontrollieren. Wie sie mit Mistgabeln im Heu auf den Anhängern stochern oder zwischen den Schweinen im Viehtransporter herumkriechen. Ein Bild für Götter; es kostet mich Mühe, nicht laut loszulachen. Konzentration, ermahne ich mich und behalte meinen Beobachtungsposten bei. Leider bewegt sich die Silke auch nach dem Funkspruch nicht von ihrer Position weg. Zu allem Übel ist es granatenmäßig stickig im Schuppen. In den Lichtstreifen tanzt der Staub der Jahrhunderte. Es dauert nicht lang, und es kitzelt mich in sämtlichen Atemwegen. Außerdem rinnt mir bereits die Brühe den Rücken runter. Über das Ungeziefer hier drin will ich erst gar nicht nachdenken. Alles Umstände, die schnell dazu führen, dass sich mein schlauer Plan in Schwachsinn verwandelt. Was habe ich mir bloß davon erwartet, mich von hinten in den Kirchenwirt zu schleichen? Der Lechner wird der Belegschaft ohnehin untersagt haben, mit mir zu reden. Ich muss das subtiler angehen, entscheide ich.

Gerade habe ich mich in meinem Entschluss gefestigt, das

Vorhaben abzubrechen, als ich merke, dass ich nicht allein in der Scheuer bin. Es ist ein subjektives Gefühl, das in erster Linie darauf basiert, dass mich plötzlich mein Rücken juckt, und zwar nicht, weil ich schwitze wie ein Ochse. Außerdem ist da ein Geruch, der sich von den Ausdünstungen der alten Maschinen und rostigen Werkzeugen abhebt. Ein Rasierwasser, auch wenn es eher nach einem Begasungsmittel zur Ungezieferbekämpfung riecht.

Genau in dem Moment, wo ich mich umdrehe, donnert etwas gegen meinen Schädel. Der Schlag holt mich von den Beinen, und ich lege mich ungebremst lang. Der Boden ist glücklicherweise nur mäßig hart. Gestampfter Lehm, Sägespäne. Das Pflugschwert verfehle ich knapp, dank der Mischung aus Angst und Adrenalin. Staub wirbelt auf. Es tut gar nicht wirklich weh. Dennoch schießen mir die Tränen in die Augen und trüben den Blick. Mein Kopf füllt sich mit Watte, und von beiden Seiten naht die Schwärze der Ohnmacht wie ein zufallender Theatervorhang. Den Schemen über mir nehme ich nur noch flüchtig wahr. Ich kenn dich, du Sau, denke ich, dann wird's finster.

EINBLUTUNGEN

Ich erwache.

Obwohl eine in Panik geratene Rinderherde durch meinen Kopf trampelt, weiß ich sofort, wo ich mich befinde. Nur fehlt mir jede Erinnerung, wie ich hierher in diesen von einem Lamellenvorhang abgedunkelten Raum gekommen bin. Nicht, dass das weiter wichtig wäre. Ich liege nicht mehr in der alten Scheuer, und diese Erkenntnis empfinde ich als ungemein beruhigend. Sie beschert mir ein Gefühl der Sicherheit. Ohne dass der Schmerz dadurch geschmälert wird. Jemand hat mich niedergeschlagen. Zum zweiten Mal innerhalb eines Vierteljahres. Das ist keine gute Quote, auf die Absterberate meiner Gehirnzellen umgelegt. Aber auch diese Bedenken dränge ich beiseite. Fast meine ich zu wissen, wer der Sauhammel war, dem ich mein Schädelbeben verdanke. Einer, der ein billiges Rasierwasser benutzt. Einer, der ... Nein, ich bekomme kein Bild zusammen. Die Gewissheit verbirgt sich hinter einer dünnen Milchhaut, die ich nicht zu durchdringen vermag. Noch nicht. Nicht, solange ich solche Kopfschmerzen habe.

Vorsichtig taste ich nach der stattlichen Beule. Zum Glück keine Platzwunde, aber was ich erfühle, reicht mir völlig aus, um mich zu fragen, warum man mich mit so einem Hämatom eigentlich allein lässt. Sollte ich unter diesen Umständen nicht intensiv beobachtet werden? Nicht besser an einem Gerät angeschlossen sein, das meine Hirnfunktionen überwacht? Ich denke an Einblutungen im Zerebrallappen, an ein schweres Trauma, Gedächtnisstörungen, retrograde Amnesie. Vorsorglich schließe ich die Augen und beginne mit der Zwerchfellatmung. Besser, ich rege mich nicht noch zusätzlich auf. Besser, ich schlafe noch ein wenig.

Nachdem das panische Pfeifen in meinen Ohren etwas nachgelassen hat, dringen Stimmen zu mir herüber. Im Behandlungszimmer nebenan unterhält sich wer. Dass die weibliche Stimme der Höllmüllerin gehört, steht ohne Zweifel fest. Immerhin bin ich in ihrer Praxis aufgewacht. Und das an einem Samstag, an dem sie keinen Notdienst hat. Doch offenbar bin ich nicht der einzige Patient, um den sie sich aktuell kümmert. Ich glaube auch zu erkennen, mit wem sie da spricht. Nun, auch das wäre naheliegend, weil der Hornochse sich ja nicht ins Krankenhaus hat bringen lassen.

So leise, wie ich unter den gegebenen Umständen nur kann, setze ich mich auf. Lichtblitze zucken vor meinen Augen, aber ich bleibe standhaft. Nun meldet sich auch meine rechte Schulter. Vermutlich bin ich blöd draufgefallen. Ich mache ein paar sehr behutsame Lockerungsübungen, und meine Halswirbel knacken verdächtig im Kanon. Dann schiebe ich meinen geschundenen Leib von der Behandlungsliege. Jemand hat mir die Schuhe ausgezogen. Meine nackten Fußsohlen halten die Balance, bis der Schwindel nachlässt. Ich bin fast stolz, so ein harter Hund zu sein. Vorsichtig schleiche ich zur Verbindungstür und lege mein Ohr an das kühle Holz.

»… nur eine Nacht zur Beobachtung«, beendete die Höllmüllerin ihren Satz. Ich stelle mir vor, wie der Ferdl stur seinen Kopf schüttelt.

»Ich kann meine Leut jetzt auf keinen Fall allein lassen. Und auch die Gäste … also die paar, die noch nicht abgehauen sind. Das Ganze ist eine Katastrophe. Gib mir irgendwas gegen die Schmerzen, dann bin ich wieder weg!«

»Lass mich erst noch den Verband machen.«

»Reicht da nicht ein Pflaster? Wie schaut denn das aus, wenn ich mit so einem Turban hinterm Tresen stehe.«

»Ich musste die Platzwunde mit vier Stichen nähen, so ein großes Pflaster habe ich nicht. Jetzt stell dich nicht so an!«

Murren. Dann höre ich die Höllmüllerin einmal durch den Raum wuseln. Ich halte die Luft an. Da jede schnelle Bewegung eine weitere Schmerzeruption in meinem Schädel auslösen würde, verharre ich an Ort und Stelle, statt zurück auf die Liege zu flüchten. Und die Tür zwischen uns bleibt sowieso geschlossen. Sie findet alles, was sie zur Versorgung des Kirchenwirts braucht, ohne dass sie den Raum wechseln muss.

»Und der, der dich so zugerichtet hat, den hast du nicht gekannt?«, höre ich sie schließlich fragen und atme erleichtert aus. Keine Antwort vom Löffelmacher. »Und warum er dich verdroschen hat, weißt du auch nicht?«

Ich vernehme nur ein Brummen, irgendwas über einen geistig verwirrten Menschen. So schlecht darf man eigentlich gar nicht lügen können, wenn man Gastronom ist.

»Könnte dieser Übergriff mit dem Tod von diesem Hansen zu tun haben? Immerhin hat die Polizei Drogen in dessen Zimmer gefunden. Wenn das jetzt so ein Mafiaschläger war?«, hakt die Höllmüllerin nach. »Der muss doch irgendwas von dir gewollt haben?«

»Jetzt lass mich halt in Ruh! Bist endlich fertig, ich muss zurück ins Wirtshaus«, fährt der Ferdl sie an.

Zeit für mich, mich wieder auf meine Pritsche zu legen und den Pflegefall zu geben. Dass der Löffelmacher so gar keine Ahnung haben soll, warum er eine Abreibung kassiert hat, das kann er mir nicht erzählen. Die Höllmüllerin hat meines Erachtens die Zusammenhänge schon richtig erkannt. Ich gehe davon aus, dass der Ferdl mehr weiß über seinen Hotelgast Edgar Hansen, als er uns allen bisher weismachen wollte. Wenn mein Kopf nicht so verteufelt wehtun würde, könnte ich mich beinahe darüber freuen, wie aufregend der Fall sich zu gestalten beginnt.

GOTHAM CITY

»Wer hat Sie niedergeschlagen?«

Ich fahre hoch. Meine Pumpe macht einen Salto, dass die Herzklappen klingeln. Offenbar bin ich tatsächlich noch mal eingeschlafen. Statt der adretten Lazarettschwester, die ich herbeigesehnt habe, steht der Kommissar Ritzer an der Behandlungsliege. Hilfesuchend sehe ich mich nach der Höllmüllerin um, ohne sie zu entdecken.

»Wie kommen Sie hier rein?«

»Dr. Höllmüller war so freundlich, mir fünf Minuten mit Ihnen zu gestatten. Also, vertrödeln wir keine Zeit. Wer hat Sie niedergeschlagen?«

»Es war dunkel, und ich hab ihn leider nicht kommen sehen, diesen Hundling«, erkläre ich wahrheitsgemäß, und höre mich dabei dummerweise genau wie der Löffelmacher an. Weshalb der Ritzer auch nicht den Eindruck macht, dass er mir glaubt.

»Was haben Sie in dem Schuppen überhaupt gesucht?«

»Antiquitäten. Nächste Woche ist Flohmarkt.«

»Lassen Sie die Spielchen, Herr Fellinger! Polizeihauptmeister Lechner hat mich darüber informiert, dass Sie sich gerne in polizeiliche Ermittlungen einmischen. Das muss ja wirklich eine ernsthafte Obsession von Ihnen sein. Oder hat er krankhaft gesagt? Ich kann mich nicht mehr an den genauen

Wortlaut erinnern, aber das ist ja auch egal. Für mich zählt in der Sache keine Ausrede. Ich verbiete Ihnen hiermit dieses anmaßende Verhalten! Dieser Fall geht Sie nichts an, abgesehen davon, dass Sie sich damit selber in Gefahr bringen und uns zusätzliche Arbeit aufhalsen. Deswegen habe ich auch keinerlei Mitleid mit Ihnen«, fügte er beleidigt an.

»Dann gehen Sie also davon aus, dass derjenige, der mich erwischt hat, derjenige war, der auch den Löffelmacher verdroschen hat?«

Ritzer schüttelt genervt den Kopf. »Sofern Sie keine konkrete Aussage oder eine Beschreibung der Person abliefern können, ist das Gespräch jetzt zu Ende. Sollte ich Sie im weiteren Verlauf der Untersuchungen noch einmal in der Nähe des Kirchenwirts oder von dessen Personal antreffen, lasse ich Sie wegen Behinderung der polizeilichen Ermittlungen festsetzen.«

Zackig wie ein Obergefreiter macht er auf seinem Absatz kehrt und marschiert aus dem Praxiszimmer. Ich fühle mich wenig beeindruckt. Alles, was bei der kurzen Unterhaltung offenbart wurde, war nackte Verzweiflung. Unsere Gesetzeshüter unter der Führung von Kriminalkommissar Ritzer tappen im Dunkeln. Ein mir bekanntes Verhaltensmuster bei unserer Polizei, das sie gleichzeitig dazu nötigt, mit arroganter Affektiertheit aufzutreten. Der Lechner wird auch davon befallen, wenn er nicht weiterweiß. Statt eingeschüchtert zu sein, fühle ich mich von diesem Auftritt also nur in meiner Absicht bestärkt, dieses ominöse Verbrechen selber aufzuklären. Auch wenn ich unserem Ort nicht gerade eine innige Verbundenheit entgegenbringe, so ist er doch mein Zuhause. Landschaftlich ist es wunderbar, und im Großen und Ganzen kann man hier ein angenehmes und friedliches Leben führen. Ich denke mir halt immer, solange die Erstklässler in unserer Grundschule noch den Zündhölzel-Führerschein machen, ist es um die bajuwarische Heimat und Kultur nicht gar so schlecht bestellt. Und ich möchte alles daransetzen, dass es so bleibt. Von daher gehen Zuhälterei, Drogen, mafiöse Einschüchterungsmethoden und Giftmorde schlichtweg zu weit. Das hat unsere Gemeinde nicht verdient. Genau so wenig wie ich. Mir ist es wichtig, hier möglichst stressfrei meine Zeit verbringen zu können, und dafür brauche ich einen stabilen Gesamtzustand und kein niederbayerisches Gotham City.

Die Höllmüllerin kommt herein. Sie drückt einen Tastschalter neben der Tür, und ein leise surrender Elektromotor zieht den Lamellenvorhang in die rechte Ecke. Gleißendes Licht flutet herein, und ich lege stöhnend den Unterarm über die Augen. Der Schmerz im Schädel wird schier unerträglich.

»Keine Angst«, höre ich sie sagen, »du zerfällst nicht zu Staub.«

»Sehr lustig«, protestiere ich. »Wie kannst du einen dermaßen schwer verletzten Patienten so lange ohne Aufsicht lassen?«

Als ich bemerke, dass sie direkt vor mir steht, wage ich einen Blick. Mein Vorwurf scheint an ihr abzuprallen, zumindest erkenne ich keinerlei Anzeichen von Reue. Stattdessen zieht sie eine Stablampe aus der Tasche und leuchtet mir ohne Vorwarnung in die Augen. Ich reiße mich zusammen und verfolge, ohne darauf hingewiesen zu werden, den Lichtpunkt nach links und wieder zurück.

»Alles wunderbar«, diagnostiziert die Frau Doktor.

»Es fühlt sich aber nicht so an.«

»Hab dich nicht so!« Sie klopft mir auf die Brust, was wohl aufmunternd gemeint ist, und setzt sich dann hinter den Schreibtisch, der vorm Fenster steht. Ich kann immer noch nicht gegen das Licht anschauen, das sie von hinten überstrahlt. Den Geräuschen entnehme ich, dass sie sich Notizen macht.

»Wer hat mich eigentlich gefunden?«

»Der Kronawitter. Dieser Dackel hat während des Einsatzes beim Kirchenwirt irgendwo seine Dienstwaffe verloren. Oder verlegt, was weiß ich. Und wie er sie dann überall gesucht hat, ist ihm das offen stehende Scheunentor aufgefallen.«

»Himmelherrgott, jetzt verdanke ich dem auch noch mein Leben.«

»Keine Sorge, du wärst genauso ohne fremde Hilfe wieder aufgewacht.«

»Mit irreparablen Folgeschäden, wahrscheinlich. Bei Schädel-Hirn-Verletzungen zählt jede Sekunde.«

»Fellinger, du spinnst!«, sagt sie, und ich höre sie lachen.

Wie in dieser Praxis mit meiner Gesundheit umgegangen wird, grenzt an einen Medizinskandal. Angeschlagen schleppe ich mich in meine Wohnung und lasse mich auf die Couch fallen. Abwarten, bis die Schmerztabletten wirken, und regenerieren, hat die Frau Doktor gemeint. Vom medizinischen Beistand der Höllmüllerin bin ich ebenso enttäuscht wie von dem polizeilichen Vertrauen, das in meine kriminalistischen Fähigkeiten gesetzt wird. Nach ihrer oberflächlichen Untersuchung schickte sie mich mit einem Blisterstreifen Aspirin und einem Klaps auf die Schulter einfach hinaus in die Gosse.

Abwarten und regenerieren.

Aber gut, auch ein Vigilant muss mal Pause machen, wenn es sein Körper verlangt. Oder die Psyche. Vor allem die muss ja frisch sein, für die Herausforderungen, die da kommen. Während ich versuche, irgendwie entspannt dazuliegen, mich von allen Blockaden zu befreien, damit die Energie durch mich fließen kann, und gleichzeitig meinen Geist zu leeren, klingelt das Telefon. Ich muss nicht darüber nachdenken, wer auf meinem Festnetzanschluss anruft. Allerdings beginne ich mich allmählich zu fragen, wo mein Handy abgeblieben ist. Habe ich es in der Praxis liegen lassen? Oder ist es mir im Schuppen aus der Tasche gefallen? Womit ich praktisch auf ein ähnliches Niveau sinke wie mein Lebensretter, der Kronawitter. Damit umzugehen wird ein bisschen schwer für mich. Besser, ich denke gar nicht mehr darüber nach. Freilich bekomme ich auch sonst keinen klaren Gedanken zusammen, solange das Klingeln nicht aufhört. Genervt fingere ich nach dem Hörer.

»Ja!«

»Berti!«

»Mama!«

»Mei, jetzt bin ich aber froh. Die Bierbichlerin hat mich angerufen und gemeint, er hätt dich derschlagen.«

»Wer?«

»Was, wer?«

»Wer mich angeblich derschlagen hat?«

Schweigen. Schade eigentlich. Wär doch praktisch

gewesen, wenn die alte Dorfratschn gleich einen Namen mitgeliefert hätte. Dann wüsste ich jetzt, welcher Sauhund mir das angetan hat. »Die Bierbichlerin hat dir einen Schmarrn erzählt, Mama, mir geht's gut.«

»Ja, aber der Hofer Hansi hat auch gemeint, sie haben dich bewusstlos gefunden, und der ist bei den Maltesern.«

Himmelherrgott, kann man in diesem Kaff nicht mal bewusstlos werden, ohne dass es zwei Stunden später die ganze Gemeinde weiß? Wie ich so darüber spekuliere, welche beruhigende Antwort ich meiner Mutter geben kann, fällt mir der Radau auf, den ich zwischen ihren aufgebrachten Worten vernehme. Ich seufze laut.

»Und an dein Handy bist du auch nicht gegangen, da soll ich mir keine Sorgen machen.«

»Mein Handy, ja, das ist kaputt … Was ist denn das für ein Krach im Hintergrund?«

»Krach?«

Die Tonalität ihrer Stimme lässt mich aufhorchen. Da ist was faul, denke ich, und unverzüglich verstärken sich wieder die Kopfschmerzen.

»Ja, Mama, Krach!«

»Mei, der Papa werkelt halt rum.«

Sie schreit irgendwas, wobei sie die Sprechmuschel nur ungenügend abdeckt. Ich stelle mir vor, wie sie in der Kuchel steht und in den Gang hinausplärrt. Sie will, dass der Alte aufhört, solang sie mit mir telefoniert.

»So so, er werkelt«, wiederhole ich. »Und was genau?«

»Geh, Berti!«

»Mama, du sagst mir jetzt, was da bei euch los ist, oder willst du, dass ich mich aufrege und wieder ins Krankenhaus muss?« Das ist gemein, aber das zieht immer. Vor allem weil ich diese Drohung schon mal wahr gemacht habe. Aber das ist eine andere Geschichte.

»Er räumt dein Zimmer aus«, gibt sie kleinlaut zu. »Stell dir vor, der Herr Schauberger hat uns für nächste Woche schon erste Gäste angekündigt, deshalb müssen wir uns tummeln und alles schön herrichten.«

Zefix. Jetzt rege ich mich tatsächlich auf. »Seid ihr komplett …« Den Rest lasse ich aus und trenne mit energischem Tastendruck die Verbindung. Meine Finger zittern, als ich zwei weitere Aspirin aus der Packung drücke. Der Schauberger, dieser halbseidene Windhund. Mir fällt dummerweise nicht mehr ein, wie dieser Tourismusveranstalter heißt, den dieser Trottel vertritt. Außerdem war da gerade noch was anderes, aber aufgrund meiner pharmazeutisch verlangsamten Reaktion komme ich erst drauf, als ich schon an der Tür stehe. Es ist wieder da! Das Unheil-Jucken. Und es juckt mich ganz sakrisch zwischen den Schulterblättern.

KOKOLORES

Da soll ich in meinem Zustand nicht in Rage geraten, und dann tun die eigenen Eltern alles dafür, meinen Blutdruck in die Höhe zu treiben.

Kokolores, denke ich.

Kokolores, das hat auch das Reserl gesagt. Das Wort gefällt mir. Könnte eins meiner Lieblingsworte werden, wenn ich so darüber nachdenke. Ich stehe schon an der Wohnungstür, den Autoschlüssel in der Hand, da hilft mir ein kräftiges *Kokolores* den Impuls niederzuringen, sofort zu ihnen rauszufahren. Mir ist klar, ich muss alles daransetzen, ihnen die Schnapsidee mit der Ferienwohnung auszureden. Diesem Kokolores Einhalt gebieten. Aber schon allein in Anbetracht der Sturheit von meinem Alten muss ich mich besser vorbereiten.

Also schlurfe ich zurück in die Küche und klappe den Laptop auf. Ich tippe ein, was ich aus dem Gedächtnis zusammenkratzen kann, und erhalte ein paar Treffer. Einer davon sieht vielversprechend aus. Doch nach dem Anklicken bin ich mit einem Schlag ernüchtert. Das Tourismusbüro Oberbayern betreibt eine billig zusammengebastelte Website. Genau genommen ist es nur eine Web-Visitenkarte, ohne weiterführende Links und ohne gescheites Impressum. Wenn er es bislang noch nicht getan hat, so fängt der Fisch jetzt penetrant zu stinken an. Ich muss die Elli anrufen. Die hat diesen Affen geschickt, die wird ja wohl mehr über den wissen. Die Elli. Nein, lieber doch nicht. Mit der Münchner Verwandtschaft zu telefonieren, das bringe ich momentan rein psychisch nicht fertig. Ich mache mir ein paar Notizen, bin aber alles andere als zufrieden.

Die Unruhe treibt mich wieder hinaus. Ohne rechten Plan steuere ich meinen Wagen an. Die Friedhofsmauer reicht nicht aus, um ihn zu beschatten. Ich öffne die Tür, und der Schwall Hitze, der mir entgegenkommt, ist vergleichbar mit einer Sonneneruption. Ich schrecke davor zurück, mich auf das schwarze Leder zu setzen und mir die Eier braten zu lassen. Vielleicht suche ich besser erst mein Handy. Zum Schuppen, in dem ich es vermute, kann ich zu Fuß gehen. Gerade wie ich die Tür wieder zuschlage, entdecke ich eine Frau am Fuß des Friedhofsbergs; womöglich lohnt es sich doch, noch ein wenig rumzustehen und über das Autodach hinweg zu verfolgen, was da so den Hügel raufkommt. Die Sonne leuchtet mir in die Augen, doch als sie sich nähert, freue ich mich doppelt darüber, dass ich meinem Instinkt vertraut habe. Sie erkennt mich offenbar auch, denn sie lächelt mir schon von Weitem entgegen. Ich muss mich beherrschen, mir nicht noch durchs Haar zu fahren und mein Hemd zurechtzuzupfen. Obwohl der Wagen ihn ohnehin verdeckt, ziehe ich intuitiv und heroisch den Bauch ein. Ein selten dummes Unterfangen, denn sie braucht locker noch eine halbe Minute, bis sie auf gleicher Höhe mit mir ist.

»Das Fräulein Mila, da schau her!«

»Ach, jetzt weiß ich, wo ich Sie hintun muss«, entgegnet sie, ohne ihr Lächeln aufzugeben.

»Ich hoffe mal, es liegt nicht nur an den bedauerlichen Umständen, dass Sie sich an mich erinnern.«

»Nein, ich glaube nicht«, sagt sie und bleibt stehen. Mit geschwellter Brust gehe ich um den Wagen herum.

»Haben Sie denn was rausgefunden? Ich meine, warum unser Gast …«

»Das ist eigentlich Sache der Polizei, aber ja, ich weiß, was zum Tod dieses Herrn geführt hat. Die Kripo zieht mich in solchen Fällen gerne als Experten hinzu, aber selbstredend darf ich dazu keine näheren Auskünfte geben, solange die Ermittlungen noch laufen.«

»Echt? Das ist ja bestimmt sehr aufregend.«

Ich tue das mit einer nachlässigen Geste ab.

»Warst du, ich meine, Sie …«

»Schon gut, ich bin die Mila«, sagt sie und streckt mir die Hand hin, die ich sogleich ergreife.

»Berthold«, erwidere ich. »Freut mich!«

Sie nickt, und widerwillig lasse ich ihre Hand wieder los. *Bleib bei der Sache!*, ermahnt mich mein innerer *Experte*, und ich muss ihm recht geben.

»Hattest du eigentlich auch Schicht, als der Überfall passiert ist? Hast du vielleicht sogar den gesehen, der deinem Chef so zugesetzt hat?«

Mila legt den Kopf leicht schräg und schaut mich mit ihren blauen Augen von unten her an. Sie dürfte so etwa eins siebzig sein. Ihre blonde Lockenmähne hat sie zu einem Pferdeschwanz gebunden. Ich bewundere ihr Philtrum bis runter zum Amorbogen und hätte gerne gewusst, wie sich diese vollendet geschwungene Stelle anfühlt, wenn ich meine Lippen darauflege.

»Hab ich tatsächlich«, antwortet sie. »Ist an mir vorbeigerannt. Ich mein, der war Russe.«

Russe?

»Woher willst du das wissen, hat er was gesagt?«

»Das nicht, aber er sah so aus.«

Ich frage mich, ob man einen Russen erkennen kann, wenn er an einem vorbeiläuft. Wahrscheinlich schon, mit einer gewissen Lebenserfahrung und Menschenkenntnis. Dass die Mila schon reich an Lebenserfahrung ist, glaube ich zwar jetzt nicht, aber immerhin hat sie im Kempinksi in Hamburg gearbeitet, und da steigen bestimmt jede Menge Oligarchen ab. Da kann man sich schon seine Typenprofile anlegen. Ein Russe also. Was heißt das jetzt? Ich kann mich nicht so recht konzentrieren, solange diese blonde Schönheit vor mir steht. In ihrem Trägershirt und der verboten kurz unter den Arschbacken abgeschnittenen Jeans.

»Wie kam das eigentlich?«, frage ich, immer noch leicht abgelenkt.

»Was?«

Ich muss mich endlich zusammennehmen. »Dass du aus Hamburg hierherziehen hast wollen. Freiwillig, meine ich.«

»Mir ist der Regen auf den Geist gegangen.«

»Regnen tut es auch bei uns.«

»Aber nicht so viel und so lang am Stück.«

»Dann wart mal, bis der Winter kommt«, kündige ich an und muss plötzlich an die Löffelmacher Magdalena denken, die sich beim ersten Frost in die Regentonne gesetzt hat.

»Ach was, jetzt ist Sommer«, sagt die Mila, »und der ist herrlich. Selbst nachts ist es momentan so schön warm, da hab ich gar keine Lust, ins Bett zu gehen, auch wenn der

Tag im Restaurant lang war.« Sie blinzelt mich an. »Heute habe ich um elf Schluss.«

Begriffsstutzig runzle ich die Stirn. »Äh, aha?«

»Ich bin jetzt seit fast zwei Monaten hier und war noch nie unten am See.«

Es mag an der heißen Augustsonne liegen, dass ich einen trocknen Mund bekomme.

»Na ja, und ich könnte jemanden gebrauchen, der mit mir schwimmen geht. Ich möchte wetten, das Wasser ist um diese Jahreszeit auch bei Mondschein warm und einladend.«

Warm ist der Freudensee nie, aber das behalte ich besser für mich.

»Also, Zeit hätte ich schon«, stammle ich und versuche in Gedanken abzuschätzen, wie viele Jugendliche sich wohl heute Nacht unten am See aufhalten. So wie wir früher. Auf dem Steg rumflacken. Einen Kasten Bier im Wasser, damit er frisch bleibt. Den Blick oben in den Sternen. Irgendwer spielt Gitarre. Die Flasche Schnaps geht rum, in der Hoffnung, dass die Hemmungen auch bei den Mädels fallen und sie ebenfalls nackig ins Wasser springen. Inständig hoffe ich, dass dem nicht mehr so ist. Dass die *Sweet-Home-Alabama-Zeiten* rum sind, die Teenager heute lieber vor ihren Spielkonsolen hocken bleiben und der Mila und mir den See überlassen.

»Schön«, sagt sie strahlend, »dann um elf – und bring Handtücher mit!«

Ich schaue ihr nach, mit der Angst im Hinterkopf, dass sie sich jede Sekunde auflöst wie eine von der Hitze vorgegaukelte Luftspiegelung. Aber sie bleibt materiell existent, bis sie beim Kriegerdenkmal um die Ecke biegt und ihre Arbeitsstelle ansteuert.

Erst dann sacke ich keuchend gegen den Wagen – nur um mich sofort wieder von dem heißen Blech zu lösen. Leck mich am Arsch! Ist das jetzt wirklich passiert? Will sie tatsächlich nach ihrer Schicht mit mir zum Freudensee?

Für eine Sekunde meldet sich der nüchtern-rationale Ermittler und weist mich darauf hin, dass auch der Hansen aus Hamburg kommt. Genau wie die Mila. Und ob ich da nicht über eine Verbindung nachdenken möchte. Aber nein, das möchte ich nicht. Ich spähe auf die Kirchturmuhr. Noch sieben Stunden. Wie soll ich bloß die Zeit bis dahin rumkriegen? In diesem Zustand kann ich unmöglich zu meinen Eltern fahren oder tun, was ich sonst tun wollte. Schon allein, um diese Euphorie zu bewahren. Sollen sie doch das alte Graffl rauswerfen. Das ist ja gar nicht so verkehrt, muss ich mich wenigstens nicht darum kümmern. Und der Schauberger, den kann ich mir auch nächste Woche vorknöpfen. Ich keuche immer noch, und mir wird klar, ich muss mich erst mal beruhigen. Deswegen fahr ich trotz der Hitze im Auto rüber zum Pauli. Übertrieben langsam, um in meinem Zustand bloß keinen Unfall zu provozieren. *Ein* Bier, sage ich mir, um runterzukommen. Nur eins, um die Kondition zu bewahren.

Wie erhofft, ist nichts los. Ich bin der einzige Gast, was mir gerade recht ist. »Biergartenwetter«, sage ich, wie ich die Wirtsstube betrete. Der Pauli zieht eine Lätschn. *Die Lätschn seines Sommers*, um sein Gfries zu betiteln. Ich setze mich an den Stammtisch und freue mich auf mein Bier. Doch bevor der Gerstensaft vom Zapfhahn zu mir rüberwandern kann, betritt der Löffelmacher Ferdl das Wirtshaus.

»Falsche Tür«, ruft der Kellerwirt hinterm Tresen hervor.

»Halt's Maul und bring mir auch eine Halbe!«, antwortet

der Ferdl, bevor er sich ungefragt zu mir hockt. Er schaut echt scheiße aus. Die Höllmüllerin hat ihm einen sauberen Verband verpasst. Über dem Nasenrücken trägt er ein dickes Pflaster. Außerdem hat er ein Veilchen, und die linke Hand ist verbunden. Sein Sommersprossengesicht ist fahl, als wollte es sich farblich der Bandage anpassen, die straff um die obere Kopfhälfte gewickelt ist.

»Haben sie den Dreckhamme schon erwischt?«, frage ich.

Er schüttelt den Kopf. Presst die Lippen aufeinander. Sein roter Bart ist deutlich sichtbar, so als hätte er sich seit Tagen nicht rasiert. Da läuft wirklich schon länger was schief und nicht erst, seit der Hansen in den Schweinsbraten gefallen ist. Er mustert mich, und ich muss mich anstrengen, seinem Blick standzuhalten. Wenn er nicht reden will, warum hat er sich dann zu mir gesetzt?

Wir warten, bis sein Bier da ist, und stoßen die Gläser aneinander. Er trinkt seines bis auf die Hälfte leer. Ich halte mich zurück. »Wie hat er denn ausgeschaut, dieser … ähm, Schläger?«

Er kriegt einen Truthahnhals, nicht so faltig, aber mindestens so tiefrot. »Von hinten hat mich diese feige Sau angegriffen, sonst hätte er eh keine Chance gehabt. Ich weiß nicht, was er mir gegen den Schädel gehauen hat, aber es hat gereicht, dass ich umgekippt bin. Danach hat er leichtes Spiel gehabt und noch ein paarmal sauber zugetreten. Hat erst aufgehört, als er meinen Koch, den Kasberger Karl, aus der Küche hat kommen hören. Da ist er stiften gegangen. Der Karl hat sofort die Polizei verständigt. Soweit ich verstanden habe, hat ein Feriengast ausgesagt, dass der Angreifer nicht raus auf die Straße ist, sondern die Treppe hoch und rüber in den Hoteltrakt. Das hat dann das Chaos perfekt gemacht. Die Deppen haben alle Zimmer und den Wellnessbereich durchsucht und damit auch noch meine letzten Urlauber verschreckt. Ich könnte mich so dermaßen aufregen.«

Was er auch tut, aber ich weise ihn nicht extra darauf hin, auch wenn er einen besorgniserregenden Blutdruck haben dürfte. »Hat er auch eine Botschaft hinterlassen?«

Er schaut drein wie ein Waldorfschüler, der die allgemein gültigen Abiturprüfungsfragen vorgelegt bekommt.

»Ich meine, einen Grund, warum er dir ins Gesicht getreten hat.«

Wieder verschließt er seinen Mund mit dem Bierglas. Er trinkt es leer und ordert Nachschub. Ich übe mich in Geduld, bis es serviert ist. Ich merke dem Pauli an, dass er sich zu uns setzen möchte und werfe ihm einen dementsprechend deutlichen Blick zu. Er zuckt mit seinen hängenden Schultern und schlurft zurück hinter seinen Tresen.

»Der Hansen hat nicht nur Rotlicht gemacht«, raunt der Löffelmacher mir plötzlich zu. »Der Ritzer meint, er hat auch mit Drogen gehandelt. Und dass ich deswegen ein Motiv gehabt hätte, diesen Fischkopf zu vergiften.«

»Ein Motiv? Du?«

Er starrt stumm in sein Bier. Meine Ungeduld ist wie ein Stachel zwischen Leber und Magen, aber ich halte mich zurück.

»Wegen dem Jens«, antwortet er schließlich, als mir das Schweigen schier unerträglich geworden ist.

»Der Jens?«

»Der Hansen war ja nicht zum ersten Mal da. Sondern

unter anderem auch im Frühsommer vor drei Jahren, wo der Jens … na, du weißt schon.«

Eigentlich nicht, aber ich lasse ihn weiterreden.

»Die haben diese Dreckspillen analysiert, die der Bub damals genommen hat. Ich weiß nicht, wie der Ritzer da drangekommen ist, aber offenbar handelt es sich um dasselbe Teufelszeug, das den Jens seinen Verstand gekostet hat.«

»Das ist …«

»Aber woher hätte *ich* das bitteschön wissen sollen?«, schreit er und haut auf den Tisch. Ich halte mein Bier fest. »Oder glaubst du, ich hätte den Hansen weiterhin immer wieder bei mir wohnen lassen, wenn mir bekannt gewesen wäre, dass er mein Kind auf dem Gewissen hat?«

Mir liegt schon auf der Zunge, ihn dahingehend zu korrigieren, dass sein Sohn noch am Leben ist. Aber er ist in Rage, weshalb ich besser den Mund halte.

Etwas leiser fährt er fort: »Der Jens war immer spät dran, mit allem. Darum bin ich auch nie auf den Gedanken gekommen, dass der mit sechzehn Drogen probiert, wo er doch bis dahin nicht mal Alkohol getrunken hat. Und dann kommt da diese Drecksau aus Hamburg runter … *Freilich* hätte ich den Hansen umgebracht, wenn ich es gewusst hätte.« Wieder landet seine Faust auf der Tischplatte. »Aber gewiss nicht mit Gift, Fellinger, gewiss nicht mit Gift.«

Ohne Frage hätte der Ferdl ein Kochmesser oder das Hackebeil genommen. Oder eine Bärwurzflasche, wenn nichts anderes griffbereit gewesen wäre. Kurz gesagt, er hätte im Affekt gehandelt, den Hansen unverzüglich erschlagen oder erstochen oder zerhackt, sobald ihm klar geworden wäre, dass dessen Drogen die Krankheit vom Jens verschuldet haben.

»Wenn nicht gerade Schonzeit wäre, würde ich mir jetzt mein Gewehr schnappen und raus in den Wald fahren«, brummt er. Ich weiß, dass der Löffelmacher eine eigene Jagd besitzt, irgendwo oben am Frauenwald. Ein Reh zu schießen, um mich abzureagieren, wäre für mich persönlich jetzt zwar nicht erbaulich, aber besser aufs Wildbret ballern als auf die Mitmenschen.

»Hast du sonst noch Feinde?«, frage ich eindringlich, weil mir erneut die Falschmeldung über den Käferbefall in der Küche vom Kirchenwirt in den Sinn kommt. Die könnte doch in kausalem Zusammenhang mit den kriminellen Vorfällen danach stehen.

»Feinde?« Er schaut mich an, wie wenn er das Wort noch nie gehört hätte.

»Ja, Feinde!«

Er überlegt für ein paar Sekunden. »Die BNP vielleicht?«

»BNP?«

»Bayerische National Partei. Die wollten doch im Frühjahr einen Parteitag bei mir abhalten, aber ich hab sie nicht reinlassen.«

»Recht so!«, bestätige ich seinen politisch motivierten Aktionismus gegen die Populisten. »Aber selbst wenn das alles faschistische Affen sind, kann ich mir nur schwer vorstellen, dass die wegen deiner Absage nahtlos dazu übergehen, Gäste von dir zu vergiften.«

»Wer anderes fällt mir halt nicht ein, und immerhin haben sie mir einen Schmähbrief geschickt und mit juristischen Konsequenzen gedroht.«

»Ist nicht auch der Moosbrucker Toni bei diesen Faschos?«, rutscht es mir raus, wobei die Frage eher an mich selbst gerichtet ist.

Der Löffelmacher rollt missbilligend die grünen Augen. »Dieser mistige Versicherungstandler«, grummelt er.

Gerade wie ich mir meine Begegnung mit dem Moosbrucker vorm Kirchenwirt ins Gedächtnis rufe, kommt mir ein geistreicher Einfall, der mich ganz von dem rechten Pack wegbringt, samt dem Moosbrucker Toni. »Der, der dich heute Morgen verdroschen hat, hat der womöglich dieselbe Idee verfolgt wie die Polizei?«

»Welche Idee?«, fragt er begriffsstutzig.

»Na, dass du dich am Hansen gerächt hast.«

Der Ferdl verzieht das Gesicht, als ob sein Bier sauer wäre. Nicht nur der Ritzer scheint ihn also dahingehend in Verdacht zu haben. Er selbst hat auch schon in diese Richtung spekuliert. Vor allem, wenn stimmt, was er über das Drogenproblem vom Jens gesagt hat. Ich bin geneigt zu glauben, dass der Kirchenwirt genau deshalb gezielt zur gastronomischen Konkurrenz gegangen ist, weil er mich hier vermutet hat. Der Ferdl sucht meine Hilfe, obwohl wir nie besonders enge Freunde waren und sicher auch nicht werden, wenn das hier ausgestanden ist. Aber er ist zu mir gekommen, weil er hofft, dass ich ihm glaube und helfen kann. Das bestärkt mich, an dieser Sache dranzubleiben. Was natürlich bestimmte Dinge voraussetzt. Ehrlichkeit ganz vorneweg.

»Also, Ferdl«, sage ich, lege meine Ellenbogen auf den Tisch und beuge mich vor, »dann mal Klartext. Warum, meinst du, passiert das alles?«

CHAMPAGNERRINNE

Über eine Viertelstunde zu früh parke ich gegenüber dem Kirchenwirt. Nicht direkt vor dem Haupteingang, aber auch nicht verborgen hinter dem nächsten Hauseck. Ich will auf Nummer sicher gehen, dass sie mich gleich entdeckt. Oder dass ich sie gleich entdecke und reagieren kann. Nur für den Fall, dass sie in den letzten Stunden vergessen haben sollte, was sie mir heute an der Friedhofsmauer angeboten hat. Ein wenig hadere ich nämlich mit dem Gedanken, ob es der Mila vielleicht peinlich sein könnte, nach Feierabend vor aller Augen in meinen Wagen zu steigen.

Goldenes Licht fällt durch die Butzenfenster der Gaststube über die Geranienkästen hinweg auf die Straße. Es schaut aus wie immer, nichts deutet auf das Chaos der letzten Tage hin. Ein paar Gäste sind ihm geblieben, hat der Ferdl mir erzählt. Das war aber auch das Einzige, was er noch losgeworden ist während unserem nachmittäglichen Plausch beim Pauli. Außer der mehrmaligen Betonung, dass er keine Ahnung habe, wieso ausgerechnet er immer die Arschkarte zieht. Warum ihm das Schicksal immer so übel mitspielt. Er, der sich seit zwanzig Jahren aufreibt für das Wirtshaus und das Hotel. Kurz hat er sich noch über das neu eröffnete Gourmetrestaurant ausgelassen, die zusätzliche Konkurrenz, die nur ein weiteres Magengeschwür bedeuten kann. Dann ist er gegangen und hat mich ratlos zurückgelassen. Kein Wort über seine verstorbene Frau und die Umstände ihres ungewöhnlichen Freitods. Auch kein Wort über die Therese oder seinen verschollenen Bruder und darüber, inwieweit die Verwandtschaft in sein Schicksal verwoben ist. Immerhin hat er mein Bier mitbezahlt.

Nüchtern betrachtet spricht die jüngste Entwicklung nicht dafür, dass der Hansen, dieser Rotlicht- und Drogenbaron, nur ein Kollateralschaden war. Die Umstände, einschließlich des Verdachts vom Ritzer, lassen das sehr unwahrscheinlich wirken. Aber es ist gerade diese Unwahrscheinlichkeit, die mir keine Ruhe lässt. Zusätzlich zu dem, womit der Löffelmacher eben nicht herausrücken wollte. In irgendwas steckt er drin, der Kirchenwirt, und ich muss wieder daran denken, was mir seine Tante erzählt hat, die alte Hexe, die ihn verflucht hat, weil er angeblich einen Bruder auf dem Gewissen und den anderen ins Ungewisse vertrieben hat.

Ich höre die Turmuhr schlagen, was mich aus meinen Gedanken reißt. Mit jedem Glockenschlag steigt die Nervosität. Proportional zur Erwartung. Ich rieche zum siebten Mal unter meiner Achsel. Das neue Deo hält. Auf dem Rücksitz liegen zwei Badetücher. Extra mit Weichspüler gewaschen, obwohl ich das eigentlich nicht leiden kann, weil der Stoff die Nässe dann nicht so gut aufnimmt. Doch so erfüllt nun ein zarter Lavendelduft den Innenraum, was ich nicht für verkehrt halte. Neben den Handtüchern liegt meine Badehose, auch wenn ich natürlich dem verwegenen Gedanken nachhänge, dass ich die nicht brauchen werde.

Nach meiner Visite beim Pauli bin ich heim, habe das Telefon ausgesteckt und mich noch mal hingelegt. Um

Kräfte zu sammeln. So beim Eindösen ist mir eingefallen, dass ich noch mein Handy suchen sollte, aber da hatte mich die Müdigkeit schon bleischwer auf die Couch zementiert. Und dann bin ich wiederum viel zu spät aufgewacht, um vor dem Duschen noch mal loszuziehen. Außerdem war es da bereits zu dunkel, als dass ich in dem alten Schuppen noch was gesehen hätte.

Zehn nach elf. Letzte Gäste verlassen das Wirtshaus. Ich trommle im Rhythmus von *I'll tumble for ya* von Culture Club mit den Fingern auf dem Lenkrad herum. Durch die Fenster der Gaststube sind hin und wieder Schatten zu erkennen. Gut möglich, dass das Personal noch das Frühstücksgeschirr eindeckt. Oder halt noch irgendwas anderes zu erledigen ist, was sie aufhält.

Vom Kirchturm hallt der Schlag der Viertelstunde. Ich beginne, mir blöd und verarscht vorzukommen. Was, wenn sie einfach hinten rausgeht? Wir hätten unser Vorhaben nicht so lapidar verabreden sollen. Ich bin da mit in ihren jugendlichen Leichtsinn verfallen. Wenn ich wenigstens ihre Handynummer hätte. Oder sie die meine. Hätte jetzt auch nix gebracht, fällt mir eine Sekunde später ein, weil meins ja nicht mehr da ist. Unglaublich, für wie selbstverständlich man diese immerwährende Erreichbarkeit mittlerweile nimmt. Dabei gehöre ich noch der Generation an, die es auch anders kannte. So gesehen zähle ich mich zu den Glücklichen, die ohne Mobilfunk aufgewachsen sind und das Gefühl unbegrenzter Freiheit noch in vollen Zügen genießen konnten.

Zwanzig nach. Jetzt singt mir Leonard Cohen *Almost like the Blues* aus dem Radio entgegen. Ich kann den Lavendel nicht mehr riechen. Mein Finger ruht bereits auf dem

Startknopf für den Anlasser, da geht erneut die Tür auf. Ihr Auftritt könnte nicht perfekter inszeniert sein. Sie trägt noch ihr Kellnerinnen-Outfit, was bei uns logischerweise ein Dirndl ist. Weil es die Urlauber halt so haben wollen. Glaubt der Tourismusverband. Ob dahingehend jemals jemand eine Umfrage gemacht hat, stelle ich infrage. Egal. Ich bin ohnehin nicht in der Lage, mich jetzt damit zu befassen. Momentan fühle ich mich außerstande, mich mit irgendetwas anderem zu befassen als mit dieser jungen Frau. Ich starre und bin zugleich erstarrt. Was nicht schlimm ist, denn ich brauche mich gar nicht bemerkbar zu machen. Weder mit der Lichthupe noch sonst irgendwie. Sie kommt nämlich direkt auf mich zu. Klar, sie kennt meinen Wagen von heute Nachmittag, trotzdem finde ich ihr Verhalten bemerkenswert. Schwungvoll streicht sie um die Motorhaube herum. *Doch schau nur, wia sie geht, is des net hollywood?*, kommt mir eine Liedzeile von Georg Ringsgwandl in den Sinn. Dann macht sie die Tür auf und fällt mit einem hellen Lachen auf den Beifahrersitz.

»Servus!«, sage ich, und selbst das strengt mich an.

»Servus!«, sagt sie unbeschwert und wirft ihre Handtasche auf den Rücksitz. Der Lederbeutel ist zu klein, als dass da neben dem ganzen Kram, den Frauen ohnehin in ihren Handtaschen mit herumtragen, auch noch ein Badeanzug reinpasst.

»Bereit?«, will sie wissen.

Ich stelle fest, dass mein Zeigefinger immer noch auf dem Startknopf ruht. Ich wünsche mir, ich hätte heute Nachmittag mehr als nur ein Bier getrunken. »Bereit«, krächze ich und lasse den Motor an.

Die Fahrt runter zum See dauert keine fünf Minuten, in denen sie mir von ihrem Arbeitstag berichtet, ohne dass ich sie was in die Richtung gefragt habe. Aber ich bin froh, dass sie die Kommunikation übernimmt, weil ich ehrlicherweise überfordert bin. Vor allem damit, dass ich bis zu dem Augenblick, wo sie zu mir in das Auto gestiegen war, nicht wirklich daran geglaubt habe, dass sie ernst macht. Im nächsten Moment schrumpften meine Zweifel natürlich zu einer Nichtigkeit zusammen – weil sie offenbar tatsächlich vorhat, unseren leichtsinnig angekündigten Badeausflug ernsthaft in die Tat umzusetzen. Da soll man keine Schnappatmung bekommen! Nein, wirklich, streng genommen bin ich fertig mit der Welt. Ich darf es mir nur nicht anmerken lassen.

Auf dem Parkplatz am See stehen zwei Autos. Ich fahre daran vorbei und stelle den Wagen im hintersten Eck ab, verborgen hinter einer Schwarzdornhecke. Die Temperaturanzeige verrät, dass wir trotz der späten Stunde noch einundzwanzig Grad haben. Mila stößt die Tür auf und springt wie eine übermütige Jungkatze in die Nacht hinaus. Der Mond ist etwa zu zwei Dritteln voll und leuchtet hell wie eine LED-Taschenlampe am wolkenlosen Himmel. In den samtigen Blau- und Violetttönen kann ich sämtliche Details erkennen. Details, von denen ich hoffentlich gleich eine ganze Menge zu sehen bekomme. Aufgewühlt greife ich mir die Badetücher und folge ihr. Meine Badehose lasse ich liegen.

Sie hat bereits die Schuhe ausgezogen. Das Dirndl tanzt um ihre schlanken Wadeln. Ich hole sie erst ein, als sie schon in den Uferweg einbiegt. Wir passieren die verlassene Liegewiese. Auch unten am Steg hält sich niemand auf. Ich muss an die zwei Wagen denken. Die Leute können sich überall rumtreiben. Angler vielleicht, die am gegenüberliegenden Ufer in Tarnanzüge gehüllt unsichtbar unter den Bäumen hocken. Scheißegal! Ich setze darauf, dass dieser laue Sommerabend tatsächlich uns allein gehört. Das Misstrauen darüber, ob einem gestandenen Mann im mittleren Alter so viel Glück wiederfahren kann, will trotzdem nicht zur Gänze weichen. Ich wünsche mir Milas jugendliche Unbeschwertheit und dass ich in der nächsten Stunde nicht ständig ins Grübeln komme.

Obwohl sie noch nie hier war, läuft sie gezielt zum *Strand*. Unser Strand, das ist eine rund zehn Meter breite Stelle, kurz bevor das Naturschutzgebiet beginnt, die von der Gemeinde vor Jahren mal mit Sand aufgefüllt wurde. Strand klingt freilich ein bisserl größenwahnsinnig, aber was Besseres haben wir nicht, um in den See zu gehen und dabei nicht gleich mit den nackten Zehen im morastigen Grund zu versinken.

Der See liegt da wie eine dunkelblaue Glasplatte, in deren Mitte eine Glühbirne geschraubt ist. Ein wellenfreies Spiegelbild des Nachthimmels. Rechts von uns wuchert die Botanik. Schilfrohr, Binsen und Pfeilkraut wachsen dort weit in den See hinein. Dazwischen liegen Bereiche, an denen Laichkraut im flachen Wasser wächst. Tannen und Kiefern sowie eine gelegentliche Birke säumen weiter hinten das Ufer, dort wo die Moorlandschaft in den Wald übergeht. Viele der ufernahen Stämme hat der Biber angenagt, der seit Kurzem hier angesiedelt ist. Dort, wo der Viahaxerte sein Unwesen treibt …

Es ist still.

Nur die Natur lässt sich hören. Teilt sich uns mit durch die Kehlen von Fröschen und Kröten, durch die Schnäbel von Nachtvögeln, das millionenfache Zirpen der Grillen. Aber selbst wenn die Natur lärmt, ist es still. Eine geräuschvoll gespannte Stille.

Mila tritt bis auf einen halben Meter an die Uferkante. Ohne das Wasser mit den Zehen zu testen, löst sie den Knoten ihrer Schürze.

»Kannst du mir mit dem Mieder helfen?«

Klar kann ich, auch wenn für die Haken und Ösen das Licht dann doch zu schlecht ist oder meine Finger zu zittrig sind. Irgendwie bekomme ich es aber dann doch gelockert, und ehe ich mich's versehe, landet der ganze Stoff, der sie eben noch umhüllt hat, im Gras oberhalb der Sandfläche.

Sie hat eine Tätowierung auf der rechten Pobacke. Einen kleinen Teufel, der mit seinem Dreizack genau auf den Eingang zur Hölle zeigt. Deutlicher kann man nicht darauf hinweisen, dass man kein Engel ist.

Statt sogleich ins Wasser zu springen, dreht sie sich zu mir um. »Worauf wartest du?«

Ja, worauf warte ich? Ich stehe da und halte Maulaffen feil. Sicherheitshalber wische ich mir mit dem Daumen über die Mundwinkel, um zu prüfen, ob nicht irgendwo Speichel trieft. Gewollt oder nicht, mein Blick wandert über ihre zarten Brüste hinweg die erstklassige Champagnerrinne entlang bis …

Sie beobachtet mich dabei, wie ich sie hilflos anglotze. Dann lacht sie plötzlich, vollführt eine halbe Drehung und rennt in den See. Dabei juchzt sie ausgelassen. Wasser spritzt bis zu mir herauf. Die kalten Tropfen machen mich wieder bewegungsfähig, und ich schaffe es endlich, mich auszuziehen.

Der See ist immer kalt, selbst im Hochsommer. Aber vielleicht hält man diese Temperatur in Hamburg ja für durchwegs erträglich. Bei mir jedenfalls zieht sich alles zusammen, kaum dass ich bis zu den Knien im Wasser stehe. Mila hat schon gut zwanzig Meter Vorsprung. Mit viel Überwindung hechte ich hinterher. Ich schwimme schnell, damit es auch meinen restlichen Extremitäten wieder warm wird. Beim Kraulen schlucke ich ungewollt Wasser und gehe auf halber Distanz lieber zum Brustschwimmen über. Sieht zwar nicht so lässig aus, verschafft mir aber wieder Luft, nachdem ich drei-, viermal gehustet habe. Alles in allem keine sehr heldenhafte Figur, die ich hier abgebe. Wenn ich so weitermache, schwimmen mir die Felle davon, zusammen mit der Mila, die ihren makellosen Körper von jeglichem Fell befreit hat. Wirre Gedanken. Entweder es ist die Kälte, die meinen Verstand beeinflusst, oder …

Endlich schließe ich zu ihr auf, was ohne Frage daran liegt, dass sie begonnen hat, auf der Stelle zu treten. Mit langsamen Schwimmbewegungen halten wir eine Armlänge Abstand voneinander und blicken uns an. Ich möchte nicht wissen, wie ich aussehe. Sie jedenfalls ist eine verführerische Meerjungfrau. Das Mondlicht funkelt in den Wassertropfen auf ihrem Gesicht. Ihre Augen sind kleine, dunkle Ozeane, in denen ich nur zu gern ertrinken möchte. Ich habe eine Gänsehaut, bezweifle aber, dass sie vom kühlen See herrührt.

Über uns wölbt sich ein dem Anlass angemessener, an Perfektion grenzender Sternenhimmel. Sogar das Wasser kommt mir mit einem Mal wundersam illuminiert vor, was nur eine Illusion sein kann, die meinem testosterongetränkten Hirn entspringt.

Ich muss jetzt was sagen, denke ich.

Etwas Entscheidendes.

Etwas, das sie nachhaltig beeindruckt.

In der Sekunde, da ich den Mund aufmache, packt mich etwas am linken Knöchel und zieht mich nach unten.

SAUERSTOFFARMUT

Killerkarpfen, Monsterwelse, bierfassgroße Schnappschildkröten. Alles haben die Leute schon im See rumschwimmen sehen. Ich hingegen frage mich sogleich, ob es der Löffelmacher Johannes ist, der mich da zu sich auf den Seegrund holt.

Was für ein absurder Einfall.

Wenn, dann ist es sein Geist. Der Johannes in Gestalt vom Viahaxerten. Es ist genau wie in meinem Traum, den ich letzte Nacht hatte. Weniger ein Traum, wird mir klar, als eine prophetische Vision. Das macht es noch unheimlicher. Die Angst, die mich erfasst, ist wesentlich kälter als das Wasser, das mich umgibt. Angst, Wahn, Visionen!

Endlich reiße ich mich aus meiner Schockstarre und beginne, panisch mit Armen und Beinen zu rudern. Genauer gesagt, nur mit dem rechten Bein. Am Linken hängt ja das Gewicht. Eine schreckliche Klaue um meinen Fuß. Nach wie vor geht es abwärts. Ich habe mich nie dafür interessiert, wie tief dieser See ist. Tief genug, um darin zu ertrinken, das ist schon klar. Aber mit dem steigenden Druck in meinen Ohren kommt zur Furcht vor einer mit Wasser gefüllten Lunge auch die Abscheu vor dem schlammigen Grund. Vor dem, was da unten in der nasskalten Dunkelheit noch alles lauert. Der Tod, die ewige Verdammnis. Eine Existenz als Seemonster, dazu verflucht, mir unvorsichtige Badegäste zu holen, aus Wut und Verzweiflung, aus Hass auf die Lebenden. Was mir da, von der Sauerstoffarmut im Gehirn befeuert, durch den Kopf rast, verstärkt noch meine Panik. Eben noch war ich im Paradies, ganz kurz davor, der elysischen Versuchung zu erliegen. Jetzt erwartet mich ein grausames Ende. Die Strafe des Herrn, weil ich dem Teufel mit seinem Dreizack gefolgt bin. Meine Lungen brennen wie noch nie in meinem Leben, ein Leben, von dem kaum noch was übrig ist.

Da plötzlich bäumt sich etwas in mir auf, und ich trete mit all der mir verbliebenen Kraft nach unten. Prompt spüre ich, wie das Wasser um mich zu brodeln beginnt. Blasen gleiten meinen nackten Körper entlang und fördern eine ganz neue Erkenntnis zutage. Das, was da unter mir in der Finsternis lauert, atmet.

Es *atmet.*

Blitzartig werden mir zwei Dinge klar, die in meiner Situation alles andere als hilfreich sind.

Das eine: Ich war nie ein guter Schwimmer.

Das andere: Mein verzweifeltes Strampeln hat eine andere, mir verhasste Schwäche ausgelöst. Mein Knie verweigert den Dienst.

Mit einem Mal sacke ich wieder ab, tiefer und immer tiefer, dem entgegen, was mich festhält. Da treffen meine Zehen etwas Glitschiges. Einen Widerstand. Damit hat der Viahaxerte definitiv nicht gerechnet. Auch wenn ich nichts sehen kann, ist da so etwas wie Überraschung darüber, dass wir plötzlich so auf Tuchfühlung sind. Ich hingegen trete mit meiner letzten Kraft zu, so fest es mir mit meinem Knie eben gelingt.

Überrumpelt von meiner Gegenwehr, lässt er mich los. Erleichterung und Triumph durchfluten mich. Mein unbrauchbares Knie hat mich gerettet! Durch Unvermögen. So wie heute früh der Kronawitter. In dieser Sekunde an den Kronawitter denken zu müssen verschafft mir zusätzlich Auftrieb. Mit fast explodierender Lunge schieße ich nach oben wie ein Torpedo. Gefühlt war ich schon fünfzig Meter tief, doch jetzt durchbreche ich innerhalb eines Augenblicks die Oberfläche. Physiologisch ist es unmöglich, beim Einatmen zu schreien. Ich schaffe es trotzdem. Ich atme, huste, brülle, atme, keuche, atme, kreische, atme, fluche. Dann fällt mir ein, ich muss auch schwimmen, um oben zu bleiben. Also strample ich wie ein Verrückter, hin ans Ufer, weg vom Johannes.

Schnell bin ich im seichten Wasser, fühle den wunderbaren Schlick, der durch meine Zehen quillt und festen Boden verheißt. Platschend wate ich vorwärts und werfe mich schließlich in den feuchten Sand, weit genug an Land, dass auch meine Füße nicht mehr in den See hängen. Die Pumpe trommelt in meiner Brust. Ich bin sicher, dass ich gleich einen Herzinfarkt erleide. Benebelt von der Erschöpfung liege ich da und schnaufe wie ein Brauereiross in den Sand hinein. Wieso musste ich der Sache auch unbedingt auf den Grund gehen? Wobei ich das völlig anders gemeint hatte …

Es ist schwer zu sagen, wie viel Zeit verstreicht, bis sich endlich die Zuversicht einstellt, nicht augenblicklich sterben zu müssen. Bis mein Verstand wieder hochfährt.

Mila?

Ich setze mich auf und spähe auf den See hinaus. Unglaublich: Er liegt als derselbe mondbeschienene Spiegel da wie bei unserem Eintreffen. Nichts deutet daraufhin, dass ich eben noch in Todesangst das Wasser aufgewühlt habe. Nichts zieht dort draußen seine Kreise und lässt dabei eine monströs gezackte Rückenflosse durchs Wasser schneiden. Weder ist da die Kielwelle eines Ungetüms, das aufs Ufer zuschießt, noch das panische Plantschen und Keuchen einer Ertrinkenden.

»Mila!«, röchle ich. Nachdem ich dreimal gehustet habe, kann ich deutlich lauter schreien, doch eine Antwort kommt trotzdem nicht. Im zweiten Anlauf schaffe ich es auf die Beine. Ihr Dirndl liegt noch dort, wo sie es ins Gras geworfen hat. Daneben ihre Schuhe. Ich versuche die Bilder auszublenden, die mir durch den Kopf blitzen. Dass ich nicht der Einzige war, den das Seemonster zu sich hinunter ins feuchte Grab geholt hat. Dass ich in meiner Panik, nur bedacht darauf, mein eigenes Leben zu retten, völlig vergessen habe, dass die junge Frau das gleiche Schicksal erleidet. Und vielleicht nicht die Kraft findet, sich zu befreien.

Ich widerstehe dem Reflex, erneut ins Wasser zu springen. Das wäre ein sinnloser, aus der Verzweiflung heraus geborener Rettungsversuch. Allein habe ich hier keine Chance. Schlotternd torkle ich zu meinen Klamotten, fingere nach meinem Handy. Natürlich erfolglos.

Ich Trottel!

BAUCHSCHLÄFER

Die Feuerwehr hat Flutlichtmasten errichtet. Der See ist zu einem Drittel taghell ausgeleuchtet. Drei Boote der Wasserwacht kreuzen diesen Bereich. Entlang der Uferstraße blinken Blaulichter. Von überallher dringen die Stimmen der Retter zu mir. Ich sitze zusammengekauert und in eine Rettungsfolie gehüllt auf einer ufernahen Bank. Die Nacht ist tropisch, nur nicht für mich. Zwischen meinen Fingern dampft Tee aus einem Pappbecher. Ich bin mir nicht mehr sicher, ob mir der Notarzt etwas zur Beruhigung gegeben oder ob er das nur angeregt hat und ich abgelehnt habe. Außer dass ich mit dem Lechner telefoniert und dann auf das Eintreffen der Einsatzfahrzeuge gewartet habe, weiß ich nicht mehr viel von dem, was in den letzten zwei Stunden geschehen ist. Selbst was ich dem Lechner erzählt habe, bekomme ich nicht mehr zusammen.

Ich habe mich tropfnass in meine Klamotten gezwängt und bin so schnell, wie mein Knie es nur zuließ, über den Uferweg hin zur Straße gehetzt. In der dort gelegenen *Uferstuben*, einem mittelprächtigen Wirtshaus, das ich vor drei Jahren schon mal wegen mangelnder Hygiene habe zusperren lassen, war schon alles dunkel. Mit von Panik unterfütterter Penetranz habe ich den Pächter, den Waldbauer Michel, rausgeklingelt. So viel hab ich noch im Kopf. Und auch, dass der Waldbauer noch weniger erfreut war, als er erkannte, *wer* ihn aus dem Bett geholt hat. Allerdings muss er mir angesehen haben, dass ein ernsthafter Notfall vorliegt und ich nicht zur Gaudi bei ihm gegen die Wirtshaustür trommle. Folglich hat er mich nicht mit seinem Schrotgewehr erschossen, sondern tatsächlich telefonieren lassen. Und im Anschluss fünfzig Cent für das Gespräch verlangt, der elendige Geizkragen.

Danach herrscht Leere. Ich muss zurück zum Strand gelaufen sein, denn ich erinnere mich, wie ich mit dem Lechner an der Wasserkante gestanden und ihm deutlich gemacht habe, was vorgefallen war.

Dass die Mila ertrunken ist.

Oder zumindest untergegangen.

Er hat mich bislang nicht erneut dazu befragt, wie es zu diesem Unfall kommen konnte. Freilich kann er sich denken, was passiert ist. Warum ich nachts im Freudensee schwimme und zwar nicht allein. Jetzt warte ich quasi darauf, dass er von mir eine brauchbare Aussage verlangt. Wahrscheinlich noch, bevor sie die Leiche der jungen Frau bergen. Fröstelnd ziehe ich die Decke dichter um mich herum. Am liebsten wäre ich woanders; ich glaube nicht, dass ich diesen Anblick ertragen kann.

Außerdem, was soll ich ihm sagen? Dass mich der Viahaxerte ertränken wollte? Dass er uns hat holen wollen, weil wir seine Ruhe gestört haben? Oder weil er einen Groll auf uns hegte, uns das nächtliche Vergnügen nicht vergönnte.

So einen Schmarrn würde ich mir ja nicht mal selber glauben! Wenn ich doch bloß eine rationale Erklärung dafür hätte, was dort draußen auf dem Wasser vorgefallen ist. Aber ich habe keine. Ich habe lediglich eine gerötete Stelle an meinem Knöchel.

Es ist nicht der Lechner, der plötzlich vor mir steht. Nein, zu meiner Überraschung ist es der Kommissar Ritzer, der mich aus meinen Gedanken reißt. Ich sehe ihm gleich an, wie angefressen er ist, dass er des Nachts aus der Stadt raus zu uns aufs Land hat fahren müssen. Obwohl, hätte er ja eigentlich gar nicht, denke ich. Was hat dieser Unglücksfall mit seinen Ermittlungen in der Sache Edgar Hansen zu tun?

Er mustert mich und schüttelt den Kopf. Sein Oberlippenbart wirkt seltsam zerrupft, ähnlich wie meine Haare, wenn ich morgens meinen Kopf aus dem Kissen hebe. Vielleicht ist er Bauchschläfer?

»Was wollen Sie?«

»Mila Szukala«, sagt er.

Niedergeschlagen zucke ich mit den Schultern. Ihren Nachnamen höre ich zum ersten Mal. Wenn er hofft, dass er eine Reaktion darauf erhält, enttäusche ich ihn. Als er mich weiterhin anstarrt, frage ich patzig: »Habe ich irgendwas verpasst?«

»Der Urlaubsgast Edgar Hansen stirbt an einem vergifteten Schweinsbraten beim Abendessen im Kirchenwirt. Er stammt aus Hamburg. Frau Szukala ertrinkt drei Tage später. Durch ihre Anstellung steht sie ebenfalls in Verbindung zu Herrn Löffelmacher. Zudem war sie davor in Hamburg beschäftigt. Schwierig für mich, hier noch an Zufälle zu glauben. Vor allem, wenn ich Ihre Anwesenheit bei beiden Todesfällen mit ins Kalkül ziehe.«

»Noch ist nicht bewiesen, ob das Fräulein Szukala ertrunken ist«, wende ich ein.

»Entschuldigung, *Sie* haben ausgesagt, dass die Frau im See verschwunden ist. Tja, wie konnte ich da nur so anmaßend sein, Ihre Aussage falsch wiederzugeben!«

Es fällt mir schwer, ihn anzusehen, weil die installierten Schweinwerfer mich blenden, also senke ich meinen Blick. Was er eben sagte, gibt mir zu denken. In der Tat: Warum habe ich der Verbindung zwischen Mila und Hansen so wenig Beachtung geschenkt? Darüber muss ich dringend mit mir ins Gericht gehen. Da ist nämlich noch etwas – also neben der geografischen Verortung der beiden Hamburger. Ich komme im Moment nur nicht darauf, weil mir trotz Tee und Isolierfolie immer noch saukalt ist. Ich bibbere am ganzen Körper. Meine Klamotten sind klamm geworden, während ich auf die Rettungskräfte gewartet habe. Zum Trockenrubbeln war schlichtweg keine Zeit, und das muss ich nun büßen. Die mitgebrachten Badetücher liegen unbenutzt im taufeuchten Gras, wo ich sie vor dem nächtlichen Bad abgelegt habe.

Ich erhebe mich leicht schwankend. »Also, wenn Sie mich hier nicht mehr brauchen, gehe ich jetzt ins Bett.« Schließlich will ich nicht, dass mich eine Lungenentzündung aus dem Rennen um die Lösung dieses verstrickten Falls kickt.

»Ich weiß ja, wo ich Sie finde«, gibt er kühl zurück.

ZAHNPASTARINGERL

Ich schaffe es zu meinem Wagen, ohne dass ich noch weiteren Personen über den Vorfall im See Auskunft geben muss. Ja, ich schleiche mich gewissermaßen davon. Das ist feige. Es wäre das Mindeste, hier zu warten, bis man Mila gefunden hat. Aber ich fühle mich psychisch nicht in der Verfassung. Außerdem will ich es, trotzig wie ein Kleinkind, einfach nicht wahrhaben.

Wie ich am Auto ankomme, stelle ich fest, dass ich nicht abgeschlossen hatte. Verzeihlich. Immerhin war da mein Gehirn bereits im Leerlauf, und ein anderes Organ hatte den Befehl übernommen. Ich steige ein und werfe die Handtücher, die ich unterwegs eingesammelt habe, auf die Rückbank. Für den Moment kommt es mir so vor, als würde was fehlen. Aber da ich völlig durch den Wind bin, kann ich das, was mich für ein, zwei Sekunden heimsucht, nicht festhalten. Wie besoffen eiere ich vom Parkplatz und über Bewirtschaftungssträßchen hintenrum, damit ich nicht an den ganzen Einsatzfahrzeugen vorbeimuss.

Zu Hause schäle ich mich aus dem zähen Zeug und haue mich, völlig am Ende, unverzüglich ins Bett. Weil ich aber den ganzen Nachmittag und bis in den Abend hinein gepennt habe, kann ich nicht schlafen. Bloß schwitzen. Bald ist das Bettzeug dermaßen nass, dass es mir vorkommt, als triebe ich wieder im See. Außerdem kommen die Kopfschmerzen zurück, die ich tagsüber mit Tabletten in Zaum gehalten habe. Vielleicht ist doch mehr kaputt da oben als diagnostiziert?

In erster Linie muss ich freilich an die Mila denken. Irritiert und besorgt, nein, regelrecht verzweifelt wegen der jüngsten Ereignisse, ziehe ich schließlich vom Bett auf die Couch um. Dort bekomme ich nach wenigen Minuten Schüttelfrost, dass mir die Zähne klappern. Ich hülle mich in eine Decke und bin nicht einmal fähig, den Fernseher anzumachen. Durchs Dachfenster starre ich hoch zum Mond. Was ist da wirklich passiert? Hatte ich nur einen Krampf – oder hat mich tatsächlich was in die Tiefe gezogen? War es bloß irgendeine Wasserpflanze, die sich um meinen Knöchel gewickelt hat, oder ein ganz anderes Geschöpf? Mehr und mehr kommt es mir so vor, als wäre gar nicht ich es gewesen, der da beinahe ertrunken ist. Als hätte ich bloß irgendeinen ZDF-Krimi geschaut. Überhaupt, schon allein die Vorstellung, dass ich nackt mit der sexy Bedienung vom Kirchenwirt schwimmen war! An Absurdität ja kaum zu überbieten! Habe ich schlichtweg zu viele von diesen Tabletten genommen, die mir die Höllmüllerin verabreicht hat?

Es ist taghell, als ich aufwache. Orientierungslos schrecke ich hoch. Prompt fährt mir der Schmerz ins Kreuz. Als Schlafstatt ist meine Couch eine Zumutung, also bleibt mir im Moment nichts anderes übrig, als zurückzusinken und zu warten, bis der Lendenwirbelbereich sich beruhigt hat. Mit Mühe komme ich an das Telefon, das auf dem Beistelltisch in der Ladestation steckt. Es ist schon früher Nachmittag, stelle ich dabei erschrocken fest. Mich haben weder die

Kirchenglocken geweckt noch die Mama. Ihr Anruf mit der obligatorischen Einladung zum Sonntagsbraten ist einfach ausgeblieben. Die muss schon ein arg schlechtes Gewissen haben, denke ich nicht ohne Grimm.

Dafür wird mir ein verpasster Anruf von der Höllmüllerin angezeigt. Seltsam, dass die Frau Doktor meine Festnetznummer hat. Vielleicht von meinen Eltern? Eh wurscht. Auf jeden Fall kriege ich sofort selbst ein schlechtes Gewissen. Ich male mir aus, wie sie von irgendwem erfährt, in welch verfänglicher Situation man mich gestern Nacht am Freudensee vorgefunden hat. Was sie nun von mir denken mag? Nicht allein wegen des nächtlichen Tête-à-Tête mit einer jungen Frau, die altersmäßig meine Tochter sein könnte. Nein, ich vernachlässige ja auch noch meine Aufsichtspflicht und lasse das Mädel ertrinken.

Wobei …

Es geht wirr zu in meinem Kopf. Ich kann noch das Seewasser an mir riechen, das irgendwie immer ein klein wenig stinkt. Nach Gülle von den umliegenden Feldern oder vielleicht auch modrig nach Verwesung. Der faulige Geruch sitzt jedenfalls in jeder Pore. Und es ist nicht nur der physisch vorhandene Gestank, der mir keine Ruhe lässt. Nachdem ich das Telefon ohnehin schon in der Hand habe, wähle ich die Nummer vom Lechner. Der reagiert unverzüglich, was nur bedeuten kann, er macht sich Sorgen, oder er hat einen Mordszorn auf mich.

»Ja!«, bellt er ins Gerät.

»Habt ihr sie gefunden?«, will ich ohne Umschweife wissen.

»Nicht aufgetaucht, weder tot noch lebendig. Wir hatten

bis eben sogar einen Polizeitaucher hier«, gibt er grantig Auskunft.

»Was heißt *bis eben*? Brecht ihr schon ab?«

»Schon ist gut! Schau mal auf die Uhr – wir suchen seit über zwölf Stunden. Ich frag mich so langsam, ob du nicht doch besoffen warst, gestern Nacht.«

»Im Nachhinein wär ich es gerne gewesen«, gestehe ich ein.

»Dass du mich auch immer in so saudumme Situationen bringen musst.«

»Ich dich?«

»Du mich!«

»Geh, Sepp!«

»Nix mit Sepp! Ich leg mich jetzt drei Stunden hin, und du bist um fünf auf dem Revier für die Protokollierung. Ich sag dir, du kannst schon mal anfangen zu beten, dass dir dieser Einsatz nicht in Rechnung gestellt wird.«

Damit legt er auf. Er hat es geschafft, dass ich mich noch elender fühle. Ich kann doch dem Lechner unmöglich zu Protokoll geben, dass der Viahaxerte oder von mir aus auch der Geist vom Löffelmacher Johannes versucht hat, mich in die Tiefe zu ziehen und zu ertränken! Und dass ich im Todeskampf die Übersicht darüber verloren habe, wo meine nackte Gespielin abgeblieben ist. Zefix, da stimmt doch irgendwas nicht! Wo ist die Mila? Ich meine, wenn sie dem Seemonster nicht selbst zum Opfer gefallen ist, muss sie doch mitbekommen haben, dass ich keinen Meter von ihr entfernt um mein Leben gerungen habe.

Ja, freilich hat sie das mitgekriegt. Und es hat sie so in Panik versetzt, dass sie, so schnell es ging, aus dem See geflüchtet ist. Das wäre eine plausible Erklärung. Andererseits lagen ihre Klamotten noch da. Sie wird doch nicht nackig geflohen sein?

Ich rufe beim Kirchenwirt an. Der Ferdl geht selber ran, was mich erst mal erleichtert aufatmen lässt. In der aktuellen Verfassung hätten mir die Nerven gefehlt, mich bis zu ihm weiterverbinden zu lassen. Ehrlich, wenn das vorbei ist, brauche ich eine Delfintherapie. Oder nein, besser nix mit Wasser …

»Dass du dich noch hier anrufen traust, du …«, will er gleich loslegen, aber ich falle ihm ins Wort.

»Leck mich am Arsch und hör zu!«, fauche ich. »Wohnt die Mila bei dir im Hotel?«

Zuerst schnappt er laut nach Luft, dann spüre ich selbst durch den Hörer hindurch, wie er zu überlegen beginnt. Die Zahnräder im Oberstübchen vom Kirchenwirt rattern, was meine Vermutung bestätigt, dass noch keiner auf die Idee gekommen ist, in der Unterkunft der jungen Restaurantfachkraft nachzuschauen.

»Sie hat das natürlich angeboten bekommen, aber nein, sie wollte unbedingt gleich eine eigene Wohnung anmieten«, knurrt er schließlich. »Was hat denn …«

Die Information kann man so und so betrachten. Klar dürften die Mietpreise gegenüber Hamburg nahezu lächerlich erschwinglich sein, aber sie ist ja gewiss auch noch in der Probezeit. Ich an ihrer Stelle hätte da schon erst eine Weile beim Kirchenwirt gewohnt, bis das mit dem festen Arbeitsverhältnis geregelt wäre oder ich mir sicher bin, dass ich es in diesem Kaff überhaupt aushalte.

»Wie ist die Adresse?«, frage ich.

»Datenschutz!«, mault er zurück.

»Stell dich nicht so an, oder willst du selber nachsehen?«

Nein, das will er nicht. Er kann nämlich nicht weg, weil er noch das Kaffeekränzchen von den Landfrauen dahat. Also nennt er mir eine Straße, unten beim ehemaligen Bahnhof.

Mein geschundener Leib rebelliert, aber ich zwinge ihn in die Vertikale. Aufopferungsbereit, wie Superhelden eben gestrickt sind, ist es mir unmöglich, mich aus der Verantwortung zu stehlen. Es beansprucht eine Viertelstunde, mein Auto zu finden. Offenbar mangelt es mir nach wie vor an entscheidenden Erinnerungen an die letzte Nacht. Wie ich meine Karre endlich finde, fällt mir auch wieder ein, was mich im Hinterkopf umgetrieben hat, seit ich unten am See ins Auto gestiegen bin. Milas Handtasche lag nicht mehr auf der Rückbank, und ich bin mir fast sicher, dass sie die nicht zu unserem Badeausflug mitgenommen hat. Und sie fehlt auch jetzt, bei Tageslicht, stelle ich fest, nachdem ich wohlweislich unter die Vordersitze geschaut habe. Was eine Verrenkung erforderlich macht, die ich sofort mit erneut aufheulenden Rückenschmerzen büßen muss. Fazit meiner peinigenden Suche: Jemand hat die Handtasche aus meinem Auto genommen.

Umständlich winde ich mich hinters Lenkrad. Bald darauf bin ich jedoch von meinen körperlichen Unzulänglichkeiten abgelenkt, denn mir fällt noch etwas wieder ein. Kurz bevor mich das Grauen gepackt und unter Wasser gezerrt hat, war da dieses Leuchten, das nicht davon herrührte, dass der Mond in den See gefallen war. Vielleicht war das gar keine meinem hormongesteuerten Hirn entsprungene Illusion. Nur, was war's dann? Dass sich in bayerischen Gewässern neuerdings fluoreszierende Fische tummeln, erscheint mir äußerst unwahrscheinlich. Bluadige Hennakrepf!

Mit Fragen und Rätseln beladen, fahre ich runter ins ehemalige Bahnhofsareal. Dort, wo bis in die späten Achtzigerjahre die Holzindustrie gewütet hat, bis die niederbayerische Arbeiterschaft Gehaltsforderungen stellte, die weit über denen von asiatischen Drittweltländern lagen. Damit war hier Feierabend mit der Sperrholzplatten-Produktion. Die hiesigen Holzwerke wurden abgerissen. Der auf Jahrhunderte mit Chemie verseuchte Boden innerhalb von zwei Dekaden als gesundheitlich unbedenklich und damit wieder bebaubar deklariert. *Hand aufgehalten, passt schon!* Nein, ich unterstelle niemandem etwas, schon gar nicht der Kommunalpolitik. Letztlich haben wir ein paar günstige Wohneinheiten gekriegt, mit herrlicher Lage am ehemaligen Bahndamm. Erschwinglicher Wohnraum für Eisenbahnromantiker und sozial Schwächere. Die Gemeinde hat die noch freien Wohnungen schnell vollgemacht, bevor der Flüchtlingsbeauftragte vom Landratsamt auf die Idee kommen konnte, darin nordafrikanische Zuwanderung unterzubringen. Wenn man so über unsere Verwaltungsbeamten spekuliert, muss man sich hier freilich auch fragen, wer die Gutachten erstellt hat, die eine Reaktivierung der Bahnverbindung nach Passau nach wie vor als komplett unrentabel darstellen. Bei uns fährt man Auto und dabei bleibt's. *Noch mal: Hand aufgehalten, passt schon!*

Ich fahre am stillgelegten Gleis entlang. Es ist das letzte Haus in der Straße, die selbstverständlich nach dem ehemaligen Holzbaron benannt ist, der nach seiner Pleite in einem Akt der Großzügigkeit das verseuchte Brachland der

Gemeinde übertragen hat. Sechs Parteien weist das Klingelschild aus. Fünf davon sind mit Namen versehen. Ich schaue mich um, dann läute ich dort, wo das Namensfeld unbeschriftet ist.

»Keiner dahoam!«, ruft jemand hinter mir, und ich fahre herum. Da steht der Aschenbrenner am Hauseck, wo ein gepflasterter Weg in den Garten führt. Wie üblich steckt er, jahreszeiten- und witterungsunabhängig, in seinem verhauten Parka. Für den ersten Moment meine ich, ich hätte ihn wieder mal dabei erwischt, wie er in ein Haus einsteigt. Aber dafür wirkt er zu entspannt. »Wohnst du hier?«, frage ich daher ungläubig und begutachte erneut die Beschriftung über der Gegensprechanlage. *M. Aschbr.* Leck mich!

»Selbstverständlich«, bestätigt er und kommt zu mir her. Wie um seine Aussage zu bekräftigen, klimpert er mit einem Schlüsselbund vor meinen Augen herum. Der Mief, der ihm entströmt, entspricht in etwa dem Gestank, der ab dem zweiten Tag im Toilettenwagen hinterm Bierzelt herrscht. In dem Abteil, in dem die Mannsbilder zum Brunzen gehen. Aber heute will ich mal nicht so penibel sein, denn ich dürfte ähnliche Ausdünstungen absondern. Immer noch haftet mir das würzige Aroma des Freudensees an. Der Aschenbrenner Max, ein schwindsüchtiger Grattler sondergleichen, hat für seinen Teil keineswegs ein Problem mit meiner mangelnden Hygiene, so nahe, wie er an mich heranrückt. Bei uns in der Gegend ist er unter seinem Spitznahmen Texmäx bekannt. Vor ein paar Jahren hat er nämlich traurige Berühmtheit damit erlangt, dass er ganz in der Art eines *Texas Chainsaw Massacre* mit einer laufenden Motorsäge Leute erschreckt hat. Und das war nicht das einzige

Vergehen, weswegen er einsitzen musste. Ich kann also davon ausgehen, dass die Miete vom Sozialamt gezahlt wird.

»Außerdem bin ich der Hausmeister«, klärt er mich auf, ohne dass ich gefragt hätte. Das muss bei unserem Kleinstadtganoven wie ein Reflex sein, dass er sich verteidigt, ohne überhaupt angeprangert worden zu sein.

»Mit Generalschlüssel?«, will ich fassungslos wissen.

»Sowieso.«

Er wirkt heute weder besoffen noch stoned, aber ich kenne ihn schon zu lang, um mich nicht darüber zu wundern, wie jemand so fahrlässig den Bock zum Gärtner machen kann. Froh darüber, dass ich hier nicht wohnen muss, beschließe ich, das Beste aus der Situation herauszuholen.

»Also, Herr Hausmeister, dann kennst du doch bestimmt das Fräulein Mila?«

Er muss gar nichts sagen, mir reicht schon das Leuchten in seinen trüben Augen. Ich kann nicht anders, ich blicke in vorausahnendem Grauen nach unten, ob sich dort etwa seine verschlissene Jogginghose ausbeult. Unter dem Parka trägt er ein Feinrippunterhemd, das früher möglicherweise mal weiß war. Es verdeckt gerade so die hässlichsten Knasttattoos, die ich je zu Gesicht bekommen habe. Gegen diese Epidermis-Collage des Schreckens sind selbst die figürlichen Darstellungen auf den Kindergartenbildern im Treppenhaus von der Höllmüllerin von den Proportionen her noch stimmiger. Als hätten sie in der JVA Passau damals die Devise ausgegeben: Wer tätowieren üben will, nimmt den Texmäx.

»Freilich«, bestätigt er, und ich löse mich von den unteren Regionen meines Gegenübers. »Die wohnt zwar erst seit Kurzem hier, aber übersehen kann man die ja nicht.«

»Und was weiß man so über die neue Nachbarin?«

»Selten zu Hause, nie Besuch. Sie hat halt noch keinen Anschluss.«

Das klingt bedauernd, wahrscheinlich weil er ihr gerne Anschluss verschafft hätte, aber offenbar abgeblitzt ist.

»Hast du sie heute vielleicht auch schon *nicht übersehen*?«

Er wischt sich übers unrasierte Kinn, entdeckt dabei ein Wimmerl auf der Wange und kratzt daran herum. »Wenn sie nicht aufmacht, hat sie bestimmt Schicht«, sagt er. In mir macht sich eine gewisse Beruhigung darüber breit, dass es doch noch Leute im Ort gibt, die nicht von der nächtlichen Tragödie am Freudensee wissen.

»Aschenbrenner, machen wir's kurz«, sage ich, »ich muss einen Blick in ihre Wohnung werfen!«

Seine Augen werden groß, soweit das bei so einer verkniffenen Visage überhaupt geht. Er stößt zischend die Luft aus, und ich revidiere meinen ersten Eindruck. Da hat er mich doch eben eindeutig mit ein paar Promille angeblasen. Und seine Pupillen sind bei näherer Betrachtung auch etwas zu groß, gemessen an der aktuellen Sonneneinstrahlung.

»Also, Fellinger, das ist aber jetzt schon …«

»Gefahr in Verzug ist das, Aschenbrenner. Wir können natürlich auch auf der Stelle den Lechner anrufen. Und du kannst dir sicher ausmalen, was hier dann innerhalb der nächsten paar Minuten los ist. Im schlimmsten Fall schickt unser Obersheriff den Kronawitter.« Ich lege ihm in einer freundschaftsartigen Geste die Hand auf die Schulter, auch wenn mich das wegen des speckigen Jackenstoffs einiges an Überwindung kostet. »Das können wir uns doch beide ersparen. Wir drei erledigen das doch in null Komma nix und ohne Aufheben.«

»Wir drei?«

»Na, du, ich und dein Generalschlüssel.«

Er tritt von einem Fuß auf den anderen, sieht sich um, zappelt nervös mit den Armen. Für einen Sonntagnachmittag ist es erstaunlich ruhig in der Straße. Falls jemand grillt oder eine sonstig geartete Familienzusammenkunft abhält, dann tut er das auf der Terrasse hinterm Haus. Oder die Anwohner sind alle am See und halten Ausschau nach einer im grünbraunen Wasser treibenden Frauenleiche. *Geh da weg, Justin, pfui, das ist keine Luftmatratze, spiel lieber mit dem toten Fisch.* Mei, man weiß nie, wie die Leute ticken.

»Jetzt sperr halt wenigstens die Haustür auf!«, verlange ich, weil ich trotz aller Abgeschiedenheit nicht länger vor dem Haus rumstehen will. Irgendeine alte Tratschen ist nämlich immer daheim, versteckt hinter der Gardine oder dem Orchideengewächs von der Schwiegertochter, und beobachtet stasimäßig, was in der Nachbarschaft so vor sich geht.

Er zittert schon arg herum, der Aschenbrenner, bis er das Loch findet. Entgegen meiner Skepsis öffnet der Schlüssel tatsächlich die Eingangstüre.

»Drin wären wir«, sagt er, nicht ohne Stolz. Doch sogleich kehrt die Aufgeregtheit in seine Züge zurück.

»Du hast gar keinen Generalschlüssel, richtig?«, folgere ich.

»Aber Hausmeister bin ich trotzdem«, verteidigt er sich. »Nur halt fürs Treppenhaus und rund ums Gebäude und so. Für die Elektrik«, fügt er noch schnell an und deutet auf das Oberlicht. »Ich wohn parterre.«

Als würde mich das interessieren. »Die Mila – welcher Stock?«, frage ich im Befehlston.

»Ganz oben, aber …«

»Wir schauen jetzt mal rauf, und danach schauen wir weiter!« Ohne auf seine Reaktion zu warten, nehme ich die Treppe und versuche dabei möglichst souverän und dynamisch rüberzukommen. Das mit der Dynamik gelingt mir nur bedingt, weil mein Rücken immer noch heftig zwickt. Dagegen ist der nachklingende Schmerz im Knie fast harmlos. Vielleicht habe ich mich gestern verrenkt, als ich dem Tod entkommen bin. Dieser Gedanke spornt mich an. Immerhin ist es mit dem Vorfall im See zu etwas Persönlichem geworden. Zwischen mir und …? Ja, wem eigentlich?

Der Johannes wollte mich zu sich auf den Seegrund holen. Dieser Gedanke ist an sich schon absurd, trotzdem folge ich ihm probehalber. Warum mich? Wozu? Wir hatten früher keinen Kontakt. Ich kannte ihn zwar vom Sehen, kann mich aber nicht erinnern, jemals mit ihm gesprochen zu haben. Warum also hat er nach mir gegriffen? Weil ich zufällig in sein nasskaltes Reich geraten bin? Oder steckte eine Absicht dahinter? Und zwar nicht die, mich zu ertränken – was ihm womöglich gelungen wäre, wenn er es darauf angelegt hätte. Wollte er mir stattdessen etwas mitteilen? Auf rabiate Weise eine Botschaft vermitteln? Oder einen Auftrag erteilen? Soll ich rausfinden, wer ein Loch in den Sautrog gebohrt hat, mit dem er vor zwanzig Jahren untergegangen ist?

Was für ein Schmarrn! Ich schüttle den Kopf, um die wirren Spekulationen loszuwerden. Ich werde noch ganz plemplem, je länger sich diese Geschichte hinzieht. Was hier mit dem Gifttod vom Hansen seinen Anfang genommen hat, muss wirklich schnellstmöglich aufgeklärt werden, damit der ganze Irrsinn ein Ende hat.

Auch oben an der Tür finde ich keinen Namen. Keine Mila Szukala. Der polnisch klingende Nachname irritiert mich mit einem Mal. Als gäbe es da eine Verbindung, die ich zwar erahne, aber nicht zuordnen kann. Noch ein loses Ende. Ich spüre den Atem vom Texmäx im Nacken. Den Hauch des Kettensägenkiffers, der sich genötigt fühlte, mir zu folgen.

»Wer ist eigentlich der Vermieter?«

»So eine Wohnbaugesellschaft.«

Ich drehe mich zu ihm um. Er hat's geschafft, dank seinem Gekratze blutet seine Wange.

»Geht's auch ein bisserl genauer? Immerhin bist du doch von denen als Hausmeister eingesetzt worden.«

Jetzt zappelt er wieder herum, und sein krauses Haar fällt ihm weit in die Stirn. Er entdeckt das Blut an seinem Finger und lutscht es ab. »Das war jetzt eher die Hausgemeinschaft.«

»Also bist du nur inoffizieller Blockwart?«

Er rollt die rot geränderten Augen.

Ich unterdrücke einen genervten Seufzer. »Wie kommen wir jetzt da rein?«, will ich dann mit gesenkter Stimme von ihm wissen.

Diesmal grinst er und zeigt mir sein nikotingelbes Gebiss. »Gefahr im Verzug also«, flüstert er.

»Exactamente!«

»Fünfzig!«, verlangt er und hält mir die Hand hin.

»Ich glaub, du spinnst. Ich geb dir zehn.«

Wir einigen uns auf zwanzig Euro. Er knüllt den Schein

zusammen und stopft ihn in die aufgenähte Tasche seines Parkas. »Billige Standardschlösser, die sie hier verbaut haben«, erklärt er und kramt wieder in seiner Jacke herum. Dann postiert er sich so vor der Tür, dass ich nicht sehen kann, was er treibt. Es knirscht ein wenig, Metall schabt auf Metall, nach ein paar Sekunden klickt es leise, und die Wohnungstür schwingt nach innen. Im Treppenhaus herrscht absolute Stille.

»Das hast du doch nicht zum ersten Mal gemacht?«

Der Aschenbrenner schaut so unschuldig wie ein Milchkalb. Ich möchte wetten, er kann mir die Farbpalette von Milas Stringtangas aufzählen. Wie er an mir vorbei in das Appartement will, packe ich ihn am Ärmel. »Danke für die Hilfe, den Rest erledige ich allein.«

Die Enttäuschung gräbt sich tief in sein verhärmtes Gesicht.

»Denk an deine Bewährung«, rate ich ihm, und nach seiner Reaktion zu schließen, ist der Tipp gar nicht so verkehrt.

»Ja, dann … zieh halt hinter dir zu«, mault er und entfernt sich mit schlurfendem Schritt. Weniger leise, als wie es sich gehören würde, wenn man was Verbotenes tut, schnürt er die Treppe hinunter. Jetzt, da ich alleine bin, merke ich erst, wie mir die Düse geht. Eigentlich nicht zu glauben, dass mir ausgerechnet der Aschenbrenner über den Weg läuft, wenn ich in eine fremde Wohnung einsteigen will. Nicht, dass ich das schon jemals in dieser Form versucht hätte! Aber Ausnahmesituationen erfordern eben extreme Maßnahmen. Vorsichtig betrete ich Milas Wohnung und schließe die Tür hinter mir. »Hallo«, rufe ich zaghaft, »jemand hier?«

Keine Reaktion. Überhaupt ist da nichts, gar nichts. Kein

Geruch, keine Aura. Sicher, es riecht. Nach Neubau und Erstbezug, ein bisschen feucht, als wäre der Putz noch nicht völlig ausgetrocknet. Aber nicht nach der Mila. Nicht danach, als würde hier jemand wohnen. Das Appartement ist überschaubar. Zwei Zimmer, Küche, Bad. Es gibt kaum Möbel. Ein ungemachtes Bett, eine Kommode. Das Wohnzimmer ist komplett leer. Die Küche sieht aus, als wäre sie noch nie benutzt worden. Es fehlen sämtliche Küchengeräte. Keine Kaffeemaschine, kein Wasserkocher, kein Toaster. Nur aus einer Steckdose hängt das Ladekabel eines Handys. Okay, sie ist erst seit ein paar Wochen im Ort, und wie es ausschaut, ist sie mit nichts in der Tasche zu uns in den Bayerischen Wald gekommen. Musste sie eilig weg aus Hamburg und hat sie deshalb nur das Nötigste zusammengerafft? Zumindest war unter dem, was sie eingepackt hat, nichts Persönliches. Keine gerahmten Familienfotos an den Wänden, und im Vergleich zum Reserl fehlt hier auch jegliche Art von Devotionalien. Nirgendwo steht etwas Unnützes herum, kein Krimskrams, nix.

Auch recht, denke ich mir, dann bin ich schnell durch mit Suchen. Wobei ich mir bis jetzt noch gar nicht überlegt habe, was ich hier zu finden gedenke, nachdem die Mila selbst nicht anwesend ist. Was mir gleich wieder einen Knoten in den Magen macht. Wenn sie nicht bei der Arbeit ist und auch nicht in ihrer Wohnung, dann …

Ich schüttle den Gedanken aus meinem Kopf und öffne den Kühlschrank, denn da bin ich in meinem Element. Doch das Aggregat ist so leer wie die Wohnung. Da haben nicht einmal die Bakterien ihre Freude, so klinisch leuchtet es mir entgegen. Lediglich eine angebrochene Milchtüte, an der ich riechen kann. In den Küchenregalen weder Geschirr noch Kochutensilien oder Vorräte. Nur auf dem Cerankochfeld steht ein Topf, in dem sie vermutlich Wasser für den Instantkaffee kocht, den ich im Regal darüber finde. Isst sie vielleicht immer bei ihrem Arbeitgeber? Hinter der Tür entdecke ich noch einen Kasten Sprudel. Die Hälfte der Flaschen ist leer.

Verwirrt schlurfe ich hinüber ins Bad. Hier gibt es ein paar mehr Spuren menschlicher Existenz. Eine Haarbürste mit Haaren, Zahnbürste und -creme, die aus einem Plastikbecher ragen. Sogar drei Zahnpastaringerl auf dem Waschbecken. Voller Erwartung öffne ich den Hängeschrank über dem Handtuchhalter. Dieser enthält erstaunlich wenig Kosmetika für eine junge Frau. Nicht, dass sie es nötig hätte, aber die Werbeindustrie und diverse Dokusoaps auf RTL 2 zeichnen da ein ganz anderes Bild von Mädels in ihrem Alter. Leider ist auch unter den wenigen Döschen, Tübchen und Spraychen nichts, was mir irgendwie weiterhilft. Dann doch die Kommode im Schlafzimmer. Die Luft hier drin ist abgestanden, mehr als in der restlichen Wohnung. Das Fenster ist geschlossen, die Jalousie unten, was sicher daran liegt, dass es keine Vorhänge gibt. In der obersten Schublade liegt die Unterwäsche. Instinktiv vergewissere ich mich, ob ich noch alleine bin. Unglaublich, wie die Konditionierung durch meine Erziehungsberechtigten immer noch greift. Ich kann mich zwar nicht erinnern, dass mir die Mama jemals aktiv verboten hat, in den Unterwäscheschubladen von Frauen zu wühlen, dennoch fühle ich mich unwohl dabei. Gleichzeitig kommt mir das Bild vor Augen, wie der Aschenbrenner hier seine gichtigen Nikotingriffel reingestreckt hat. Mit übertriebener Vorsicht fass ich in das Paradies aus Satin, Seide und Spitze, gerade so, als erwartete mich unter den wattierten Bügel-BHs, Slips und Bodys eine gespannte Mausfalle. Was ich ganz hinten ertaste, ist zwar tatsächlich hart, aber es schlägt nicht nach meiner Hand. Ich ziehe eine postkartengroße Holzschatulle hervor. Ein Behältniss, wie man es in Esoterikläden oder auf Ethno-Märkten erstehen kann. Afrikanischer oder asiatischer Herkunft. Tropenholz, mit filigraner Schnitzerei, eingelassen mit schwarzer Schuhcreme. Tand, dem der Geruch einer exotischen Welt anhaftet.

Neugierig klappe ich es auf. Darin befinden sich ein Metallröhrchen und separat abgepacktes weißes Pulver.

Kokain.

Schätze ich mal. Das erklärt die Ausgelassenheit und Experimentierfreude der jungen Dame.

Ohne dran zu schnuppern oder es gar zu probieren, lege ich das Tütchen in die Schatulle zurück, klappe den Deckel zu und verstaue alles wieder so in der Lade, wie ich glaube es vorgefunden zu haben. Meine Hände zittern. Die Kommode zu schließen kostet ungeahnte Kraft.

Sobald ich mich etwas beruhigt habe, schaue ich in die beiden anderen Schubfächer. Darin befindet sich eine überschaubare Anzahl an Klamotten. Schon beinahe am Bett vorbei, halte ich doch noch inne und schlage die zerwühlte Zudecke zurück. Im Spannlaken kann ich vage den Abdruck eines Körpers erkennen. Ich gehe in die Knie und lege die Hand auf die Stelle. Sie ist nicht wärmer als der Rest der Bettwäsche. In der vergangenen Nacht hat hier niemand geschlafen. Gerade wie ich wieder aufstehen will, fällt mir etwas unter dem Bett ins Auge, also bücke ich mich mit quietschenden Rückenscharnieren ganz tief. Zwischen den Staubflusen liegt ein Papier. Ich muss mich strecken, bekomme es zu fassen und ziehe es zu mir heran, wobei ich eine deutliche Spur durch den Staub wische. Es ist ein Foto, fünfzehn mal dreizehn, leicht rotstichig. Eine Aufnahme an einem Strand mit weißem Sand und grauen Wellen, die dagegen anbranden. Im Vordergrund zwei Personen. Das Mädchen schätze ich auf zwölf, dreizehn Jahre. Unverkennbar handelt es sich um Mila, die ihre gebräunten Arme um den Hals eines Mannes schlingt. Vom Alter her ihr Vater. Das hoffe ich zumindest. Genau wie Mila lacht auch der Mann in die Kamera. Mit zusammengekniffenen Augen, da ihn offensichtlich beim Betätigen des Auslösers die Sonne geblendet hat. Es ist nur eine schattenhafte Ahnung, die mich plötzlich befällt. Kenne ich diesen Mann? Liegt da in seinen Zügen nicht eine Ähnlichkeit mit … Nein, das wäre vermessen oder schlichtweg Wunschdenken. Ich erhebe mich mit knacksenden Gelenken und stecke das Foto in die linke Gesäßtasche.

Mein Weg führt mich erneut in die Küche, weil mir einfällt, dass ich noch einen Blick in eine für die Hygieneinspektion äußerste entscheidende Vorrichtung werfen möchte. Die Begutachtung der Mülleimer kann bei der ein oder anderen Kontrolle das Zünglein an der Waage sein. Ich glaube zwar nicht, in dieser Wohnung noch eine große Überraschung zu finden, will aber auch nichts auslassen.

Mila hält offenbar nichts von Mülltrennung. Eine Bananenschale, eine zerdrückte Safttüte, Zellophan, zerknüllte Kosmetiktücher und etwas Braunes. Ich rüttle etwas an der

Regaltür unter dem Spülbecken, an der der Eimer hängt, und erkenne auf einmal Glassplitter. Mit dem von Lippenstift gezeichneten Kleenex greife ich mir die größte der Scherben. Sie stammt eindeutig von einem Fläschchen, wie sie in der Pharmaindustrie verwendet werden. Beispielsweise für Nasenspray, Hustensaft oder einer Tinktur gegen Warzen. Was da mal drin war, hat keinen Geruch hinterlassen. Sorgfältig packe ich die Glasscherbe in das Papiertuch und stecke sie ebenfalls ein. Erst kürzlich war ich bei jemandem zu Besuch, der derartige Glasbehälter verwendet.

KREUZOTTER

Mein Adrenalinpegel dürfte nach wie vor recht hoch sein, zumindest löst sich meine Anspannung kaum, als ich wieder im Auto sitze. Genau genommen bemerke ich mein angenagtes Nervenkostüm jetzt erst so richtig. Das kuriose Zusammentreffen mit dem Texmäx und vor allem meine Entdeckungen in Milas Wohnung haben die Unruhe über mein illegales Unterfangen irgendwie in den Hintergrund gerückt.

Vom Aschenbrenner weit und breit keine Spur. Die Sache wird ihm doch nicht selbst zu heiß geworden sein? Kurz spiele ich mit dem Gedanken, bei ihm zu klingeln und ihn anzuweisen, dass er mir Bescheid gibt, wenn die Mila in ihrer Wohnung auftaucht. Ich bin mir nämlich mittlerweile ziemlich sicher, dass sie das tun wird. Genauso wie sie auch im Freudensee wieder auftauchte. Sofern sie dort je untergegangen ist. Die hat sich doch einfach einen bitterbösen Scherz mit mir erlaubt! Ich kann mir nur nicht erklären, warum? Was bezweckt sie mit dieser Farce?

Ich kriege kaum den Gang eingelegt, so sehr rege ich mich schon wieder auf. Bestimmt hängt ihr Verhalten irgendwie mit den Drogen zusammen. Fahrig hocke ich hinter dem Lenkrad und atme ein paarmal tief durch im Versuch, mich zu beruhigen. Darauf bedacht, meine Überlegungen brauchbar zu sortieren, tuckere ich schließlich los. Dass ich die Brückenstraße nur im Schneckentempo hinaufschleiche, macht mir ein Traktorfahrer klar, indem er mir mehrmals die Lichthupe gibt. Was muss der Saubauer am Sonntag auch mit seinem Trecker rumgurken? Ich tue ihm den Gefallen und biege in die Bräugasse ab. Die ist zwar nur für Anlieger, aber das ist mir im Moment ziemlich wurscht. Ich hoffe nur, dass der Kronawitter seinen Sonntagnachmittag nicht mit Verkehrskontrollen zubringt. Bei dieser Überlegung fällt mir ein, dass ich um fünf beim Lechner antanzen muss. Ob ich vorher noch beim Pauli vorbeischaue und mir ein Bier fürs Wohlbefinden gönne? Ich wäge gerade ab, wie hilfreich diese kleine Pause sein könnte, da sehe ich die Alte mit dem Fahrrad. Nicht, dass sie den steilen Stich etwa hochschieben würde. Nein, sie sitzt aufrecht im Sattel, und in mir regt sich der Neid. Diesen Tour-de-france-würdigen Anstieg habe ich selbst als Jugendlicher bei bester Kondition nicht hinauftreten können. Erst recht nicht bei so einer Hitze. Anatomisch ist so eine körperliche Höchstleistung doch eigentlich unmöglich. Praktisch ist es trotzdem, dass sie da vor mir herfährt, denn so brauche ich keinen extra Umweg für sie einzuplanen. Auch wenn ich gern besser vorbereitet wäre. Aber egal, dann mache ich es wie immer und improvisiere. Ich fahre an ihr vorbei, halte am Bordstein und steige aus, bevor sie zu mir aufschließt. Sie wirkt dabei keineswegs angestrengt. Wenn sie auf einem elektronisch unterstützen Pedelec hocken würde, könnte ich die Demütigung ja noch hinnehmen. Aber sie fährt ein altes, himmelblau gestrichenes Damenrad ohne Gangschaltung. Die wirft doch irgendwas ein!

Statt einem Fahrradhelm hat sie einen Sonnenhut auf. Ihr Kleid flattert um ihre dürren Haxen und wäre lang genug, um sich in der Kette zu verfangen. Im Korb vorne am Lenker wackeln die mit Kräutern bepflanzten Tontöpfchen. Ich erkenne Salbei, Rosmarin, Estragon. Beim Rest müsste ich die Nase dranhalten.

»Ah, der Herr von der Hygiene«, sagt sie und grinst. Nicht einmal außer Atem scheint sie zu sein. Ihr Blick ist so herausfordernd wie bei unserem letzten Aufeinandertreffen. Ich ertappe mich dabei, wie ich darauf spekuliere, mich von ihr zum Thema naturbelassenes Doping beraten zu lassen.

»Schön, dass ich Sie gerade so zufällig treffe, Frau Löffelmacher. Ich will Sie auch gar nicht lang aufhalten.«

»Jetzt ist mein Schwung eh schon weg«, erklärt sie ein wenig vorwurfsvoll. Gut, dass sie den Herbert nicht dabeihat, denn der würde mich dafür wahrscheinlich anfallen, dass ich dem Frauchen den Schwung genommen habe. Es ist ja nicht mehr weit bis zum Ende der Steigung, liegt mir auf der Zunge, aber ich spreche nicht aus, was ich denke. Mir reicht, was ich seit Tagen hier mitmache, da will ich nachher nicht auch noch wegen so einer flapsigen Bemerkung einen Fluch an der Backe haben. Eine Verwünschung, die mich irgendwann in zehn Jahren in den Tod treibt. Oder in den Wahnsinn; keine Ahnung, was schlimmer wäre. Kurz entschlossen ziehe ich das Foto aus meiner Tasche und halte es ihr vor die Nase. Weil ich draufgesessen bin, ist es ein wenig zerknittert. »Also, sie ist jetzt bestimmt fünf, sechs Jahre älter, aber kennen Sie zufällig das Mädchen hier?«

Sie schaut nur sehr flüchtig drauf, bevor sie den Kopf

schüttelt. Selbst einem sehr unsensiblen Menschen wäre schwerlich entgangen, dass sie die Mila erkennt.

»Ich muss dann weiter, die Pflanzen brauchen Wasser«, erklärt sie. Der ironische Unterton, den sie bislang während unseren Unterhaltungen angeschlagen hat, ist verschwunden.

»Hat die junge Dame bei Ihnen eventuell was von Ihren Kräutermischungen gekauft?«

Wortlos wendet sie ihr Fahrrad, tritt ein paarmal ordentlich in die Pedale und rauscht mit wehendem Kleid den Berg hinunter, den sie eben noch erklimmen wollte. Sie muss sogar mit einer Hand ihren Hut festhalten.

»Ich krieg es sowieso raus«, rufe ich ihr nach.

Mir bleibt noch eine gute Stunde, bis ich im Polizeirevier sein muss. Ich nehme meinen Laborkoffer mit hoch in die Wohnung und bereite auf meinem Küchentisch alles sorgsam vor. Es ist zum Verrecken heiß unter dem Dachfenster. Immer wieder muss ich mir den Schweiß aus den Augen wischen. Aber ich bleibe konzentriert bei der Arbeit. Mit dem, was mir an Ausrüstung zur Verfügung steht, kann ich nicht ganz exakt bestimmen, was das einstige Fläschchen enthalten hat. Nach einer halben Stunde steht jedoch fest, dass die Substanz, die ich auf der Innenseite der Glasscherbe isolieren konnte, eindeutig toxisch ist. Und sie basiert auf rein pflanzlichen Wirkstoffen. Auch ohne hundertprozentige Gewissheit tippe ich auf Rizin. Damit hat man Edgar Hansen den Garaus gemacht. An einer Verbindung zwischen ihm und der Mila ist nach dieser Entdeckung für mich nicht mehr zu rütteln. Kokain beim Hansen, Kokain bei ihr. Beide aus Hamburg.

Zefix, da sind der Ritzer und mein Spezi Lechner wohl doch auf der richtigen Spur. Selbst wenn sie die Mila bisher noch nicht unter Verdacht haben. Der Kollateralschaden ist der Löffelmacher und nicht umgekehrt, wie ich mir eingebildet habe. Hat Mila Szukala an dem Zuhälter Edgar Hansen Rache genommen? Gab es oben im rauen Norden eine verhängnisvolle Begegnung der beiden, die hier bei uns im beschaulichen Niederbayern zu einem tödlichen Showdown geführt hat? Wenn dem so war, wo ist die junge Frau jetzt abgeblieben? Ertrunken? So viel Tragik und Dramatik, gepaart mit Schicksal, erscheint mir selbst für unsere *mythologisch geprägte Gegend* zu übertrieben. Nein, die ist nicht ertrunken, sondern abgetaucht. Und mich hat sie für diese Inszenierung benutzt, nachdem sie gemerkt hat, dass das Pflaster für sie hier zu heiß wurde. Zefix!

Da fällt mir ein, dass ich hinsichtlich der Drogen auch den Jens Löffelmacher nicht so gänzlich aus den Augen lassen darf. Wenn ich mir das so überlege, wird das schon wieder ganz schön verzwickt. Schaumamal, was der Lechner hat. Ich verschließe meinen Laborkoffer und mache mich auf den Weg. Die Augusthitze hat den Ortskern ordentlich aufgeheizt. Vorm Café Brenner hocken die Leute unter den Sonnenschirmen und löffeln Eiscreme. Ich sehne mich nach einem kühlen Bier, trabe aber tapfer weiter, um wie bestellt Punkt fünf das Polizeirevier zu betreten. Die Wullner Silke sitzt am Empfang.

»Na, hast du deinen Einsatz gestern verdaut?«

»Woher weißt du, dass ich gestern einen Einsatz hatte?«, will sie sofort wissen und bringt mich damit kurz in Verlegenheit.

»Hat dein Kollege seine Pistole wiedergefunden?«, frage ich, um die Unterhaltung in eine andere Richtung zu lenken.

»Darf ich nicht sagen.«

»Also nicht«, folgere ich.

»Der Lechner wartet schon«, erklärt sie und zeigt auf die geschlossene Bürotür des Revierleiters. Mir wäre ein bisschen wohler, wenn die Silke meine Aussage aufnehmen würde, aber der Lechner hat dies wohl zur Chefsache erklärt. Verhalten betrete ich sein Dienstzimmer und bin sogleich froh darüber, dass nicht auch der Ritzer mit drinhockt. Mein Busenfreund erwartet mich mit versteinerter Miene.

»Wegen mir hättest du nicht extra Sonntagnachmittag antanzen müssen«, sage ich freundschaftlich. »Oder bist du womöglich gar froh, von daheim wegzukommen, um mit der Plag nicht ins Freibad fahren zu müssen?«

»Halt dein Maul und hock dich hin!«

Ich hebe die Hände, um zu signalisieren, dass ich mich ergebe, bevor er mir mit dem Gummiknüppel kommt, und setze mich auf den angewiesenen Stuhl. Einerseits verlangt er, dass ich das Maul halte, andererseits erwartet er eine Aussage von mir. Der Mann weiß nicht, was er will.

»Gestern Nacht habe ich dir dein Gestammel noch durchgehen lassen, weil ich dir angesehen habe, wie durcheinander du warst. Aber mittlerweile schaust du schon wieder relativ erholt aus, von daher möchte ich jetzt gerne en Detail wissen, was am und im See vorgefallen ist. Zwischen dir und dieser jungen Dame, die du als vermisst gemeldet hast.«

»Soweit ich mich entsinne, habe ich sie als *untergegangen* gemeldet.«

»Herrschaftzeiten, das mein ich ja, Fellinger. Feuerwehr, Wasserwacht, Notarzt, Polizeitaucher! Beinahe wären noch eine Hundertschaft und Spürhunde angerückt.«

»Hubschrauber mit Wärmebildkamera wären auch eine Option gewesen.«

Der Lechner verengt die Augen. »Siehst du mich lachen, Fellinger? Ich mein damit, ich war geistesgegenwärtig genug, die Suche noch einigermaßen rechtzeitig abzubrechen.«

»Ach so, du denkst, ich hab mir da was zusammenfantasiert, oder was? Überleg doch mal, Lechner, was hätte ich davon gehabt?«

Er zeigt mit dem Finger auf mich. »Das ist genau der Punkt, der mich stutzig macht. Verrennst du dich momentan wieder in eine wirre Verschwörungstheorie, ermittelst du wieder, wo es nichts zu ermitteln gibt? Weshalb du dir eine weitere Leiche herbeigesehnt hast, um es für dich noch aufregender zu machen?«

»Ich fantasiere nicht, und ich muss auch keine obskuren Todesfälle erfinden, nur damit ich am Wochenende eine Beschäftigung habe. Ich kann nichts dafür, dass du und dein neuer Spezi, der Kommissar Ritzer, nicht das große Ganze sehen. Die Zusammenhänge sind …«

»Das große Ganze! Die Zusammenhänge!«, äfft er mich nach und haut mit der Faust auf den Tisch. Ich weiß schon, was jetzt kommt. *Fellinger, du dramatisierst einfach gern.*

»Fellinger, du dramatisierst einfach gern«, sagt er.

Ich könnte Kartenleger im Ramschfernsehen werden. »Der Hansen ist aus Hamburg, die Mila auch«, erinnere ich ihn.

»Mila Szukala haben wir längst überprüft, meinst du, wir leben hinterm Mond? Die junge Frau ist sauber.«

Ist sie nicht, denke ich. Ihr habt weder ihre Unterwäscheschublade durchsucht noch den Mülleimer in ihrer Küche. Die Polizei weiß wieder mal nix. Dieser Dilettantismus geht doch auf keine Kuhhaut! »Und was ist mit den Drogen?«

»Welche Drogen?«, faucht er.

»Kokain«, fauche ich zurück. »Beim Fräulein Mila, versteckt zwischen ihren Unterhosen.«

Es drückt ihm die Augen aus dem Schädel, als säße er mit Verstopfung auf dem Lokus. Mist, wär mir das nur nicht rausgerutscht. Aber das war quasi im Affekt, angestachelt durch seine Sturheit.

»Woher weißt du das?«

»Wieso? Interessiert dich ja eh nicht, dein Herr Ritzer hat doch eine mögliche Verbindung zwischen Mila und dieser Rotlichtgröße ja schon at acta gelegt, wenn ich dich recht verstanden hab.«

Nach dem, was der Kommissar mir gestern Nacht unten beim See an den Kopf geworfen hat, wird mir erst jetzt so richtig bewusst, dass er mich als das potenzielle Bindeglied zwischen all den Ereignissen in Verdacht hat. Ich muss wirklich aufpassen, sonst verhaftet der mich noch, weil ihm sonst keiner einfällt. Wie auf Bestellung lässt der Lechner verlauten: »Du bewegst dich mal wieder auf ganz dünnem Eis, Fellinger. Wenn du was weißt, dann rück raus damit, oder ich brumm dir eine Anzeige wegen Behinderung unserer Arbeit auf.«

Ich lasse mir nicht drohen, nicht einmal vom Lechner Sepp. So gut sollte er mich kennen.

»Was hat der Hansen bei uns herunten eigentlich getrieben?«, frage ich stattdessen giftig. »In so regelmäßigen Abständen, wie er beim Kirchenwirt abgestiegen ist? Du willst mir doch nicht weismachen, der hätte hier nach Erholung gesucht?«

»Geht dich nichts an, Fellinger! Aus, Äpfel, Amen!«

Plötzlich beschleicht mich der Verdacht, dass der Ritzer viel tiefer in diesem Fall drinsteckt als der Lechner. Oder im Umkehrschluss: Der Kommissar aus Passau lässt den Polizeihauptmeister aus der Provinz nicht an allen seinen Ermittlungsergebnissen teilhaben. Damit ist er dann nicht viel anders als ich. »Fürs Protokoll«, zische ich wie eine Kreuzotter, der man auf den Schwanz getreten ist. »Ich war gestern gegen halb elf mit Mila Szukala beim Schwimmen im Freudensee, als mich ein Wadenkrampf ereilte. Während ich mich mit Müh und Not ans Ufer rettete, habe ich die junge Dame aus den Augen verloren. Da sie ihrerseits nicht wieder an Land kam, musste ich davon ausgehen, dass sie untergegangen und nicht wiederaufgetaucht war. Wie du selber feststellen konntest, war es gestern Nacht mondhell. Dass Frau Szukala, von mir unbemerkt, den See verlassen hat, ist daher sehr unwahrscheinlich. Als besorgter Bürger habe ich aufgrund dieser meiner Beobachtung die Rettungskräfte alarmiert. Mehr hab ich dem nicht hinzuzufügen. Sag mir Bescheid, wenn du die Aussage abgetippt hast, dann komm ich zum Unterschreiben.«

BESAMER

Weil er so blöd war zu mir, habe ich ihm weder von dem Gift erzählt noch ihm das Foto gezeigt. Meine Bereitschaft zur Mithilfe hat dieser Hornochse ja gar nicht verdient. Ich mach hier die Drecksarbeit für ihn, und er pflaumt mich dafür an! Und heimst hinterher noch den Ruhm ein und erklärt bei der Pressekonferenz den Fall für erfolgreich abgeschlossen. Nein, da kann er sich einen anderen Deppen suchen.

Ich stürme aus dem Polizeirevier und stapfe mit in den Hosentaschen geballten Fäusten die Marktstraße runter. Der Sonntagabend ist schwülwarm. Nahezu unerträglich. Möglicherweise gibt es bald ein Unwetter. Ich könnte jedenfalls eine Abkühlung gebrauchen. Bloß Wolken kann ich weit und breit keine ausmachen. Lediglich Dunst über dem Passauer Land im Südwesten. Und dahinter, dort, wo man bei klarem Wetter die Alpen sehen kann, verschwimmt alles hinter einem milchigen Schleier. Vom Donnergrollen sind wir noch weit entfernt.

Die Wut verfliegt nur langsam. Was es schwer macht, mich darauf zu besinnen, wie ich weiter vorgehen soll. Ich muss noch mal mit der Löffelmacher Therese reden, das steht außer Frage.

Wie ich bei mir unten den Hausflur betrete, höre ich oben

bei mir in der Wohnung schon das Telefon. Kreizkruzifix, jetzt habe ich schon wieder nicht nach meinem Handy gesucht, obwohl ich praktisch an diesem Dreckschuppen vorbeigerannt bin.

Ich hetze mich ab, hinauf in den dritten Stock. Der Anrufer hat eine Ausdauer, die mir sagt, es könnte was Wichtiges sein. Der Blick aufs Display bessert meine Laune jedoch überhaupt nicht. Im Gegenteil, jetzt bin ich sauer, dass ich mich so beeilt habe. Widerwillig nehme ich das Gespräch entgegen.

»Berti?«

Sie klingt aufgebracht, was den Ärger augenblicklich verdrängt und stattdessen eine Unruhe in mir entfacht.

»Ja, Mama?«

»Mei, der Papa.«

»Was ist mit dem Papa?«

»Neigfahrn ist es ihm. Jetzt liegt er da«, schildert sie mit bebender Stimme.

»Neigfahrn! Ins Kreuz?«

»Wo denn sonst? Du musst kommen!«

Ich hab eh keine Wahl. Fünf Minuten später sitze ich wieder im Auto. Als ich beim Kellerwirt vorbeifahre, packt mich ein weiteres Mal die Wehmut. Ein Bier, denke ich, das wär's jetzt. Und vielleicht einen Schnaps dazu. Doch statt den Blinker zu setzen, drücke ich aufs Gas. Ich schaffe die Strecke unter einer Viertelstunde. Der Wacki, die treue Seele, erwartet mich schwanzwedelnd vor der Haustür. Gleich neben seiner Hundehütte steht ein Container für Bauschutt. Im Vorbeigehen linse ich hinein. Ich erkenne meinen alten Schrank, zumindest die Einzelteile davon. Man hätte ihn auch auseinanderschrauben können, aber so zertrümmert, wie er da drinliegt, hat der Alte die Axt benutzt. Oder den schweren Vorschlaghammer, mit dem er sonst auf seinem Amboss rumdengelt. Ich bin gottfroh, dass ich damals beim Auszug meine Comicsammlung mitgenommen habe. Auch wenn die seitdem in Kartons verpackt in meiner Wohnung steht.

Die Haustür ist wie immer offen. Bei uns schließt man nicht ab. Wenn wer vorbeikommt, marschiert er einfach ins Haus, sofern er im Stadel oder Stall niemanden findet. Das ist hier so üblich. Egal ob Postler, Stromableser oder Besamer. Hier herrscht noch Vertrauen in die Menschheit.

Schon im Flur höre ich das Gejammer von oben, kann aber nicht erkennen, ob es die Mama oder der Papa ist. Ich nehme jeweils zwei der knarrenden Stufen der alten Holzstiege. Der Fellinger senior liegt ungesund verdreht im Gang. Um ihn herum Unrat, Kartons, Bretter. Sachen, die mir entfernt bekannt erscheinen, ohne dass ich mich daran erinnern kann, jemals so viel Graffl besessen zu haben. Das meiste von dem Zeug ist mit einer feinen Staubschicht überzogen. Auf dem Milchschemel neben meinem alten Herrn hockt die Mama, ihre Kittelschürze sittsam zwischen den Knien nach unten gezogen. Sie hat sogar noch die Gummistiefel an, was mir sagt, wie hastig sie vom Stall ins Haus geeilt sein muss. Ungeachtet der Mistklumpen in den Profilrillen. Da muss der Alte schon gotteserbärmlich laut geschrien haben, nachdem es ihm hinten reingefahren ist. Laut genug, um das Muhen der Kühe und das Gurgeln der Melkmaschine zu übertönen.

»Jetzt steh nicht rum wie ein Ölgötz, hilf ihm«, begrüßt mich die Mama.

Ich beuge mich runter und spähe in das schmerzverzerrte Gesicht meines Vaters. Schweißperlen stehen ihm auf der Stirn, seine lederne Gesichtshaut spannt über die vom Schmerz verkrampfte Wangen- und Kieferpartie.

»Hat er noch Puls?«

Der Witz zur Entspannung der Situation geht nach hinten los. Die Mama watscht mir eine gegen den Hinterkopf.

»Ist ja schon gut, ich ruf die Sanitäter.«

»Keinen Doktor!«, knirscht der Alte. »Es geht gleich wieder.«

»Schaut aber nicht so aus«, widerspreche ich – und das kann er grundsätzlich nicht leiden. Weshalb er mir auch sofort demonstrieren möchte, dass es wieder geht. Genau drei Zentimeter kann er sich in meine Richtung bewegen, dann schreit er erneut unartikuliert auf und sackt zurück auf den Flickenteppich.

»Alles deine Schuld!«, wirft er mir an den Kopf.

Empört suche ich den Blick von der Mama. Es gibt mir einen Stich ins Herz, dass sie noch zustimmend nickt.

»Er hat dein ganzes schweres Zeug alleine die Treppe runtergeschleppt, weil du es nicht für nötig gehalten hast, ihm zu helfen«, wirft sie mir vor. Beinahe erwarte ich, dass sie ein Kreuzzeichen schlägt, um sich für das ungebührliche Verhalten ihres Sohnes vor dem Herrgott zu entschuldigen.

»Ja, spinnt ihr jetzt komplett! Niemand hat euch aufgetragen, mein altes Zimmer zu entrümpeln.«

»Doch!«, widerspricht die Mama. »Der Herr Schauberger hat gemeint, es pressiert, er braucht das Zimmer so schnell wie möglich.«

»Der Schauberger, dieser Zipflklatscher, und von dem

lasst ihr euch so hetzen«, erwidere ich aufgebracht. »Ihr habt ja noch nicht mal das Bad fertig. Ihr wollt doch nicht allen Ernstes euer Badezimmer mit den Feriengästen teilen? Überhaupt, wildfremde Leute ins Haus zu lassen, das ist doch eine Zumutung!«

»Das ergibt sich schon, sagt der Schauberger. Außerdem ist da ein sauberer Batzen Geld für uns drin. Da kann der Papa schön seine Rente aufbessern.«

»Die Rente aufbessern. Ich glaub, ich hör nicht recht. So ein Schmarrn. Bis jetzt seid ihr auch gut zurechtgekommen, und wenn mal was gewesen ist, habe ich euch immer ausgeholfen.«

»Nicht bei dem Kreiselheuer«, knurrt der Alte.

»Das war auch eine unnötige Anschaffung«, fauche ich zurück.

»Eben nicht!«

»Eben doch! Und ich sag's euch gleich, ihr braucht gar nicht drauf spekulieren, dass ihr eure zukünftigen Beherbergungseinkünfte schwarz an der Steuer vorbeimauscheln könnt! Da mach ich nicht mit!« Ich springe auf, bevor ich noch was sage, was mir hinterher leidtut, und stampfe runter in die Kuchel.

»Keinen Arzt«, höre ich den Alten noch hinter mir her plärren.

Der Höllmüllerin ihre Nummer steht auf einem verblichenen Zettel an der Korkpinnwand über dem alten Wählscheibentelefon. »Notfall!«, sage ich, wie sie sich meldet. »Dem Papa ist es neigfahrn. Am besten, du ziehst eine große Spritze auf«, spreche ich überlaut in den Hörer.

Ich merke, wie sie hadert. Zum einen, weil ich so brülle,

zum andern, weil sie gar keinen Dienst hat. Leiser schiebe ich ein *Bitte* hinterher.

»Lass ihn da, wo er ist«, erklärte sie und trennt die Verbindung.

Das passt, denn es fällt mir nicht im Traum ein, ihm hochzuhelfen. Ich gönne ihm nicht einmal den Teppich, auf dem er doch kaum weicher liegt wie auf den abgetretenen Bohlen. Immer noch angefressen, gehe ich wieder nach oben. Die Mama hat inzwischen eine Decke geholt und über ihren Gatten gebreitet. Eine von den selbst gehäkelten, die ordentlich kratzt und leicht nach Katzenpisse stinkt. Der Alte starrt mich nun noch vorwurfsvoller an. Wahrscheinlich wegen meiner Empfehlung mit der Spritze. Mir nur recht, wenn er das gehört hat. Er hasst Spritzen. Davor hat er mehr Schiss als jedes Kindergartenkind. Überhaupt hegt er eine große Aversion gegen Mediziner, egal welcher Qualifikation. Das kann ich jetzt schon fast wieder genießen.

»Diesen Schauberger, den knöpf ich mir vor«, sage ich zur Mama. »Du gibst mir jetzt dem seine Nummer!«

»Lass sie in Ruhe«, knurrte der Alte unter seiner Häkeldecke.

»Der Schauberger und sein komisches Reisebüro, das stinkt vom Boa weg, das sag ich dir. Das ist so was von faul«, erkläre ich eindringlich. »Und ich will nicht, dass ihr da in was reingeratet, das euch das Genick bricht.«

Natürlich ernte ich blankes Unverständnis. Diese Sturheit! Obwohl ich mich nicht aufregen soll, rege ich mich auf, und darüber vergesse ich die Zeit und bin verwundert, wie ich ein Auto auf den Hof fahren höre. Ist die Höllmüllerin mit Blaulicht gefahren?

Es ist aber gar nicht die Frau Doktor, stelle ich fest, als ich aus dem Fenster am Ende vom Flur blicke. Es ist diese VW-Limousine mit dem Münchner Kennzeichen. Der Schauberger, dieser elendige Hund. Dass der sich überhaupt noch hertraut! Ich springe die Treppe runter, ungeachtet meiner schlummernden Knie- und Rückenprobleme und dem nach wie vor anhaltenden latenten Schädelhirntrauma. Aber das Adrenalin isoliert hervorragend die Nerven. Sobald Bruce Wayne in sein Kostüm geschlüpft ist, hat er auch keine Schmerzen mehr gespürt. Im Vorbeigehen greife ich nach dem Schürhaken, der an der Wand neben dem Kachelofen lehnt. Wie ein Wilder damit fuchtelnd, stürme ich aus dem Haus. Der Schauberger sieht mich und bleibt unschlüssig bei seinem Wagen stehen, die Fahrertür noch in der Hand.

»Wacki, fass!«, schreie ich unserem Hofhund entgegen. Das macht den Reisetandler noch nervöser, auch wenn sich der Wacki keinen Millimeter von seiner Hütte wegrührt. Er hebt nicht einmal den Kopf, den er ganz entspannt auf den Vorderpfoten abgelegt hat. Einzig der wedelnde Schwanz zeugt davon, dass der Hund noch am Leben teilnimmt.

»Auch du, Brutus«, zische ich und bewege mich weiter forsch auf den Schauberger zu. Dabei plustere ich mich auf wie unser Gockel. Zumindest mental. Was jedoch recht beeindruckend rüberkommen muss, denn der Schauberger hüpft mit einem Mal zurück in sein Auto. Er drückt sogar die Türverriegelung runter, die feige Sau.

Nicht, dass ich mich mit ihm geschlägert hätte – trotz Schürhaken. Ehrlich gesagt, weiß ich gar nicht, was ich getan hätte, wenn er einfach stehen geblieben wäre oder seinerseits eine drohende Haltung eingenommen hätte. Aber so beeilt er sich, den Motor anzulassen, drischt den Rückwärtsgang rein und setzt durch die Hofeinfahrt zurück. Dabei schrammt er mit dem hinteren rechten Kotflügel unter befriedigendem Kreischen an der Graniteinfassung des Hoftors entlang. Ungeachtet dessen sucht er, auf dem schmalen Bewirtschaftungsweg angekommen, mit durchdrehenden Reifen das Weite. Ich folge ihm, bücke mich nach einem Klumpen trockener Erde, der nach dem Eggen aus dem Traktorreifen gefallen ist, und werfe ihn hinterher. Leider ist der Wurf zu kurz oder der Schauberger vielmehr zu zackig auf der Flucht, als dass ich ihn noch erreichen könnte.

»Wir sind noch nicht fertig!«, schreie ich und recke das Gusseisen mit einer atavistischen Geste in den Abendhimmel. In meinen Ohren pocht das Blut. Ich schnaufe schwer, während ich den Rücklichtern nachschaue, bis sie um die Biegung beim Geigerkreuz verschwinden. Dann hupt es hinter mir, und ich meine, mein Herz setzt aus. Ich wirble herum und finde mich vor dem Kühler eines SUVs wieder. Der Motor surrt unter der Haube, die meine freie Hand berührt. Ich brauche ein paar Sekunden, bis ich den Volvo erkenne, den die Höllmüllerin neuerdings zu fahren pflegt. Sie hat sich partout keinen BMW X5 von mir aufschwatzen lassen. Stattdessen kauft sie so einen Schweden. So einen Karrn für Individualisten. Kopfschüttelnd starre ich sie durch die Windschutzscheibe an. Sie lächelt mir zu. Logisch. Wahrscheinlich gebe ich das fragwürdige Bild eines tollwütigen Ebers ab. Sie muss tatsächlich noch einmal hupen, bis ich kapiere, dass ich zur Seite gehen soll. Hoffentlich hat sie ein richtiges Monstrum von einer Spritze dabei.

ISCHIAS

Das Schmerzmittel wirkt schnell.

Selbstverständlich hat er zum Steinerweichen rumgejammert. Geholfen hat es ihm nichts. Die Höllmüllerin hat die Injektion sauber und gnadenlos oberhalb seines faltigen Arsches neben den Lendenwirbeln versenkt, und das ganze drei Mal. Wobei meines Erachtens die Nadel viel zu filigran war. Aufgeführt hat er sich trotzdem, als wollte sie ihm ohne Narkose das Bein amputieren. Er konnte sich bloß nicht schnell genug bewegen, um ihr auszukommen.

Jetzt liegt er auf der Couch in der Stube und kann schon wieder rummaulen, statt aufzupassen, was die Frau Doktor ihm für Instruktionen erteilt. Auch ich lausche nur mit halbem Ohr. Ist eh für die Katz. Ich weiß ganz genau, dass er sich nicht an das hält, was die Höllmüllerin ihm rät. »Ischiasnerv eingeklemmt«, höre ich sie sagen. Und dann fallen Begriffe wie Orthopäde, muskelentspannende Massagen und therapeutische Krankengymnastik. Wie ich ihn kenne, kriegt er schon Schüttelfrost, wenn er so was nur hört.

Eine Viertelstunde später ertönt aus der Wohnstube die Titelmelodie vom Tatort. Der Papa schnarcht. Heute wird er seine liebste Sonntagabendsendung verschlafen. Früher musste ich immer mitschauen. Es gab ja nix anderes, über die Antenne empfingen wir genau drei Programme: ARD und die beiden Österreicher, ORF eins und zwei. Auch das hat mich geprägt. Bei Krimis war ich eher dabei als beim Musikantenstadel.

Die Baustelle im Obergeschoss ruht. Mir ist es zu blöd, einen Blick hinein in mein ehemaliges Reich zu werfen, jetzt, da endlich so was wie Friede ins Haus eingekehrt ist. Ich genieße einfach den Moment. Die Mama hatte noch was vom Kirschstrudel übrig, den es gestern zum Mittagessen gab. Damit bin ich beinahe wieder versöhnt. Als sich die Franziska zu mir an den Tisch setzt, wird mir wieder bewusst, dass ich mich immer noch nicht von meinem Seebad gesäubert habe. Peinlich berührt drücke ich mich weit in die Ecke und hoffe, dass der Duft der Mehlspeise meinen strengen Körpergeruch übertüncht. Selbstverständlich freue ich mich, dass sie dageblieben ist und ich den Strudel mit ihr teilen darf. In diesem schlichten Abendessen liegt für mich eine ganz andere Qualität als in dem überkandidelten Gespeise beim Schmauderer. Weil Bier beim besten Willen nicht zu dem süßen Backwerk passt, hat die Mama Kaffee dazu gemacht. Eigentlich zu spät für mich, aber ich lasse ihn mir trotzdem schmecken. Während wir essen, überkommt mich die Sorge, dass die Höllmüllerin mich auf den Vorfall im Freudensee ansprechen könnte. Was sie jedoch nicht tut, bis auch das letzte Krümelchen vom Strudel verputzt ist.

»Sensationell, Frau Fellinger!«, lobt sie die Mama und reibt sich den Bauch.

»Magst einen Schnaps?«, fragt die Mama.

»Lieber ein bisserl frische Luft«, sagt die Franziska, was mich rot werden lässt. Zum wiederholten Male schnuppere ich verstohlen durch meinen Dunstkreis. Jedenfalls sitzen wir fünf Minuten und einen Obstbrand später auf der Bank vorm Haus. Ein warmer Wind streicht durch den Hof. Natürlich immer geschwängert vom feuchten Atem der Jauchegrube. Wofür ich heute ausnahmsweise einmal dankbar bin. Der Mond steht ebenso hell am Himmel wie gestern. Eine leuchtende Scheibe, von der noch ein Stück fehlt. Dazu ganz dezent die ersten Sterne. Irgendwie kann ich gar nicht glauben, dass die Sache mit der Mila noch keine vierundzwanzig Stunden her ist.

»Frische Luft und Bewegung wären noch besser«, sagt die Höllmüllerin.

»Von der Stube bis hier heraus sind es doch schon gut und gern fünfzehn Meter.«

Worauf wir wieder den Mond betrachten. So mit ihr an meiner Seite hier zu sitzen, das entschärft alle gefährlichen Kanten und Ecken, an denen ich mich in den vergangenen Tagen aufgerieben und gestoßen habe. Ich spüre regelrecht, wie der Ballast von mir abfällt. Mein Ärger über den Hartinger und seine aus der Luft gegriffenen Anschuldigungen, der Stress mit dem Lechner, die zweifelhafte Sorge um die Mila und von mir aus auch um den Löffelmacher. Ich treibe in einem Moment der Zufriedenheit, der von mir aus ewig währen könnte. Ein perfekter Augenblick, der die Zuversicht bereithält, dass mir alles gelingen kann und alles in Erfüllung geht, was ich mir wünsche. Weshalb ich nach ihrer Hand greife und sie sanft umfasse. Sie lässt mich gewähren. Ihre Finger sind warm und weich. Ganz anders als die, mit denen sie mich behandelt, mir Verbände anlegt, die Wangen zusammendrückt, wenn sie mir in den Rachen leuchtet, oder mit denen sie die Blutdruckmanschette um meinen Oberarm schlingt.

»Warum gehst du nicht an dein Handy?«

»Verloren«, gestehe ich und will nicht nachfragen, warum sie versucht hat, mich zu erreichen.

»Bring ihn dazu, dass er sich behandeln lässt!«, wechselt sie zu meiner Beruhigung das Thema.

»Da kann ich genauso an eine Wand hinreden.«

Jetzt spüre ich ihre freie Hand auf dem Unterarm. »Ich weiß, er ist stolz auf dich, auch wenn du nicht den Eindruck hast.«

Ich frage nicht nach, woher sie das zu wissen meint.

»Danke, dass du gleich gekommen bist!«

»Ich mag deine Eltern, das weißt du ja.«

»Und ich hatte beinahe die Hoffnung, du hättest dich wegen mir so beeilt.«

Schelmisch schaut sie mich an. »Ein wenig auch wegen dir«, antwortet sie. »Du solltest dich ebenfalls etwas schonen.« Sie steht auf, beugt sich zu mir runter und küsst mich. Zwei, drei Sekunden lang liegen ihre Lippen auf den meinen.

»Du bist süß, Berthold!«, lässt sie mich wissen, dreht sich um und steigt in ihren Volvo.

Sie hat nicht einmal die Nase gerümpft. Völlig paralysiert bleibe ich sitzen und beobachte, wie sie davonfährt.

Süß.

Berthold.

Ich kann mich nicht erinnern, dass sie mich jemals beim Vornamen genannt hat.

TROPENHÖLLE

Montag. Leider.

Der Wecker klingelt, und ich kann es kaum glauben. Obwohl die wenigen Minuten mit der Höllmüllerin auf der Hausbank meiner Eltern so tröstlich für meine Seele waren, habe ich schlecht geschlafen. Die Dämonen der letzten Tage sind nachts zurückgekehrt und haben mich gepiesackt. Jetzt empfinde ich es als unmöglich, heute überhaupt das Bett zu verlassen. Es dauert einige Zeit, bis ich den Widerstand aufgebe und mich meiner Bestimmung füge. Tramhappert schleppe ich mich in die Küche. Dort stelle ich fest, dass ich immer noch keinen Kaffee gekauft habe. Unbeholfen wanke ich in den Flur. Auf der Garderobe liegt meine Aktentasche. Aus meinem Auftragsordner ziehe ich die Liste mit den Gaststätten und lebensmittelverarbeitenden Betrieben, die ich heute kontrollieren soll. Einschließlich der vier, die ich am Freitag verschont habe. Ich erkenne ziemlich schnell, dass ich dieses Pensum heute unmöglich bewältigen kann. Besser, ich erledige erst mal, was ich mir gestern schon vorgenommen hatte, bevor die Mama ihren Notruf abgesetzt hat. Je nachdem, wie erfolgreich dieses Vorhaben ist, werde ich entscheiden, wie es danach weitergeht. Ich weiß gerne Dinge erledigt und abgeschlossen, bevor ich mich Neuem widme.

Erst jetzt bemerke ich, dass Regen aufs Dachfenster trommelt. Danach hat es gestern überhaupt nicht ausgeschaut. Damit ist der Tag so grau wie meine Stimmung. Ich brauche einen Durchbruch. Egal wo. Beim vergifteten Hansen, bei der verschollenen Mila, der leidigen Angelegenheit mit der Ferienwohnung oder … Zefix, da sind ja auch noch die Vorwürfe wegen Bestechlichkeit seitens Dr. Hartingers. So betrachtet muss ich mich nicht wundern, dass sich bei derart viel Ungleichgewicht zum Negativen hin das Wetter solidarisch mit mir zeigt.

Der Gedanke an die haltlose Ungerechtigkeit gegen mich hat allerdings einen Trotz geweckt, der mir einen Energieschub beschert. Darauf kann ich aufbauen. Es ist höchste Eisenbahn für den Generalangriff, Zeit, aufzuräumen, die losen Enden zu verknüpfen, bevor ich mich wieder objektiv meinen eigentlichen Aufgaben zuwende.

Mangels Koffein und entgegen meinen sonstigen Gewohnheiten beginne ich mit ein paar Dehnungsübungen und nehme mir zwanzig Liegestützen vor. Nicht, dass mir das Spaß macht, aber aufgrund einer sich anpirschenden Vorahnung verspüre ich das Bedürfnis, meine körperliche Belastbarkeit zu überprüfen. Ich schaffe achtzehn, was ganz passabel ist in meinem Zustand. Der Plan sieht vor, nach den Liegestützen auch noch Sit-ups zu machen. Schwer keuchend verwerfe ich das Restprogramm des Anschwitzens und stelle mich lieber gleich unter die Dusche.

Mit leerem Magen hocke ich eine Viertelstunde später im Auto. Der Regen hat kaum für Abkühlung gesorgt. Stattdessen ist es unangenehm dampfig. Ich wähle dieselbe Fahrtroute wie beim letzten Mal. Unten am Bachlauf hängt der Nebel. Dicht und unheimlich. Der Wetterumschwung schafft feucht-tropische Verhältnisse wie im Amazonasbecken. Da jetzt die Lücken zwischen den Häusern allmählich immer größer werden, muss ich aufpassen. Die schwere Nässe drückt die wild wuchernden Sträucher und Gewächse tief in die ohnehin enge Straße. Aus dem Nebel heraus schlagen gelegentlich Geäst, Blatt- und Blütenwerk gegen den Wagen. Man könnte meinen, knochige Finger schrammen am Lack entlang. Jetzt komme ich mir wirklich wie auf dem Weg in eine Tropenhölle vor. Zwar hat der Regen aufgehört, aber in unrhythmischen Abständen klatschen mächtige Tropfen gegen die Windschutzscheibe und aufs Autodach. Kleine Detonationen, bei denen ich immer wieder aufschrecke. Die Sichtweite schrumpft auf unter zehn Meter. Ich krieche nur noch dahin, und obwohl es ganz logisch ist, dass die Fahrt auf die Art länger dauern muss, bin ich irritiert. Bin ich vielleicht doch schon am Haus vorbei? Dieser Nebel verzerrt Raum und Zeit. Dann plötzlich taucht es aus den Dunstschwaden auf, und ich bremse abrupt. Wäre einer hinter mir hergefahren, er wäre mir sicher ins Heck gerauscht. Aber da ist niemand. Nichts und niemand.

Ich parke am Straßenrand. Falls in den nächsten Minuten ein Bauer mit seinem Traktor hier entlangdonnert, rammt er meinen Wagen runter ins Bachbett, bevor er ihn überhaupt bemerkt. Ich horche in den Nebel hinein. Es kommt mir vor, als wäre ich von feuchter Watte umgeben. Nicht nur Raum und Zeit haben sich aufgelöst, auch sämtliche Geräusche.

Die Gartentür steht offen. Triefend hängt der wilde Wein über dem Türstock. Diesmal lässt die Alte mich lange klopfen. Tropfen treffen mich, als würde das Haus mich anspucken. Ich wische mir das Regenwasser aus den Augen und horche an der Tür. Nachdem eine halbe Minute lang nichts passiert ist, teste ich die Klinke. Es ist nicht abgeschlossen, aber mein Respekt vor dem Monsterkater hält mich davon ab, einfach einzutreten.

»Hallo, Frau Löffelmacher!«, rufe ich durch den Türspalt, aus dem mir die vertraute Würzmischung entgegenströmt. Keine Antwort. Nicht mal ein Fauchen. Die Hex wird doch bei diesem Sauwetter und in aller Herrgottsfrühe nicht mit ihrem Radl unterwegs sein? Ich ziehe die Haustür wieder zu, nicht dass der Herbert, dieses domestizierte Raubtier, doch noch meint, sein Revier verteidigen zu müssen. Unschlüssig sehe ich mich um, auch wenn es nach wie vor nicht viel zu sehen gibt. Mir ist, als wäre der Nebel noch dichter geworden. Auf meinem Gesicht liegt ein feuchter Film, und an meinen Wimpern hängen Wassertropfen, die ich wegblinzeln muss. Immerhin kann ich im ungemähten Gras des Vorgartens jetzt deutliche Fußspuren erkennen. Da muss vor Kurzem jemand hinters Haus gestapft sein. Ich hätte Gummistiefel anziehen sollen. Etwas bedauernd betrachte ich meine Sportschuhe. Die extraleichten, luftdurchlässigen mit den modisch weißen Sohlen. Zimperlich staksend folge ich den Abdrücken im kniehohen Wiesengrund. Nach ein paar Metern wird es zum Spießrutenlauf zwischen Sträuchern und unter Obstbäumen hindurch. Innerhalb von Sekunden bin ich von Feuchtigkeit getränkt, weshalb es auch keinen Sinn mehr macht, wieder umzukehren: Das Kind ist in den Brunnen gefallen und klatschnass. Irgendwann erreiche ich die Rückseite des Hexenhauses. Im Nebel ist nur zu erahnen, wie groß der Garten ist. Dahinter ragt schemenhaft der Wald auf, der sich ab dort ohne weitere Unterbrechung bis zum Gipfel des Staffelbergs erstreckt. Von Letzterem ist jetzt natürlich nichts zu sehen. Auch nichts vom berühmt-berüchtigten Nachbargebäude. Nur eine weiße, wabernde Wand. Gedämpft höre ich den Bach rauschen, aber eigentlich nur, weil ich weiß, dass er da ist. Mich fröstelt.

Der Garten selbst gleicht einer Wildblumenwiese, obwohl es neben weiteren Obstbäumen auch Beete gibt. Hinten am Zaun. Was dort wächst, kann ich nicht identifizieren. Das Reserl hält jedenfalls nichts vom Unkrautzupfen. In der linken Ecke ragt ein windschiefer Schuppen auf, vom Maß her ungefähr die Hälfte einer Fertiggarage. Der Verschlag steht offen. Drinnen ist Holz gestapelt, davor kann ich einen Hackklotz und einen an der Bretterwand lehnenden Rechen erkennen. Neben dem hängen an einigen Haken weitere Gartengeräte und eine Axt.

Ein Haken ist leer, was mich irgendwie unruhig werden lässt. »Frau Löffelmacher?«, rufe ich in den feuchten Dunst hinein. Nichts. Ich ringe mit der Enttäuschung und der aufkeimenden Dienstbeflissenheit, heute doch ein paar Inspektionen durchzuführen. Da fällt mir etwas ins Auge. Dort, zwischen dem Holzschuppen und dem ersten von drei Pflaumenbäumen, wächst was Größeres zwischen Löwenzahn, Bärentatzen und Sauerampfer. Von der Farbe her ein Schwammerl, denke ich, und mache zwei Schritte darauf zu. Oben ist es tatsächlich rund wie eine Pilzkappe, aber jetzt, aus der neuen Perspektive zeigt sich ein anderes Bild. Was sich da aus der Wiese reckt, ist ein nackter Fuß, und der vermeintliche Schwammerl ist der große Zeh.

HEILIGENSTATUE

Von dort, wo ich die Wanningermühle vermute, weht in diesem Augenblick ein Kichern herüber.

Der Wind, nur der Wind, beruhige ich mich. Es kann nur der Wind gewesen sein, der scharf um eine Ecke fegt und dabei auf irgendeiner Dachrinne pfeift.

Nichtdestotrotz liegt vor mir auf der nassen Wiese das Löffelmacher Reserl, das weiße Haar wie ein Fächer um ihren ledernen Schädel gebreitet. Wassertropfen funkeln darin. In ihrem langen Gewand aus grobem Leinen wirkt sie wie eine umgefallene Heiligenstatue. Nein, eher wie eine gequälte Heilige, die nicht einfach nur umgefallen ist. Augen und Gesicht märtyrerhaft im Schmerz der schlimmsten Folter zusammengekniffen und doch schon mit einem feinen Ansatz verklärter Beseeltheit, das Wissen der nahen Erlösung in Sicht. Die Delle an der linken Schläfe weist darauf hin, dass dort unter dem aufgeplatzten, blutigen Hautfetzen ein Loch im Knochen sein dürfte. Und dass der gräuliche Schleim, der daraus hervorquillt, Teile ihres Hirns sind.

Vorbei mit dem Kokolores.

Praktischerweise liegt auch der Spaten neben ihr, der wahrscheinlich bis vor Kurzem noch von dem jetzt leeren Haken am Holzschuppen baumelte. Haare und Blut kleben am Schaufelblatt. Mit einem Mal werden meine Knie weich. Schwach klopfe ich meine Hosentaschen ab.

Wie oft habe ich mir in den letzten Jahren gewünscht, die elektronische Plage wäre nie über uns hergefallen, gleichermaßen fatal wie einst die Heuschrecken für die Ägypter. Ich habe mir gewünscht, diese Dreckserfindung des Mobilfunks wäre nie gemacht und wir nie von beutelschneiderischen Telekommunikationsanbietern in diese Abhängigkeit gedrängt worden. Und wie oft habe ich mir umgekehrt seit Samstag gewünscht, ich hätte dieses Scheißgerät nicht so leichtfertig verloren? Muss ich also doch ins Haus und mich am Herbert vorbeikämpfen, um erneut den Lechner anzurufen.

Wieder fegt eine Böe über mich hinweg. Verspielt zupft der Wind an den Nebelschwaden, und sie stieben auseinander, aufgescheucht wie eine Schafherde, durch die ein hungriger Wolf hetzt. Diesmal ist es kein Gekicher, dass der Wind mit sich trägt. Und es ist definitiv ein Geräusch, das nicht von der Natur verursacht wird.

Ich fahre herum. Suche mit zusammengekniffenen Augen die Ränder der Nebelfelder ab, die mich umgeben. Ist da jemand jenseits des Zauns? Oder kam es aus dem Haus? Ich muss mich beherrschen, nicht nach der Schaufel zu greifen, damit ich etwas zur Verteidigung in der Hand habe. Aber das würde gerade noch fehlen, meine Fingerabdrücke auf dem Schaft zu hinterlassen. Ein nettes Entgegenkommen für den Mörder, dessen Spuren verwischt werden würden, während ich mich zum Täter mache. Auf so was wartet der Ritzer doch nur, dass er mich auf diese Weise aus dem Weg schaffen kann!

Ich lasse die Schaufel, wo sie ist, und bewege mich langsam und mit geballten Fäusten durch den Garten. Auf Höhe des Verschlags bleibe ich stehen und betrachte die halb geöffnete Schuppentür. Daneben an der Wand hängt die Axt. Bloß einen Schritt und eine Armlänge entfernt, und ich hätte was Schweres in der Hand, so wie gestern den Schürhaken. Damit würde ich mich gleich besser fühlen. Doch noch bevor ich auch nur den Fuß heben kann, knallt die schief in den Angeln hängende Tür gegen die Bretterwand, und etwas Großes mit Hörnern stürmt auf mich zu.

RASEREI

Ich werfe mich zur Seite und entgehe knapp der Mistgabel, die er mir sonst in den Bauch gerammt hätte. Noch im Fallen versuche ich zu begreifen, welches Untier dort im Schuppen gelauert hat. Auf den ersten Blick meine ich den Aschenbrenner zu erkennen, aber bereits als ich auf dem regengetränkten Boden aufschlage, ist mir klar, dass dieser Parka nicht annähernd die Gebrauchsspuren der Jacke vom Texmäx aufweist. Auch die Gestalt des Angreifers ist viel zu kompakt, seine Bewegungen wirken viel zu agil. Fast spielerisch fängt er sich ab, nachdem ich ihn ins Leere habe laufen lassen, vollzieht eine rasche Wende und steht schon wieder mit erhobener Mistgabel bereit.

Ich hingegen liege da, und meine Finger krallen sich um die nassen Grashalme in Erwartung der vier gebogenen Zinken, die jede Sekunde mit furchtbarer Gewalt in mich eindringen werden. Meine bebende Unterlippe will beschwichtigende Worte formen, aber ich gewinne einfach keine Kontrolle über meine Stimmbänder. Ich bin wie gelähmt.

Heiligemariamuttergottes …

Der Angreifer hat die Kapuze tief ins Gesicht gezogen.

… bittefürunssünder …

Er zögert.

… jetztundinderstundemeines …

Jetzt verändert er unverhofft seine aggressive Haltung und schrumpft binnen eines Herzschlags zu dem zusammen, was er in Wahrheit ist. Eine verlorene, ungeliebte Seele. Ich vermeine im Schatten der Kapuze seine Augen zu erahnen, den verzweifelten, hilfesuchenden Blick. Die Zerrissenheit, den Unglauben angesichts seiner Tat.

Bevor ich mich so weit im Griff habe, dass ich ihn ansprechen könnte, wirft er die Mistgabel von sich und rennt in den Nebel hinein, der ihn optisch und akustisch in null Komma nichts verschluckt. Er ist weg, oder vielleicht nur nicht mehr zu sehen und zu hören. Vielleicht lauert er noch in der Nähe, verborgen vom weißen Dunst. Dieser Gedanke ist nicht gerade beruhigend.

Ich liege da, spüre, wie die Feuchtigkeit meine Haut erreicht. Dass nasse Halme in meinem Gesicht kleben und mich in den Ohren kitzeln. Es kostet mich Mühe, meine vom Gras grün verfärbten Hände zu öffnen. Ich stemme mich hoch und muss dann noch eine Weile sitzen bleiben, bis ich es auf die Beine schaffe. Rechts von mir liegt die Löffelmacherin. Sie hatte weniger Glück.

Behutsam betrete ich das Hexenhaus, darauf bedacht, nichts anzufassen und vor allem nicht den Herbert aufzuschrecken. Nach zehn Minuten weiß ich zwei Dinge. Zum einen scheint der Herbert nicht da zu sein. Vielleicht trauert er schon? Oder er hat von vornherein gespürt, was seinem Frauchen wiederfahren wird, und sich in den Wald verzogen. Jetzt tut mir das Katzenmonster fast leid, und ich hoffe für ihn, es gibt jemanden, der sich um ihn kümmert, sollte er je wieder auftauchen. Zum anderen war das Reserl nicht im Besitz eines Telefons. Jedenfalls finde ich keins, nicht einmal eine Dose, wo man eins hätte einstöpseln können.

Ziemlich aufgelöst und wahrscheinlich einigermaßen unter Schock verlasse ich das Hexenhaus. Der Nebel hat noch mehr Löcher bekommen. Rings um mein Auto kann ich nichts Verdächtiges ausmachen. Niemanden, der mir auflauert. Trotzdem bin ich froh, als ich im Wagen sitze und die Taste für die Verriegelung drücken kann. Langsam, aber auf direktem Weg fahre ich zum Polizeirevier und stürme hinein. Am Empfang hat diesmal der Kronawitter Dienst. Ich störe ihn dabei, wie er sein iPad streichelt. Das Glas ist immer noch gesprungen, und kurz stelle ich mir vor, wie er sich an den scharfen Rissen immer mehr und mehr von seinem Zeigefinger weghobelt.

Bei meinem Anblick springt er auf. Wahrscheinlich schaue ich zum Fürchten aus. Völlig durchnässt, dreckig, fahl um die Nase, den Schrecken noch im Gesicht.

»Ist der Sepp da?«

Ich merke ihm an, dass er am liebsten gleich wieder seine Dienstwaffe auf mich richten möchte. Mein Auftreten verstört ihn offenbar erheblich. Wie in Zeitlupe schüttelt er den Kopf.

»Ruf ihn an!«, verlange ich.

»Warum?«

»Wir haben eine weitere Leiche!«

PHARISÄER

Ich sollte mich in medizinische Behandlung begeben. Mir was zur Beruhigung verschreiben lassen. Allerdings will ich nicht schon wieder zur Höllmüllerin in die Praxis. Nicht weil ich sie nicht sehen will. Aber ich bilde mir ein, dass ich mit dem gestrigen Abend einen besonderen Eindruck bei ihr hinterlassen habe, den ich nicht sofort wieder zunichtemachen möchte. Nicht wegen meines derangierten Äußeren, das mich ja womöglich noch ganz heldenhaft rüberkommen lässt. Es ist vielmehr meine innere Zerrüttung, die mich davon abhält. Oder dass ich bei ihr wieder wie ein Hypochonder dastehe.

Dass ich mich deswegen so anstelle, muss der Schock sein. Zweifellos, der Schock über den Leichenfund einerseits und die direkte Konfrontation mit dem Mörder andererseits. Beides war neu für mich. Wen wundert's, dass ich komplett am Ende bin, jetzt, nachdem es nicht mehr unmittelbar ums Überleben geht. Also fahre ich heim, sobald sichergestellt ist, dass der Kronawitter den Polizeiapparat in Gang gebracht und alle relevanten Informationen weitergegeben hat. Freilich hätte er mich gerne festgehalten, bis alle meine Angaben überprüft sind. Aber ich hab mich einfach verdrückt.

Es dauert eine gute Stunde, bis der Lechner vor der Tür

steht. Zusammen mit dem Ritzer, aber das habe ich mir schon gedacht. Ich lasse sie herein, und sie folgen mir in die Küche. Während ich mich setze, bleiben sie stehen. Der Lechner schaut mitfühlend auf mich herab, der Kriminalkommissar eher mürrisch.

»Sie haben den Täter gesehen?«, will er wissen.

Ich nicke. »Ja, und ich konnte ihm nur knapp entkommen, sonst läge ich jetzt mit einer Mistgabel im Bauch neben der bedauernswerten Frau Löffelmacher«, wiederhole ich meine Aussage. Ich finde, ich kann gar nicht oft genug betonen, wie knapp ich überlebt habe.

Der Ritzer macht ein Gesicht, als wäre es ihm umgekehrt lieber gewesen. »Wieso entkommen? Sie haben doch ausgesagt, er ist geflüchtet.«

»Ja, nachdem sein Versuch mich aufzuspießen, misslungen ist, Himmelherrgott!«

»Ihre Aussage erscheint mir schon sehr suspekt, Herr Fellinger. Genauso gut können Sie es selber gewesen sein, der die alte Dame mit der Schaufel erschlagen hat«, ätzt der Ritzer, und der Lechner steht bloß blöd daneben und macht keine Anstalten, mich zu unterstützen. Elendiger Pharisäer, elendiger.

»Und gleich drauf bringe ich den Mord dann höchstpersönlich zur Meldung. Halten Sie mich für komplett bescheuert?«

War das etwa der Ansatz eines bestätigenden Nickens? Er kommt zu mir her und stützt seine Fäuste auf die Tischplatte. »Ich halte Sie für einen geltungssüchtigen Menschen, der sich um jeden Preis in Szene setzen will. Vielleicht hat Ihnen die Aufmerksamkeit, die der Giftmord an Edgar

Hansen auf Sie geworfen hat, nicht genügt. Auch nicht das vermeintliche Ertrinken der Mila Szukala. Ja, vielleicht empfanden Sie das alles noch nicht als spektakulär genug und haben deshalb noch einen draufgesetzt, Herr Fellinger.«

Das ähnelt verdammt der Rede vom Lechner, als ich gestern auf dem Revier war. Aber wer hier wen zitiert, ist mir scheißegal. Nach diesen Vorwürfen hält's mich jedenfalls nicht mehr auf dem Stuhl. Ich springe so abrupt auf, dass der Ritzer zurückschreckt. Noch im Rückwärtstaumeln zieht er seine Waffe aus dem Holster. Eine Sekunde später starre ich in die Mündung seiner Pistole und hebe langsam die Arme.

»Keine Bewegung!«, zischt der Kommissar.

»Kruzifix, jetzt langt's aber!«, schimpft der Lechner und stellt sich innerhalb weniger Tage zum zweiten Mal zwischen mich und eine auf mich gerichtete Schusswaffe.

»Aus dem Weg!«, schreit der Kripo-Beamte.

»Schluss mit dem Affentheater!«, faucht der Lechner zurück. »Er war's nicht!«

»Sondern wer?«, will der Ritzer wissen, ohne seine Waffe wieder wegzustecken.

»Sag's endlich!«, fordert der Lechner mich auf.

Ich hatte dem Kronawitter vorhin zwar geschildert, wie ich den Mörder sozusagen auf frischer Tat ertappt habe, aber bislang keinen Namen genannt. Was dem hirnlosen Kartoffelkäfer nicht gepasst hat; deshalb wollte er mich ja unbedingt dabehalten. Mir war jedoch von Beginn an klar, dass ich diese prekäre Information nur dem Lechner anvertrauen kann. So gesehen gibt es nun keinen Grund mehr, weiter zu schweigen. »Der Jens war's«, erkläre ich kraftlos, weil es mir schwerfällt, den Sohn vom Kirchenwirt zu verraten, egal, was er getan hat.

»Jens Löffelmacher?«, fragt der Kommissar ungehalten nach. »Was hätte der Junge für einen Grund gehabt, seine Großtante zu erschlagen?«

»Der Bub ist doch krank«, murmelt der Lechner.

»Schizophrenie«, werfe ich ein.

»In seiner Entwicklung gestört«, ergänzt der Lechner.

»Ist mir bekannt«, erwidert der Ritzer. »Aber sein bisheriges Krankheitsbild weist keinerlei Gewaltausbrüche auf. Ich habe mich dahingehend extra bei seinem behandelnden Arzt erkundigt.«

So viel zur Schweigepflicht, denke ich mir und nehme meine Arme wieder runter. Kurz zuckt es ihm noch in den Fingern, dem Herrn Kommissar, dann senkt er seinerseits die Knarre.

»Ich lasse sofort nach ihm fahnden«, erklärt der Lechner, bleibt aber, wo er ist. Er will mich ganz offensichtlich nicht mit dem Ritzer alleine lassen, und das rechne ich ihm nun wieder hoch an.

»Ich muss kurz telefonieren«, verkündet indessen der Ritzer und geht in den Flur hinaus. Ich lasse mich erschöpft zurück auf den Stuhl fallen. Der Lechner setzt sich zu mir.

»So ein Scheißdreck«, brummt er. »Der Jens. Bist du sicher?«

»Kein Zweifel.«

»Der Jens ist fast zwanzig, da würde gerade noch so das Jugendstrafrecht greifen«, überlegt der Lechner. »Was bei einem Tötungsdelikt vielleicht vier, fünf Jahre ausmacht. Trotzdem bleibt er auf die Art noch genügend lange Zeit in Verwahrung. Da ist es ja schon beinahe wieder ein Segen, wenn er wegen seiner psychischen Störung für unzurechnungsfähig erklärt wird. Wobei ich es einfach nicht verstehe. Trotz seiner Diagnose war der Bub nie auffällig.« Er schüttelt bedauernd den Kopf. »Bis auf das eine Mal, als er im Drogenrausch in die Kirche eingebrochen ist und in die Weihwasserbecken uriniert hat. Wir haben ihn danach erkennungsdienstlich behandelt, weil wir nicht wussten, ob er auch den Tabernakel entweiht hat … Da war er gerade strafmündig geworden.«

»Eingebrochen? Er war doch bei den Ministranten und hatte einen Schlüssel.«

»Ja, freilich, man hätte das auch nicht so hoch hängen brauchen, aber der Pfarrer Saveri hätte ja wegen der frevelhaften Kirchenschändung am liebsten einen Exorzismus am Jens durchgeführt.«

Der Saveri stammt aus Sri Lanka. Kaum zu glauben, dass man da noch empfindlicher im Katholizismus ist als bei uns.

Dann hocken wir da und schweigen uns an, bis der Kommissar zurück in die Küche tritt.

»Ich habe mit unserem Polizeipsychologen gesprochen und ihm den Fall geschildert. Er meint, dass der Junge durchaus in höchstem Maß gefährlich sein kann. Dass durch die jüngsten Vorfälle in seinem Umfeld vielleicht was Neues aufgebrochen ist, was bislang nur still in ihm geschlummert hat. Aus Sicht des Fachmanns könnte der Junge damit zu einem unkalkulierbaren Risiko geworden sein. Ich werde daher alles daransetzen, ihn zu finden, bevor er erneut jemanden verletzen oder gar Schlimmeres anstellen kann.«

Ich gebe nichts auf Ferndiagnosen am Telefon, aber das

behalte ich für mich. Zumal jetzt der Kommissar erneut auf mich zukommt und mir den Zeigefinger unter die Nase hält. »Was Sie angeht, Herr Fellinger, Sie unterlassen ab sofort jegliche Einmischung in diese Untersuchung! Ich erteile Ihnen hiermit Hausarrest. Sollte ich Sie, solange die Fahndung läuft, draußen auf der Straße antreffen, lasse ich Sie wegen dringendem Tatverdacht festnehmen. Und glauben Sie mir, ich finde einen Untersuchungsrichter, der Sie aufgrund der aktuellen Sachlage inhaftieren lässt, bis die Ermittlungen abgeschlossen sind.«

DURCHHIEB

Sie lassen mich in meiner Küche zurück und rauschen davon, um die SOKO Schweinsbraten auszuweiten. *Schweinsbraten Schrägstrich Stechspaten* – oder so. Ich warte, bis ich die Wohnungstür schlagen höre, dann schlurfe ich rüber zum Regal, in dem ich meine Spirituosen gebunkert habe. Blind greife ich mir die erstbeste Flasche, drehe den Deckel ab und nehme einen tiefen Schluck. Ich habe den Tequila erwischt. Das Gesöff brennt sich wie Lava die Speiseröhre runter. Dem ersten Impuls, den Kaktusschnaps mit ins Wohnzimmer zu nehmen, kann ich kaum widerstehen. Dann siegt die Vernunft über die Resignation, und das ist gut so. Intuitiv weiß ich, dass ich einen klaren Kopf brauche. Genauso wie ich weiß, dass ich selbst gebraucht werde. Hausarrest hin oder her.

Zuerst rufe ich bei der Mama an und erkundige mich, wie es dem Ischias geht. Was selbstverständlich nur ein Vorwand ist, um rauszukriegen, ob sie schon davon gehört hat, dass ich über eine Leiche gestolpert bin. Hexenmord statt Hexenschuss, gewissermaßen.

Sie meint, der Papa wäre schon wieder am Hanomag zugange, und morgen würden sie zum Orthopäden nach Passau fahren. Sehr wahrscheinlich braucht der Alte was aus der BayWa und nimmt deshalb den Weg in die Stadt auf sich.

»Sonst alles ruhig?«, frage ich scheinheilig, und nachdem darauf keine Reaktion kommt, darf ich annehmen, dass die Stille Post heute noch nicht bis zu unserem Hof vorgedrungen ist.

Dann rufe ich beim Pauli an, bei dem ich für gewöhnlich nie anrufe, sondern immer gleich vorbeifahre, wenn ich was von ihm will, um bei der Gelegenheit ein Bier zu trinken. Daher wirkt er recht überrascht, als er mich am Telefon erkennt.

»Was hört man so?«, frage ich.

»Bin ich die Auskunft?«

»Stell dich nicht an, du kriegst doch mit, was geredet wird. Jetzt, wo das Wetter schlecht ist, hocken sie doch bestimmt wieder alle bei dir in der Wirtschaft.«

»Komm halt rüber, dann kannst selber zuhorchen«, rät er mir.

»Ausgangssperre«, gestehe ich, »und jetzt sag endlich, was erzählen sich die Leut?«

Aus den Hintergrundgeräuschen schließe ich, dass jemand sich ein Bier bestellt. Prompt behauptet der Pauli, sein Typ werde verlangt.

»Irgendwas, Pauli, jetzt stell dich nicht so an!«, flehe ich förmlich. »Wie läuft die Fahndung?«

»Noch keine Spur«, antwortet er, »außerdem ist jetzt auch der Ferdl fort.«

»Wie, *fort*?«

»Nicht auffindbar. Nachdem er gehört hat, was sein Bub getan haben soll, ist auch er abgehauen.«

Wieder ertönt der Ruf nach einer Halbe, jetzt schon mit der verzweifelten Tonalität des ernsthaft Dürstenden unterlegt. Besser, ich halte den Pauli nicht weiter von seinem Broterwerb ab; ich bedanke mich und trenne die Verbindung.

Der Ferdl ist weg. Bluadige Hennakrepf!

Bringt er seinen Sohn aus der Schusslinie, oder verhilft er ihm gleich richtig zur Flucht? Das sähe dem Kirchenwirt eigentlich gar nicht ähnlich, diese plötzliche Fürsorge um seinen Junior.

Kurz spiele ich mit der Möglichkeit, dass der Jens sich einen perfiden Plan ausgedacht hat, um sich an seinem Vater zu rächen, weil dieser ihm nie die Zuneigung entgegenbrachte, die sich das Kind von ihm gewünscht hat. Oder einfach nur, um die Aufmerksamkeit von seinem Vater zu bekommen, die der ihm immer vorenthalten hat. Aber wenn ich mir die bedauernswerte Gestalt in Erinnerung rufe, die ich unten bei seiner Großtante erlebt habe, glaube ich nicht, dass der Jens in der Lage ist, sich so eine komplexe Inszenierung auszudenken, geschweige denn diese auch noch durchzuführen.

Da fällt mir ein, was der Löffelmacher über die Schonzeit gesagt hat. Vielleicht kann er ja jetzt gar nicht mehr anders, als sich draußen im Wald abzureagieren.

Ich scheiß also auf den Hausarrest und schleiche mich aus dem Haus. Ehrlich gesagt, habe ich erwartet, an jeder Ecke vermummte SEK-Beamte anzutreffen, die mich mit ihren laserlichtunterstützten Sturmgewehren anvisieren. Immerhin haben wir einen unzurechnungsfähigen Amokläufer im Ort. Aber von einem Großeinsatz merke ich nichts, während ich mich runter zum Friedhof stehle. Die wenigen Leute, denen ich begegne, wirken in keinster Weise verunsichert.

Selbst Kinder tollen auf dem Spielplatz hinter dem Pfarrzentrum herum. Was ist denn das für ein fahrlässiges Verhalten von der Polizei? Sollten nicht alle Anwohner aufgerufen werden, in ihren Häusern zu bleiben und die Fensterläden geschlossen zu halten?

Es regnet nicht mehr, aber der Tag bleibt grau. Ungeschoren erreiche ich meinen Boliden. Erst als ich losfahre, fällt mir ein, dass unsere Exekutive nun womöglich doch Kontrollen an den Ausfallstraßen durchführt. Wovon wir sage und schreibe fünf Stück haben, sofern man sich auf die Hauptverkehrswege beschränkt. Damit dürfte die Polizei personell allerdings schon überfordert sein, selbst wenn sie Verstärkung aus den Revieren drumherum hinzugezogen haben. Um auf Nummer sicher zu gehen, benutze ich also die üblichen Promillesträßchen.

Dass der Jens allein aus dem Ort zu flüchten versucht, halte ich ohnehin für unwahrscheinlich. Wegen seiner Krankheit durfte er nie den Führerschein machen. Was nicht zwingend heißt, dass er nicht trotzdem Auto fahren könnte, wenn es drauf ankäme. Aber das glaube ich nicht. Falls er keine Hilfe bekommen hat, wird er sich irgendwo in nächster Nähe verstecken. Vermutlich da, wo er sich gut auskennt. Auf dem Löffelmacher-Anwesen? Gemessen am gesundheitlichen Zustand des Jungen ist das für mich am naheliegendsten. Freilich wird die Polizei ihn früher oder später aufstöbern, wenn er sich in dieser Umgebung aufhält. Aber ich schätze mal, es gibt reichlich Ecken und Winkel und zu wenig Einsatzkräfte, um die Sache schnell zu beenden. Ich hätte zumindest in der verfallenen Scheuer nachschauen sollen, kommt mir in den Sinn. Was mich wieder daran erinnert, dass ich nach wie vor ohne Verbindung zur Außenwelt unterwegs bin. Ein Gutes hat es immerhin. Sämtliche Anrufe aus meiner Dienststelle gehen ins Leere. Ich stelle mir den Hartinger vor, wie er einen roten Hals bekommt und seine gelben Rattenzähne fletscht.

Die Umwege kosten Zeit. Zweimal verfahre ich mich, denn auf diesen abseitigen Straßen hat die Gemeinde an der Beschilderung gespart. Frei nach dem Motto *Wer hier wohnt, der kennt sich aus.* Schließlich finde ich einen Weg vom See hinauf über die Rodelbahn, einen kurvigen Stich, der im Winter nicht geräumt wird und auf dem bei ausreichend Schnee Touristen auf Schlitten todesmutig durch den Wald rasen.

Im Schutz von Kiefern und Tannen erreiche ich die Landstraße, die hoch zum Oberfrauenwald führt. Eine wenig befahrene Strecke, da im Prinzip alle, die rüber nach Waldkirchen wollen, die Hauptverbindung über Holzfreyung wählen. Mir kommt das gerade recht. Mir begegnet kein Auto, nicht einmal ein Holzlaster. Ich orientiere mich in Richtung der Skilifte, unserem hiesigen Wintersportzentrum. Hier oben auf knapp tausend Metern wird der Wald weniger. Wer braucht schon die Alpen, sage ich immer. Es reicht doch, wenn man sie von hier oben aus am Horizont erblickt. Bei guter Fernsicht, versteht sich. Die fällt heute allerdings aus. Der Himmel ist bleiern, die Wolken ziehen tief. Überm Freudensee hängt eine Nebelglocke. Und überm Ortskern? Moment, was ist denn das? Ich traue meinen Augen nicht. Kreist da etwa ein Polizeihubschrauber? Also, entweder der Ritzer macht ernst, oder es sind welche von SAT 1. Läuft schon die Sondersendung über den Amoklauf mit Peter Klöppel?

Dafür gibt es wahrscheinlich noch zu wenig Leichen. Stumm fluche ich in mich hinein. Das öffentliche Auge von unserer beschaulichen Gemeinde abzuwenden ist ein weiterer Grund für meinen Versuch, irgendwie zu verhindern, dass noch mehr dran glauben müssen. Gedanklich mit allen möglichen Schreckensszenarien beschäftigt, biege ich in südwestliche Richtung wieder in den Wald ab. Im Schatten der Nadelbäume wird es gleich erheblich dunkler. Immer wieder zweigen Wege ab, die nur mit geländegängigem Material befahren werden können. Der Ferdl hat von seinem Vater neben dem Wirtshaus auch einen von diesen alten, unverwüstlichen G-Klasse-Mercedes geerbt. Den mit dem kurzen Radstand. In Lodengrün. So ein Wühler tut sich hier leicht. Mir bleibt hingegen nur, irgendwo am Straßenrand zu parken und das Jagdrevier zu Fuß abzusuchen. Was keine erbaulichen Aussichten sind. Also rolle ich im Kriechgang dahin. Bei jeder vermeintlichen Abzweigung ins Dickicht hinein halte ich nach frischen Reifenspuren Ausschau. Obwohl es abschüssig ist, bin ich daher recht langsam unterwegs. Und das zu meinem Glück, sonst wäre ich auf das Rindviech hinten aufgefahren, das seinen Karrn gemeingefährlich in einer engen Kurve abgestellt hat. Münchner Kennzeichen. Kann man sich ja denken. Bestimmt so ein Wanderheini, der zu faul war, den Berg von ganz unten her anzugehen, und jetzt so ein bisserl auf der Halbhöhe durch den Wald dackelt.

Ich bin schon vorbei, da haue ich die Bremse rein. Ein VW Phaeton, silber-metallic. Himmelherrgott! Ich steige aus. Der Regen der letzten Stunden tropft laut und schwer von den Bäumen. In den Wipfeln rauscht der Wind. Sonst ist da nichts. Weder Stimmen noch Gestapfe, noch das typische Klicken von Nordic-Walking-Stöcken auf hartem Untergrund.

Nur das leise, unregelmäßige Ticken des abkühlenden Motors. Ich lege meine Hand auf die noch warme Motorhaube des Wolfsburger Rolls-Royce. Lang steht der noch nicht da. Und dort, auf der anderen Straßenseite, führen unter tief hängenden Ästen hindurch zwei ausgefahrene Rinnen in den Wald hinein. Frische Abdrücke von groben Stollenreifen. Zusammen mit einer Fußspur. Winnetou wäre stolz auf mich gewesen.

Der hintere rechte Kotflügel bestärkt jeglichen Verdacht. Eindeutige, unübersehbare Kratzer. Dieser Dreckhamme! Ich bin hin und her gerissen ob der neuen Erkenntnisse. Was macht der hier oben? Nein, ich kann meine Frage schon einen Schritt weiterdenken. Warum ist der Sauhund hinter dem Löffelmacher her?

Wieder keine Gummistiefel, das ist das Erste, was mir einfällt, als ich den Wald betrete. Die Schuhe kriege ich nie wieder sauber. Darüber hätte ich selbstverständlich vor meinem Aufbruch in die Wildnis nachdenken müssen. Aber ich bin da pragmatisch. Was gerade unter der Garderobe rumliegt, wird angezogen. Ich gehe zehn Meter und habe schon nasse Socken. Der Hügel zwischen den Spurrillen ist moosbewachsen und tückisch glatt, jetzt da er vom Sommerregen so schön durchfeuchtet ist. Dafür bleiben die Abdrücke, denen ich folge, selbst bei den schlechten Lichtverhältnissen gut sichtbar. Davon, dass der Kirchenwirt hier vor Kurzem entlanggefahren ist, zeugen die abgeknickten Äste und die aufgewühlte Erde. Unweigerlich fühle ich mich schlecht vorbereitet. Durch die Entdeckung des Phaetons kann ich mit einem Mal nicht mehr abschätzen, was mich im Wald erwartet. In Gedanken versunken, rutsche ich aus, und bevor ich weiß, wie mir geschieht, liege ich in der knöcheltiefen Schlammpfütze, die die rechte Fahrspur füllt, schwarz gefärbt vom Waldboden und von dem, was darin verrottet. So ein Scheißdreck. Morastige Brühe rinnt an mir herab, als ich mich aufrichte. Ich schau aus wie frisch aus dem Manöver. Schnell gehe ich weiter, bevor mir kalt wird oder der Schlamm aushärtet.

Die Lichtung kommt unverhofft, und ich muss feststellen, dass ich noch nie zuvor auf diesen nahezu kreisrunden Durchhieb gestoßen bin. Was an sich nicht so ungewöhnlich ist. Da ich alles andere als der klassische Wanderer bin, kenne ich nicht jeden Quadratkilometer Wald in der Gegend. Aber hier könnte man ja mitten im Forst Fußball spielen oder einen Hubschrauber landen! Ich ducke mich hinter eine Brombeerstaude, von wo aus ich alles überblicken kann. Warum man den Flecken einst gerodet hat, ist nicht mehr ersichtlich, aber vermutlich erfolgte der Abtransport der Stämme noch mit Pferden. Vielleicht hat man Holz für einen der zahlreichen Steinbrüche ringsum gebraucht. Während des Krieges wurde in der Gegend illegal Granit gehauen. Von jener Zeit zeugen noch heute gut versteckte Brüche, die es zu tarnen galt.

Jetzt weist auf der Lichtung nur noch der Hochsitz darauf hin, dass sich hier ab und an ein Mensch blicken lässt. Der Ferdl hat mit seinem Geländewagen eine Schneise durchs hüfthohe Gras gepflügt. Er parkt direkt an der Leiter, die hoch zum Jägersitz führt. Das ist kein praktikables Gebaren, sofern man vorhat, einen Bock zu schießen. Über das dornige Gestrüpp hinweg spähe ich zum Hochstand hinüber. Und tatsächlich. Das sehe ich auch ohne Feldstecher, dass da oben der Löffelmacher hockt. Wegen seines leuchtend weißen Verbands am Kopf kann man ihn trotz seines moosgrünen Jagdüberwurfs gut ausmachen. Nur das Gewehr, das hat der andere. Und der visiert den Ferdl von unten her an.

WURZELSEPP

Sie reden miteinander.

Ich verstehe davon immer nur Wortfetzten, weil der Wind von hinten kommt. *Bua*, sagt der Ferdl, *Drogen* und *Saubande*. Keine Ahnung, was der Schauberger darauf jeweils erwidert, er kehrt mir schließlich den Rücken zu. Fakt ist, ich muss näher ran. Vermutlich wäre es nicht schlimm, wenn der Löffelmacher mich sieht; immerhin wird er bedroht und ist gewiss froh über Hilfe. Allerdings, und das erkenne ich selbst auf die Entfernung und beim schwindenden Tageslicht, ist er besoffen. Und je nach Grad der Besoffenheit wird er das Geheimnis über die sich anschleichende Hilfe bewahren können – oder eben nicht. Wenn er mich suffbedingt verrät, entweder durch eine leichtfertige Geste oder gar eine Bemerkung, braucht der Schauberger sich nur umzudrehen, und schon hat er mich auf dem Korn.

Riskieren muss ich es trotzdem. Am besten, ohne von irgendeinem der beiden bemerkt zu werden. Was ich tun werde, wenn ich nahe genug bin, damit befasse ich mich, wenn es so weit ist. In der augenblicklichen Situation schon Pläne zu schmieden, wie ich den Schauberger entwaffnen kann, halte ich für vermessen.

Eigentlich ist die Jagdflinte ja ein eindeutiges Argument für einen sofortigen, fluchtartigen Rückzug. Doch bis ich wieder im Auto und bei der nächsten Telefonzelle bin, ist es für den Kirchenwirt vielleicht zu spät. Abgesehen davon, dass ich keinen blassen Schimmer habe, wo die nächste Telefonzelle steht, geschweige denn, ob so ein antiquiertes Kommunikationsmittel bei uns im Landkreis überhaupt noch existiert.

Bevor der Fluchtgedanke zu dominant werden kann, beginne ich mich im Schutz von Bäumen und Sträuchern um die Lichtung herumzuarbeiten, aufs Äußerste bedacht, nicht auf herumliegende Zweige oder Reisig zu treten. Das stärker gewordene Rauschen des Waldes unterstützt mein Vorhaben. Leider liegt meine native Begabung mehr im Fährtenlesen als im Anschleichen, und das macht mich unleugbar nervös.

Irgendwie gelingt es mir dennoch, ungehört bis in den toten Winkel des Geländewagens zu kommen. Zumindest hoffe ich, dass ich damit für den Schauberger unsichtbar bin. Wagemutig krieche ich gebückt durchs dortige Unterholz, das die Lichtung vom Wald abgrenzt, angestrengt bemüht, die Vorstellung von Zecken und anderem hoch infektiösem, blutsaugendem Getier auszublenden. Unfreiwillig sammle ich verrottendes Herbstlaub vom letzten Jahr und weiß Gott was noch alles auf. Der halbe Waldboden bleibt an mir kleben. Aber ich finde auch einen herumliegenden Ast. Handlich, armlang, wenn auch morsch, daher als Prügel wahrscheinlich ungeeignet. Doch besser als nichts. Unbemerkt und nass bis auf die Haut pirsche ich bis an den Mercedes heran und kauere mich hinter das dreckbesprenkelte Heck. Verstohlen spechte ich durch die Scheiben, um das Geschehen zu verfolgen. Deutlich günstiger im Wind, ist nun auch die Unterhaltung der beiden verständlich.

»Du kannst mir erzählen, was du willst! Für mich hast *du*

den Edgar auf dem Gewissen. Aus Rache, weil er deinem Junior die Pillen angedreht hat. Ich hab ihm immer gesagt, er soll diesen Drogenscheißdreck lassen, solang er mit mir Geschäfte macht. Aber nein. Einerseits geschieht es ihm recht, andererseits nützt es mir nix«, tönt der Mittelscheitel und fuchtelt mit dem Gewehrlauf herum. »Am Freitag kommt die Lieferung, und du schuldest mir was. Ich brauche Unterkünfte für ein Dutzend Damen.«

»Zum letzten Mal, ich quartier keine Nutten bei mir im Hotel ein«, lallt der Ferdl, beugt sich dabei zu weit vor und fälllt beinahe vom Hochsitz. »Da kannst du mich so oft verdreschen, wie du willst, du Sauhund.«

Der Herr Schauberger vom Tourismusgewerbe also. Dieser falsche Fuchzger. Frischfleisch aus dem Ostblock! Junge, von haltlosen Versprechen in den Westen gelockte Mädchen, die keine Ahnung haben, auf was oder besser wen sie sich da eingelassen haben. Hier im Grenzgebiet von Deutschland, Tschechien und Österreich lässt sich diese abscheuliche Form des Menschenhandels offenbar ohne größere behördliche Probleme organisieren. Und diese Drecksau von Schauberger ist einer der Drahtzieher. Der andere war der Rotlichtkönig Edgar Hansen. Einiges ergibt jetzt Sinn – anderes wird allerdings nun komplett verwirrend. Doch mein Zorn über den Mittelscheitel unterbindet jeglichen klaren Gedanken. Am liebsten würde ich aufspringen und den Schauberger in den Arsch treten, aber so was von! Ihm sein unschuldiges Gschau wegzementieren und ihm seinen lächerlichen Trachtenjanker in die aufgedunsene, verlogene Fresse stopfen. Dummerweise hat er die Flinte und damit buchstäblich die treffenderen Argumente.

Der Menschenhändler lacht dreckig. »Wieso, ist doch eh einiges frei geworden, seit es bei dir drunter und drüber geht. Und es soll ja nicht umsonst sein. Ich spreche dich von allen Vergehen frei, und vielleicht ist sogar eine kleine Prämie drin. Stell dich nicht so an! Du brauchst ja nicht alle nehmen, ein paar kann ich woanders unterbringen.«

Woanders! Plötzlich habe ich eine ziemlich klare Vorstellung davon, wen er da bei meinen Eltern in der angeblichen Ferienwohnung zwischenlagern will. Das bringt mich dermaßen auf, dass nun doch die Gäule mit mir durchgehen. Ich schnappe mir den fragwürdigen Prügel und springe brüllend aus meinem Versteck.

Mein schlammverschmierter Anblick zeigt eine ungeahnte Wirkung. Ich weiß nicht, für wen er mich hält. Wen er da aus dem Dickicht im Dämmerlicht keulenschwingend und tollwütig auf sich zustürmen sieht. Den Krampus, den Wurzelsepp oder einen monstermäßigen Wolpertinger? Zumindest ist er schwer beeindruckt. Dermaßen schwer, dass er ganz die Waffe in seiner Hand vergisst. Uns trennen vielleicht fünf Meter. Trotz des unebenen, zugewachsenen Untergrunds überwinde ich die Distanz, ehe er zu irgendeiner Gegenwehr fähig ist. Bevor er die Flinte hochreißen kann, dresche ich ihm meinen brüchigen Stock auf die Finger. Er jault auf und lässt das Gewehr fallen. Als ich erneut aushole, taumelt er händewedelnd rückwärts und stolpert über einen im dichten Gras verborgenen Baumstumpf. Es legt ihn der Länge nach hin. Dabei entweicht ihm ein seltsames hohes Winseln, wie wenn man einem Hund auf dem Schwanz tritt. Oder wie das letzte, unbedarfte Grunzen einer Sau, bevor ihr das Bolzenschussgerät gegen den

Schädel donnert. Danach kommt die Sau ans Brett und wird aufgebrochen, um sie auszuweiden. Gerade hätte ich gute Lust, auch mit dem Schauberger so zu verfahren. Aber jetzt, da er zappelnd wie ein auf den Rücken gefallener Käfer vor mir liegt, vergeht mir der Appetit auf Schlachtplatte. Trotzdem behalte ich meine drohende Haltung bei und hebe meinen Prügel über die rechte Schulter. Morsch hin oder her, er hat gehalten.

»Woher kennst du die Elli?«

Aus seiner Angst vor dem Ungetüm aus dem Unterholz wird erst Verwirrung, die dann wiederum in Erkenntnis umschlägt. Mit einem Mal weiß er, wer ihn angegriffen hat, und wahrscheinlich bereut er es, noch vor einer Sekunde so ein Schisser gewesen zu sein.

»Die Elli«, wiederholt er, und seine Stimme ist nach wie vor eine Oktave zu hoch. »Die Elli putzt mir meine Münchner Penthousewohnung.«

KOLOSTOMIEBEUTEL

Vermutlich ist es ein Fehler, den Schauberger türmen zu lassen. Aber ich habe einfach nichts bei mir, um ihn festbinden zu können. Und der Ferdl, der mir sicher mit einem Strick aus seiner Jagdausrüstung oder auch dem Abschleppseil aus dem Auto hätte aushelfen können, ist oben auf dem Jägersitz eingeschlafen. Zumindest reagiert er nicht auf meine Anfrage nach Unterstützung, was der Mittelscheitel zum Anlass nimmt, sich aufzurappeln und das Weite zu suchen. Ich rufe ihm nicht hinterher, dass er die falsche Richtung eingeschlagen hat, als er in seinen ledernen, geländeuntauglichen Halbschuhen zwischen den Bäumen verschwindet. Vielleicht lese ich in ein, zwei Monaten in der Passauer Neuen Presse von einem Leichenfund. Von einem ungeübten Wanderer, der, unzureichend ausgerüstet, vom Weg abgekommen war, sich in der unendlichen Taiga des Bayerischen Waldes verirrte und dabei elendig verhungerte. Faktisch unmöglich, wenn ich die nähere Umgebung berücksichtige, aber ein schöner Gedanke.

Lang halte ich meinen Blick auf die Stelle gerichtet, wo der Wald ihn verschluckt hat. Dann werfe ich meinen treuen Freund, den Ast, weg und bücke mich nach dem Jagdgewehr. Es ist tatsächlich geladen. Zefix, was für ein Massel, dass der Schauberger nicht geschossen hat. Mir wird ganz schwindlig, wo ich jetzt so darüber nachdenke. Doch dann fängt der Ferdl vier Meter über mir zum Schnarchen an und erinnert mich, warum ich eigentlich hier heraufgekommen bin.

Fest steht, der Löffelmacher hat dem Jens nicht bei seiner Flucht vor der Polizei geholfen, sonst wäre der Bub ja hier irgendwo. Das stimmt mich traurig, denn es spiegelt nur allzu deutlich die zerrütteten Verhältnisse innerhalb dieser Familie wider. Andererseits: Warum hat sich dann der Kirchenwirt in sein Jagdrevier verzogen und sich besoffen? Ich schaue zu ihm hoch. Der Kopf ist ihm in den Nacken gekippt, und er schnarcht den Kiefernstamm an, an den er seinen Hochstand genagelt hat. Soweit ich das von unten erkenne, steht eine Schnapsflasche neben ihm. Vermutlich hat er schon geschlafen, bevor der Schauberger hier eintraf. Dabei muss ihm das Gewehr aus den Händen gerutscht und runtergefallen sein. Der Schauberger fand praktisch eine gmahde Wies' vor und musste sich nur noch bedienen.

Ich bin hundertprozentig davon überzeugt, dass der Ferdl wusste, was der Hansen bei uns trieb, während er beim Kirchenwirt residierte. Und der Schauberger ist für ihn auch kein Unbekannter. Dem Ferdl war völlig klar, wer ihn in seiner Gaststube verprügelt hat. Allein dass er den Mittelscheitel nicht verraten hat, ist ein eindeutiges Indiz dafür. Jetzt fällt mir auch wieder ein, wen ich während meiner Unterhaltung mit dem Moosbrucker Toni beim Auflauf vorm Kirchenwirt geglaubt hab zu bemerken. Nämlich genau den angeblichen Touristiker! Vermutlich war es auch dieser Dreckhamme, der mir kurz danach in der alten Scheuer eine verpasst hat. Damit ich ihn nicht verrate und vor allen nicht identifizieren kann. Denn sonst hätte ich vermutlich vor drei Tagen schon eins und eins zusammenzählen können und diesen ganzen Wahnsinn durchschaut.

Und die Mila. Die hat mir frech erzählt, sie hätte einen Russen davonrennen sehen, nachdem ihr Chef zusammengeschlagen worden war. Wie ein Russe schaut mir der Schauberger jetzt nicht grad aus. Herrschaftszeiten, wie passt diese irreführende Aussage in das Gesamtkonstrukt? Was hatte die junge Dame für ein Interesse, mich auf eine falsche Spur zu bringen? Um von ihrer Verbindung zum Hansen abzulenken? Wegen der Drogen? Oder gibt es da noch andere Gründe? Hat die Mila ihr Geld in Hamburg womöglich nicht allein als Servicekraft im Kempinski verdient? Ich bin ja keiner, der leichtfertig alle über denselben Kamm schert, aber ihr polnischer Nachname hätte doch sofort stutzig machen sollen. Wenn der Lechner nicht groß getönt hätte, dass der Kommissar Ritzer die Mila überprüft und keinerlei Verdachtsmomente gegen sie erhoben hat, wäre ich da gewiss aufmerksamer gewesen.

Der Ritzer. *Der Ritzer!*

Dieser Kerl hat was Verschlagenes an sich. Das hat mich von Anfang an gestört bei diesem arroganten Affen. Der ist nicht sauber, Fellinger, sage ich mir jetzt entschlossen. Nein, sauber ist der saubere Herr Kriminalkommissar nicht. Korruption überall. Darum wollte der mich auch seit seiner Ankunft aus dem Weg haben. Damit ich ihm nicht draufkomme, was er eigentlich vorhat. Für einen Moment mache ich mir Sorgen um den Lechner, der sich in seiner Leichtgläubigkeit von dem Kriminaler aus der Stadt hat einwickeln lassen. Dann entfährt dem Ferdl ein lang gezogenes Grunzen, und ich spähe zu ihm nach oben.

»Simma wieder wach?«, frage ich hinauf.

»Eha, der Fellinger, Kreizkruzitürken!«

»Schwing deinen Arsch da runter – wir müssen uns dringend unterhalten!«

Es dauert seine Zeit, bis er meiner Anweisung Folge leisten kann, weil ein Abstieg im Rausch sich stets als gewagtes Unterfangen erweist. Um der Herausforderung noch eins draufzusetzen, nimmt er den Schnaps mit runter.

»Leer«, erklärt er mir, als er festen Boden unter den Stiefeln hat, und hält mir die Flasche vor die Nase. Ich will mich jetzt nicht damit aufhalten, ihn damit zu konfrontieren, was er über die schmutzigen Geschäfte vom Hansen und dem Schauberger weiß. Abgesehen davon, dass ich kein Verlangen verspüre, im Finstern durch den Wald zurück zum Auto zu gehen, gibt es aktuell Dringlicheres. »Schämst dich eigentlich nicht? Dein Bub wird von der Polizei gesucht, und du verziehst dich in den Wald und säufst dir den Schädel mit Obstler zu!«

»Kirschwodka«, korrigiert er mich und zeigt aufs Etikett. Dabei schwankt er besorgniserregend, bleibt aber auf den Beinen. Ich starre ihm so lange entgegen, bis ihm sein alkoholgeschwängertes Grinsen vergeht.

»Der Wald war mir immer das Liebste.«

»Diese Liebe wäre besser beim Jens aufgehoben gewesen«, rüge ich ihn.

»Ich kann doch nix dafür, Fellinger, es liegt am Fluch. Die alte Hex hat mir schon mein Leben versaut, bevor es richtig angefangen hat.«

Dieses Selbstmitleid kotzt mich an. »Dann kannst du ja ganz beruhigt sein, jetzt, wo sie tot ist.« Ich überlege, ob er höchstpersönlich den Jens runter zu seiner Großtante geschickt hat, um die unbequeme Verwandtschaft loszuwerden. Aber diesen Gedanken verwerfe ich sogleich. Der Ferdl traut seinem Jungen nichts zu. Was mich zu dem Schluss führt, dass es vielleicht doch ein freiwilliger Dienst vom Jens für seinen Vater gewesen sein könnte, die Hexe zu erschlagen. Der Bub wird trotz allem mitbekommen haben, was in den letzten Tagen los war. Vielleicht wollte sich der Jens tatsächlich auf bizarre Art vor seinem Vater beweisen? Damit um dessen Gunst buhlen? Wirklich eine Schande, dass es so weit kommen musste.

»Dieser Fluch, das ist doch ein Hirngespinst, das dir bloß dabei hilft, deine eigene Unfähigkeit zu rechtfertigen«, werfe ich ihm vor.

Seine Miene schlägt in Zorn um. »Was weißt du denn? Ich sag's dir, Fellinger, nix weißt du!« Er stapft wütend auf mich zu. Jetzt bin ich froh, das Gewehr aufgehoben zu haben. Ich halte es so in meiner Rechten, dass er nicht danach greifen kann, und drehe ihm die andere Schulter hin. Ein fragwürdiger Abwehrversuch, denn er nimmt die Einladung an und stützt sich mit seinem gesamten Gewicht auf mich. Er will mich gar nicht angreifen, er braucht nur was, an das er sich klammern kann. Also hängt er plötzlich an meiner Linken wie ein bis zur Oberkante abgefüllter Kolostomiebeutel. Randvoll ist er zweifelsfrei, und riechen tut er auch nicht besser, stelle ich fest.

»Meine Tante, Gott hab sie selig, sie hat schon recht gehabt, diese alte Hex«, winselt er mir ins Ohr. Zuerst will ich protestieren, dann halte ich inne. Lass ihn winseln, denke ich mir, wenn der Alkohol ihm die Zunge löst.

»Recht mit was?«, frage ich scheinfromm.

»Ihr Fluch hat mich aus gutem Grund getroffen.«

Das klingt ja schwer nach Geständnis. Regungslos verharre ich in der unbequemen Position, in die mich die hundertzwanzig Kilo vom Löffelmacher zwingen. Mein rechter Arm, mit dem ich das Gewehr von mir strecke, erlahmt zunehmend. Aber ich beiße die Zähne zusammen. Wegen dieses untrüglichen Gefühls, dass schon ein unangebrachtes Zucken von mir diese eben entstandene vertraute Zweisamkeit wieder zerstören könnte. Nahezu zärtlich legt der Ferdl sein unrasiertes Kinn auf meiner gequälten Schulter ab.

»Damals, bei dem Sautrogrennen. Das Loch. Na ja, ich wollte ihm halt eins auswischen. Ein Mal mit ansehen, dass er nicht gewinnt, der Johannes. Dass er einmal nicht ganz oben steht, dieser eingebildete Aff'. Von jeher hat er mir das Leben schwergemacht, weil er immer alles besser konnte, alles besser wusste. Dem Papa sein Liebling war er deswegen allerweil, hat alles gedurft und alles gekriegt, was er wollt …«

Selbst die Magdalena. Selbst die Frau, auf die du auch scharf warst, spinne ich den Satz zu Ende.

»Das kann man doch verstehen, dass ich ihm da so ein bisserl Absaufen an den Hals gewünscht habe. Nur eine kleine Schrecksekunde, die sein Renommee als ewiger Strahlemann ankratzt. Es wär bestimmt nicht so tragisch ausgegangen, wenn ich nicht auch noch der Wasserwacht drei Kästen Bier spendiert hätte. Aber ich wollt halt auf Nummer sicher gehen, dass sie ihn nicht sofort aus dem Wasser ziehen. Dass er ein bisserl rudern muss, ein paar Schluck Wasser säuft, bevor sie ihn rausfischen …«

Ja, und das war offensichtlich ein Kasten zu viel für unsere

Spezln von der Wasserwacht gewesen. Was der Ferdl da getan hat, war hinterhältig, trotzdem kann ich ihm keine Tötungsabsicht unterstellen. Für die Tragödie, die er mit diesem bösen Streich heraufbeschworen hat, hat er im Lauf der Jahre ordentlich büßen müssen. Das weiß er selbst am besten. Er hat sich – nicht ganz zu Unrecht – die Schuld am Tod seines Bruders gegeben und sein Leben fortan als Strafe betrachtet.

Der mysteriöse Unfall beim legendären Sautrogrennen vor zwei Jahrzehnten wäre damit geklärt; nur wie passt diese alte Geschichte zu den Ereignissen der letzten Tage? Besteht da überhaupt ein Zusammenhang? Da ist noch etwas, das mich schon eine ganze Zeit lang umtreibt. »Wo ist eigentlich der Rudi abgeblieben?«

Der Löffelmacher grunzt. Ich kann nicht beurteilen, ob aus Abfälligkeit gegenüber seinem jüngeren Bruder oder weil der überhöhte Promillewert im Blut die Artikulation beeinträchtigt. »Rübergmacht hat er, nur in die falsche Richtung«, sagt er und kichert.

»Rüber? Weißt du, wo er sich aufhält?«

»Das wird er mir kaum sagen, der feige Lump. Zwanzig Jahre kein Wort, das musst dir amal vorstellen. Aber wen interessiert schon der Rudi? Der Rudi ist für mich gestorben, genau wie der Johannes. Und ich sag dir noch was, Fellinger. Die wollen uns alle tot sehen, diese elendigen Krüppl, alle wollen sie uns tot sehen! Der Schweinsbraten nämlich, der den Hansen das Leben gekostet hat, der … der war für mich bestimmt.«

Unwillkürlich mache ich einen Schritt zurück und beraube den Kirchenwirt dadurch seiner Stütze. Er fällt vornüber.

Irgendwie bleibt aber der Reflex aus, der einen unter normalen Umständen beim Sturz die Hände nach vorne reißen lässt. Daher donnert er ungebremst wie ein Baum auf die Lichtung. Das Einzige, was den Aufprall dämpft, sind das Gras und der moosige Untergrund. Er schlägt sich ordentlich den Rüssel an, ohne dabei die Schnapsflasche loszulassen, die er nach wie vor in seiner rechten Pranke hält. Besorgt bücke ich mich zu ihm hinunter. Ich lege das Gewehr zur Seite und drehe ihn unter Aufwendung aller Kräfte auf den Rücken. Blut läuft ihm aus der Nase. Erde klebt an Stirn und Wangen. Sein Kopfverband ist jetzt dreckig braungelb. Seine Lider flattern. Ich rüttle ihn. »Ferdl! Der vergiftete Schweinsbraten. Wie kommst du da drauf?«

Er braucht eine Weile, bis er benommen die Augen öffnet. Konsterniert schaut er mich an. Dann hebt er wacklig die Hand mit der Flasche an. »Leer«, erklärt er mir zum zweiten Mal betroffen.

Diesmal schaue ich genauer hin. *Soplica Wisniowa* steht auf dem Etikett. Polnischer Kirschwodka. »Woher hast du den Schnaps?«

»Hat mir die Mila geschenkt, das liebe Madl«, nuschelt er, bevor seine rot geäderten Augäpfel nach oben rollen und er erneut das Bewusstsein verliert.

SCHWEINSHAXE

Puls hat er noch, schnaufen tut er auch. Sonst rührt sich allerdings nichts mehr bei ihm. Ich brauche eine Viertelstunde, bis ich das tote Gewicht auf die Ladefläche seines Geländewagens gewuchtet habe. Jetzt liegt er dort, wo sonst frisch geschossenes Rotwild oder Wildsäue ihren Platz finden. Zusammengerollt. Leblos. Nur, dass kein Blut aus ihm rausläuft und sich in der großen Plastikwanne sammelt.

Längst ist mir nicht mehr kalt. Es spielt auch keine Rolle mehr, ob ich vom Regen, vom Schlamm oder vom Schweiß tropfnass bin. Ich dampfe wie eine Schweinshaxe, frisch aus dem Sud. Bloß ein Glück, dass der Schlüssel steckt. Ich hole noch schnell das Gewehr und die Flasche, in der mal Kirschwodka war und, so der Teufel will, auch eine toxische Substanz.

Das Allradfahrzeug pflügt ohne Probleme durch den regennassen Untergrund des Durchhiebs. Im Wald ist es mittlerweile stockdunkel, obwohl es noch gar nicht so spät ist. Aus den grauen Regenwolken ist eine schwarze Gewitterfront gewachsen. Muss das Ganze denn immer in einem Unwetter enden?

In den ausgefahrenen Rinnen rolle ich dahin wie auf Schienen. Stellenweise geht es steiler abwärts, als mir das bei meinem Fußmarsch aufgefallen ist. Zweimal gerate ich ins Schlittern, aber dank der niedrigen Übersetzung kann ich den Mercedes abfangen und auf dem Weg halten. Unverhofft schnell erreiche ich die Straße und die Stelle, an der mein BMW parkt. Dem Schauberger sein Karrn ist weg. Hat er demnach doch aus dem Forst herausgefunden. Zu dumm. Auch wenn das momentan nicht meine dringlichste Sorge ist. Auf dem Asphalt erweist sich der Wagen nämlich als bockig. In den engen Serpentinen runter ins Tal muss ich ordentlich kurbeln.

Und ich hätte den Löffelmacher nach seinem Handy abtasten sollen. Doch die Gelegenheit, mein Eintreffen vorher anzukündigen, habe ich verpasst.

Vom Westen her blitzt es schon durch die Wolkendecke. Kaum bin ich endgültig aus dem Wald raus, setzt der Hagel ein. Eiskörner groß wie Schusser trommeln auf das Autodach und gegen die Windschutzscheibe. Es ist laut, aber das Grunzen aus dem Kofferraum höre ich dennoch. Er lebt noch, das ist alles, was zählt. Trotz der schlechten Sicht fahre ich schneller.

Geistesgegenwärtig und obwohl es pressiert, nehme ich wegen der möglichen Kontrollen nicht die Hauptstraße in den Ort. Die Vorstellung, mich hält die Polizei auf, und ich habe hinten kein Wild, sondern einen Jäger auf der Pritsche, reicht eigentlich schon aus. Wenn die Grünlinge, die bei diesem Sauwetter ohnehin angefressen sein dürften, mich am Steuer vorfinden, halte ich es für unwahrscheinlich, dass sie mich einfach durchwinken. Außer vielleicht, ich würde zufällig auf den Lechner treffen. Aber die Hoffnung ist gering, der sitzt vermutlich im Trockenen.

Insofern baue ich auf meine Intuition und fahre damit richtig. Ohne angehalten zu werden, erreiche ich den

Ortskern. Gegenüber der Tankstelle, in den Haltebuchten am Busbahnhof, steht eine ganze Reihe von Einsatzfahrzeugen und Mannschaftstransportern. Die Polizei hat nun doch eine richtig große Truppe aufgefahren. Durchkämmen sie Gasse für Gasse, Haus für Haus? Entdecken kann ich jedenfalls niemanden, und das macht es umso schauriger. Die Straßen sind wie leer gefegt – was zugegebenermaßen aber am Gewitter liegen mag. Das hat offensichtlich auch den Hubschrauber vertrieben.

Jedenfalls gelange ich unbehelligt bis vor die Praxis und bremse mit quietschenden Reifen. Es brennt noch Licht in der oberen Etage. *Dritter Stock. Zefix!* Schwer vorstellbar, dass der Aufzug wieder repariert ist, so wie man die Handwerker aus der Umgebung kennt. Wenigstens hat der Hagel nachgelassen. Ich flüchte mich ins Treppenhaus und finde meine Ahnung, den Lift betreffend, bestätigt. Mir bleibt nichts übrig, als die Stufen hochzuhetzen. Meine Pumpe ist vor lauter Aufregung ohnehin am Limit, und die drei Treppenabsätze geben mir den Rest. Allerdings bin ich so sehr auf Adrenalin, dass ich mir darüber keine Gedanken mache. Ich breche durch die Praxistür, und die Sprechstundenhilfe empfängt mich mit einem schrillen Kreischen. Bevor sie sich wieder beruhigen kann, steht auch schon die Höllmüllerin da. Sie wirkt ebenfalls im ersten Moment entsetzt, aber für so was ist jetzt keine Zeit.

»Unten im Auto … der Löffelmacher«, keuche ich. Speichel tropft mir aus dem Mund auf den gesprenkelten Linoleumboden.

Sie fragt nicht nach, fährt nur herum und hetzt zurück in ihr Sprechzimmer. Fünf hektische Atemzüge später steht sie wieder neben mir, die Arzttasche in der Hand und ein Stethoskop um den Hals.

»Was fehlt ihm?«, fragt sie, während sie mich vor sich her durch den Gang und aus der Praxis drängt.

»Vergiftet«, krächze ich.

»Wie?«

»Entweder Alkohol … oder Rizin.« Wobei ich auf Letzteres tippe, da der Ferdl konstitutionell eine Flasche Schnaps wegstecken kann, so trainiert wie dem seine Leber ist. Aber das sage ich nicht, dieser Satz wäre in meinem aktuellen Zustand nicht zu artikulieren.

Wie ich unten die Heckklappe öffne, glotzt er mich an. Die Freude über seine Auferstehung ist jedoch nur kurz. Der Ferdl reagiert nicht auf die Ansprache der Höllmüllerin, er liegt einfach nur da und starrt lethargisch vor sich hin.

Flugs steigt sie zu ihm auf die Ladefläche und fängt an, ihn abzutasten. Danach wandert das Licht ihrer Stablampe über das Gesicht vom Kirchenwirt. Windböen wehen immer wieder Regen in den Wagen.

Ich bin nervös. Oben beim Marktbrunnen blinkt ein Blaulicht, und gerade eben sehe ich zwei schwarz gekleidete Männer mit Sturmgewehren in Höhe des Rathauses über die Straße springen. Was vor wenigen Stunden noch Fantasie war, ist nun Realität. Das SEK ist vor Ort. Und dem Verhalten der Einsatzkräfte zufolge ist der Einsatz noch in vollem Gang, was wiederum bedeutet, dass der Jens nach wie vor abgängig ist. Der Mörder läuft noch frei herum. Ich muss an den Ritzer denken. Haben seine Leute die Anweisung, auch mich in Haft zu nehmen, wenn sie mich hier bemerken?

Die Höllmüllerin zieht eine Spritze auf und versenkt sie im freigelegten Unterarm vom Löffelmacher. Der macht dabei keinen Mucks. »Das geht so nicht«, stellt sie nach einer Minute fest und krabbelt aus dem Kofferraum. »Wir fahren ihn ins Krankenhaus.«

»Wird er's überleben?«

Trotz des Regens und des Windes, der ihr das Haar zerzaust, sehe ich ihr an, dass sie darauf nicht antworten will. Ich weiß, der Ferdl ist gut bei ihr aufgehoben, sie wird alles Erdenkliche tun, dass er wieder auf die Beine kommt. Und ich muss meinen Beitrag dazu leisten. Was ich aber unmöglich aus dem Passauer Krankenhaus heraus erledigen kann. Meine Mission erlaubt keinen Aufschub. »Du fährst!«, erwidere ich deshalb. »Vorn auf dem Beifahrersitz liegt die Flasche, in der noch Rückstände des vermuteten Gifts sein dürften. Der Schlüssel steckt!«

Sie schaut irritiert.

»Los, Gefahr in Verzug!«

Jetzt nickt sie, und ich danke Gott, dass sie keine ausschweifende Erklärung verlangt oder gar das Diskutieren anfängt.

»Ich sage schnell oben Bescheid, außerdem brauche ich noch einen Infusionsbeutel. Bleib bitte so lang bei ihm!«

Sie wartet nicht auf meine Antwort, sondern rennt zurück ins Haus. Noch ist es keinem der Polizisten, die gelegentlich durch die Sturmnacht huschen, eingefallen, den verdächtigen Geländewagen zu kontrollieren, der hier mit geöffneter Heckklappe mitten auf der Straße steht. Ich fühle mich äußerst unwohl in meiner Position, so ausgeliefert auf dem Präsentierteller. Beunruhigt lasse ich mich auf der Ladekante nieder und betrachte den Ferdl. Plötzlich fängt er an zu husten, und ich schrecke zusammen. »Das wird wieder«, sage ich und lege ihm die Hand auf die Brust. Er greift danach und drückt sie. Seine Finger sind kalt und schwach. Ich sehe, wie sich seine Lippen bewegen, und robbe näher an ihn heran.

»Schw-w-nsbr …«

»Was willst mir sagen, Ferdl?«

»Schw-w-nsbr-n …«

»Schweinsbraten?«

Kaum merklich nickt er.

»Der Schweinsbraten, der vergiftete, der für dich war?«

Wieder ein Nicken.

»Vrt-scht.«

»Vertauscht?«

»Vrt-scht.«

Das habe ich so weit kapiert. Nur vom wem? Und wie kommt er darauf?

Er drückt meine Hand fester, will, dass ich ihm zuhöre. Ich lege mein Ohr über seine spröden Lippen, und seine Worte sind diesmal klarer zu verstehen.

»Hilf … dem Bua!«

Ein Blitz durchzuckt die Regennacht und wirft den Schatten eines menschlichen Umrisses in den Innenraum des Wagens. Ich wirble herum. Das Licht der nächstgelegenen Straßenlaterne reicht nicht, um der Person ein Gesicht zu geben. Instinktiv zucke ich zurück, tiefer in den Wagen hinein. Dann erleuchtet ein weiterer Blitz die Szene. Die Höllmüllerin steht vor mir. »Los jetzt!«, sagt sie, während ihr der Regen die Wimperntusche über die Wangen spült.

GLUTENFREI

Mit der Taschenlampe leuchte ich ihr, bis sie dem Löffelmacher die Infusion gelegt hat. Den Beutel mit der Salzlösung hängt sie hinten an den Handgriff über der Tür. Ich reiche ihr die Hand und helfe ihr aus dem Kofferraum. Sie sieht mich durchdringend an.

»Egal, was du vorhast, pass auf dich auf!«, sagt sie. Dann küsst sie mich mit ihren regennassen Lippen. Das macht es noch schwerer, sie allein fahren zu lassen. Aber ich kann nicht anders. Ich habe einen klaren Auftrag vom Ferdl erhalten. Ohne meine Reaktion abzuwarten, steigt sie in den Wagen und braust davon. Ich ziehe mich unter das Vordach der Metzgerei zurück, die an das Praxisgebäude angrenzt. Der Regen ist noch stärker geworden. Ganze Bäche schießen vom Kirchplatz herunter und überschwemmen die Marktstraße, weil die Kanalisation die Wassermassen nicht schnell genug aufnehmen kann. Ich bin zu aufgebracht, um zu frieren, obwohl alles an mir klebt wie eine mit Kleister getränkte Tapete. Will ich meine Mission fortführen, muss ich irgendwie durch die Reihen der Einsatzkräfte. Von meiner Warte aus gesehen sozusagen hinter die Front. Betrachte das Unwetter als deinen Verbündeten, sage ich mir. Dann trete ich in den Platzregen hinaus.

Rennen wäre bei diesem Unwetter ganz normal, halte

ich aber für zu auffällig. Mein Knie stimmt mir zu. Ich drücke mich an den Hauswänden entlang und vermeide die Lichtkegel der Straßenbeleuchtung. Wobei die bei dem Gewittersturm ohnehin nicht sehr viel ausrichtet. Würde ich hier nicht jeden Pflasterstein kennen, ich würde mich wahrscheinlich verlaufen, so schlecht ist die Sicht. Die Windböen treiben mich voran. Irgendwie schaffe ich es bis vor den Kirchenwirt. Gegenüber dem Eingang stehen zwei weitere Polizeiautos. Ich kann nur nicht erkennen, ob sie bemannt sind. Das zwingt mich dazu, den Weg durch den Innenhof zu wählen. Möglichst teilnahmslos haste ich hinein, wie ein unbefangener Urlaubsgast, dem es trotz allem pressiert, weil ihn das Unwetter überrascht hat. Niemand stellt sich mir in den Weg, aber ich verfüge ja auch nicht über die jungenhafte Statur vom Löffelmacher Jens. Er wird zwar später mal so stämmig wie sein Vater, schätze ich, aber davon ist der Spätentwickler derzeit noch weit entfernt.

Die Belegschaft hat es nicht mehr geschafft, die Sonnenschirme und die Bestuhlung der Gartenwirtschaft in Sicherheit zu bringen. Der Sturm hat ganze Arbeit geleistet und selbst vor klobigen Pflanzenkübeln nicht haltgemacht. In der Küche brennt Licht, die Tür hinaus in den Hof ist nicht verschlossen. Verwundert darüber, dass sie trotz des Chaos überhaupt noch geöffnet haben, drücke ich mich in den Flur. Der Wind schmeißt die Tür hinter mir zu. Kaum ist das tobende Wetter ausgesperrt, vernehme ich das Geklapper von Töpfen und Pfannen. Hier wird tatsächlich noch für das Wohl der Gäste gesorgt. Ein paar Hartgesottene sind anscheinend übrig geblieben. Sicher hat die

Polizei hier mittlerweile alles abgesucht, und die Streife steht nur vorm Haus, falls der Jens bei sich zu Hause auftauchen sollte.

Gerade, wie ich genug Mut zusammengerafft habe, um in die Küche zu marschieren, reißt vor mir jemand die Tür auf. Der Kasberger Karl hat einen Topf mit Kartoffeln in der Hand, die er vermutlich zum Abkühlen raus in den Hof stellen wollte. Was sich erübrigt, weil er den Hefen jetzt vor Entsetzen fallen lässt. Diese Reaktion auf mein Erscheinungsbild erinnert mich wieder daran, dass ich zum Fürchten ausschauen muss – wie es mir ja schon beim Zusammentreffen mit der Höllmüller'schen Sprechstundenhilfe vor Augen geführt wurde. Bin mal gespannt, wie viele Meldungen über Sichtungen des Viahaxerten in den nächsten Tagen im Gemeindeblatt stehen.

»Ich bin's, der Fellinger«, erkläre ich schnell, bevor den Karl vollends die Panik packt und er mir noch einen Herzinfarkt bekommt. Er ist bei Weitem nicht mehr der Jüngste und schiebt eine ordentliche Wampe vor sich her, über die sich eine fleckige Kochschürze spannt.

»Ja … Fellinger, leck mich am Arsch«, stammelt er, und ich bin froh, dass er mir auf Anhieb glaubt. Der Karl hat schon unter dem alten Löffelmacher gekocht und ist so betrachtet eine Institution beim Kirchenwirt. Die von seinen riesigen Pranken geformten Semmelknödel gehen im Sud zu legendärer Größe auf.

»Ich will dich gar nicht lang aufhalten …«

»Hast du den Ferdl gesehen?«, unterbricht er mich und wirft einen bedauernden Blick auf die zwischen unseren Füßen umherkullernden Kartoffeln. »Die Gäste sind alle ganz narrisch, wegen der Polizei. Ich kann die fei langsam nicht mehr beruhigen. Wenn das nicht bald aufhört, geht uns der Schnaps aus.«

»Dein Chef ist bald wieder da, er hat nur noch kurz … na, egal. Karl, ich muss wissen, wie das mit den Schweinsbraten war, die ihr letzten Donnerstag rausgegeben habt, kurz bevor dieser Hansen abgenippelt ist.«

Erst starrt er mich begriffsstutzig an, dann legt sich ein Ausdruck des Verstehens über sein Gesicht. »Ah, du meinst wegen der glutenfreien Semmelknödel.«

Jetzt dürfte ich in etwa ebenso perplex dreinschauen.

»Ich habe zwar keine Ahnung, warum du das wissen willst, aber der Chef kriegt zu seinem Schweinsbraten immer die spezielle allergikerfreundliche Teigmischung. Abgesehen davon, dass er in letzter Zeit arg rumkränkelt, kommt seine Verdauung neuerdings mit den normalen Knödeln nicht mehr zurecht. Ihm ist diese Unverträglichkeit scheißpeinlich, deshalb soll ich mit niemandem darüber reden. Damit es aber bei den Servicekräften zu keiner Verwechslung kommt, mache ich die Knödel für den Chef nicht rund, sondern eher so eiförmig. Dann wissen eigentlich alle von der Belegschaft, für wen die sind. Deswegen kann ich mir ja auch nicht erklären, wieso das am Donnerstag schiefgelaufen ist!«

»Schiefgelaufen«, wiederhole ich.

Er zuckt mit den Schultern. »Ich hab davon ja nichts mitbekommen. Nur hinterher hab ich mich gewundert. Da hab ich nämlich dem Ferdl seine zwei Knödel im Abfall gefunden, wie ich die Essensreste in den Container geleert hab. Schaut doch ganz danach aus, als wollt jemand vom Service vertuschen, dass was vertauscht worden ist. Ich komme nur nicht dahinter, warum?«

»Oder wer das gewesen sein könnte«, bemerke ich nachdenklich.

»Es wär ja auch wurscht gewesen, wenn nicht dieser Hamburger verreckt wär.«

»Hast du das der Polizei erzählt.«

Er schüttelt den Kopf.

»Aber dem Ferdl?«

»Freilich.«

»Und wie hat er darauf reagiert?«

»Irgendwie … komisch. Einfach, weil er im Normalfall in der Küche rumschreit, wie bei solchen Lappalien üblich. Aber diesmal – kein Wort. Er ist einfach gegangen. Ja, mehr weiß ich da auch nicht dazu«, sagt er und betrachtet wieder die Kartoffeln auf den Steinfliesen.

»Die nimmst du nicht mehr für den Salat!«, ordne ich an, bevor er auf dumme Gedanken kommt. Dann fällt mir doch noch was ein.

»Hast du die Teller in die Durchreiche gestellt?«

»Nein, das macht die Anni, wenn sie die Deko draufgegeben hat. Die hat heute frei, aber wenn dich das so brennend interessiert, kannst du sie ja anrufen«, schlägt er vor. Er leiert eine Telefonnummer runter, und ich bin überrascht, dass er die auswendig weiß.

»Wart!«, sage ich und klopfe wieder einmal meine Hose ab. *Himmelherrgott!* Für gewöhnlich tippe ich Telefonnummern, die ich so zwischen Tür und Angel mitgeteilt bekomme, immer gleich ins Handy ein. Scheißdreck halt! »Muss ich mir aufschreiben«, erkläre ich und zupf ein Stück

Papier aus meiner Gesäßtasche. Ach ja, das Foto. Es schaut jetzt arg mitgenommen aus. Zerdrückt und gewellt, weil es ebenso nass ist geworden ist wie der Rest von mir.

»Ja, leck mich am Arsch«, sagt der Karl.

»Stimmt«, gebe ich ihm recht und weise auf das Mädchen, »das ist die Mila.«

»Die mein ich nicht«, antwortet der Karl und runzelt die Stirn unter seiner Kochhaube. Er deutet nun seinerseits auf das Bild. »Der da, denn kenn ich.«

WIMMERL

Ich irrlichtere durch den Ort, einerseits benommen von dem, was ich erfahren habe, andererseits umgeleitet durch das Unwetter und die Polizei. Mit meinem jüngsten Informationsstand dürfen die mich auf keinen Fall in Verwahrung nehmen. Mein Vorhaben, mich vorerst in meiner Wohnung zu verschanzen – zumindest bis das Unwetter vorbei ist –, gestaltet sich von daher ziemlich schwierig. Dabei müsste ich dringend was Trockenes anziehen. Und nachdenken. Sehr gründlich nachdenken. Wenn der Kasberger Karl nämlich recht hat, dann ändert das alles. Seine Aussage stellt sämtliche bisherigen Recherchen auf den Kopf. Ich kann quasi noch mal von vorne anfangen. Vermutlich stecke ich damit in einer so verzwickten Situation, dass ich eigentlich mit dem Lechner darüber sprechen müsste. Aber solange der im Windschatten von dem Ritzer rumhängt, verspüre ich dahingehend keine Ambitionen. Ich kann also weder zu ihm noch nach Hause – und mein Wagen steht irgendwo im Wald, oben beim Geiersberg.

Ein Grüppchen SEKler zwingt mich zu einem erneuten Umweg, weil nun auch der Kirchplatz nicht mehr passierbar ist. Gerade noch finde ich Deckung hinter dem barocken Marktbrunnen. Ich luge über die Steinkante des Bassins. Schaut so aus, als hätten sie gerade unser Gotteshaus inspiziert, denn auch unterm Kirchenportal drängen sich ein paar Uniformierte. Das sieht mir nach systematischer Suche aus, Quadrant für Quadrant. Irgendwer hat da seit heute Nachmittag Disziplin in den Einsatz gebracht. Schlecht für mich. Ohne es zu wissen, drängen sie mich immer weiter von meinem Ziel ab.

Wie ich da so kauere, Wind und Wetter ausgesetzt, bemerke ich, dass auch der Rote Ochse geöffnet hat. Jedenfalls stehen ein paar Autos mit Stadtnummern davor, und die Außenbeleuchtung ist an. Wer verirrt sich denn bei diesem Sauwetter zu uns heraus? Nun, vielleicht haben sie wieder Hochwasser in Passau, und bevor die Donau sie wegspült, retten sie sich zu uns auf höhergelegene Gefilde.

Früher gab es im Roten Ochsen einen praktischen Hinterausgang. Eine notwendige Einrichtung, als die Wirtschaft noch der bevorzugte Treff von Kleinkriminellen und Unterhaltszahlungsverweigerern war. Ich finde keinen Grund, warum es diese Fluchtvorrichtung nicht mehr geben sollte. Der Schmauderer wird ja wohl diese Tür nicht zugemauert haben, aus Angst davor, dass ihm einer seinen Michelin-Stern hinten rausträgt. Vermutlich wird es also das Vernünftigste sein, mich in den Roten Ochsen zu flüchten, auch wenn ich momentan nicht angemessen gekleidet bin.

Kaum bin ich durch den Eingang und stehe im Gang am Empfangspult, wird mir bewusst, dass ich kaum was Unvernünftigeres hätte tun können. Dort nämlich, am neu verbreiterten Zugang zur Gaststube, steht eine Traube von in Anzüge und Abendroben gehüllten Menschen. Alle wirken erbost ob der Tatsache, dass der Chef des Hauses offenbar gerade verkündet hat, dass das Gebäude auf polizeiliche

Anordnung nicht zu verlassen ist. Das zumindest sind die letzten Satzfetzen, die ich aufschnappe, bevor sich alle zu mir umdrehen, weil der Schmauderer bei meinem Anblick abrupt verstummt ist.

Diese Situation ist ohnehin schon peinlich genug, weshalb es nahezu undenkbar ist, dass es noch schlimmer kommen könnte. Leider tut es das. Unter den Gästen befindet sich nämlich Dr. Hartinger, das hinterhältige Nagergesicht. Damit nicht genug, hängt an seinem Arm die Angela.

Der Hartinger und die Angela. Das geht jetzt aber gar nicht! Der Mann ist doch verheiratet. Warum zum Saukrieg'n, führt er dann seine unförmige Oberlaborantin in so ein Nobellokal aus? Mal ganz abgesehen davon, dass ich diese Frau noch nie dermaßen aufgebrezelt angetroffen habe – nicht, dass das was helfen würde.

»Was? Wer?«, stammelt der Schmauderer über die Köpfe seiner Gäste hinweg, die er eigentlich hat beruhigen wollen. Aus der Gaststube höre ich den Wandl Rolf auf dem Klavier klimpern. Diesmal Salonmusik. Hat ihm einer gesagt, dass er den Jazz lassen und stattdessen Richard Clayderman auflegen soll?

Nach einer ausgedehnten Schrecksekunde drängelt sich der Hartinger mit den Worten »Ich mache das!« nach vorn. Sehr wahrscheinlich hat der Regen mittlerweile den meisten Dreck wieder von mir abgewaschen, immerhin hat er mich ja sofort erkannt. Auch scheint es ihm absolut nicht unangenehm zu sein, dass ich ihn hier in flagranti mit der Angela erwischt habe. Einzig *ich* scheine ihm peinlich zu sein, und da hätte er ja auch so tun können, als ob er nicht wüsste, wer ich bin. Stattdessen muss er sich sofort affektiert in Szene setzen.

»Herr Fellinger, da haben Sie uns aber einen gscheiten Schrecken eingejagt. Was ist denn das für ein Auftritt?«

»Ein dringlicher«, antworte ich. »Lassen Sie mich einfach durch und beachten Sie mich nicht weiter!«

»Sie wollen doch so nicht etwa meine Küche inspizieren?«, piepst von hinten der Schmauderer.

»Nein, nein, da kannst du ganz beruhigt sein, Karlheinz«, tönt der Hartinger großspurig.

Karlheinz, da schau her.

Dann drückt sich auch noch die Angela nach vorn zu ihrem Gspusi, wahrscheinlich um besser mitzukriegen, wie er mich rundmacht. Das dunkelgrüne Abendkleid, in das sie sich gezwängt hat, schaut wie eine schlechte Verkleidung aus. Wie eine Raupe im beginnenden Verpuppungszyklus.

»Durchlassen, wieso durchlassen?«, fragt mein Vorgesetzter. »Wo wollen Sie denn hin, Fellinger, bei diesem Sauwetter? Übrigens. Wieso erreiche ich Sie denn nicht? Seit Tagen telefoniert Ihnen meine Sekretärin hinterher, und ständig kriege ich von ihr zu hören, Sie gehen nicht ans Telefon. Das ist doch kein Zustand, Fellinger!«

»Richten Sie Ihrer Sekretärin aus, wenn sie sich ein Date mit mir wünscht, kann sie mir auch eine E-Mail schreiben. Und jetzt halten Sie mich nicht länger auf, ich bin im Dienst!«

»Also doch«, ruft der Schmauderer von hinten, und es liegt eine Menge Verzweiflung in diesen beiden Worten.

»Ganz ruhig, Karlheinz!«, erwidert der Hartinger.

Ganz ruhig? Das stinkt doch nach Mauschelei.

Zu allem Unglück kommt nun auch noch die Blonde aus der Gaststube gestöckelt. Die blonde Polin. *Sacklzement.*

»Karlheinz, warum herrscht hier draußen so eine Unruhe? Wir haben noch Gäste, die entspannt dinieren wollen.« Sie blickt in die Runde und bleibt dann bei mir hängen.

»Ja, schauen Sie mich ruhig an!«, fordere ich. »Das passiert mit einem, der bei Ihnen Dry Aged medium rare isst.« Ich deute theatralisch an mir runter. Entgegen der Umstände beginnt mir die Sache allmählich Spaß zu machen. »Wir müssen da einschreiten, Dr. Hartinger, das duldet keinen Aufschub!«

Der Hartinger läuft rot an und ringt um seine blasierte Fassade. »Sylvia, es gibt nichts, worüber du dir Sorgen machen brauchst, ich bin bereits dabei, das zu regeln.« Er wirft ihr einen verschwörerischen Blick zu, den er mit einem kaum merklichen Zwinkern abschließt. Das wirkt dermaßen verfänglich, dass es selbst der Angela die Mundwinkel nach unten zieht. Was geht hier vor, zur Hölle noch mal?

»Sie regeln hier gar nichts mehr, Herr Hartinger! Sie werfen *mir* Bestechlichkeit vor und kriechen selbst den Wirtsleuten in den Arsch. Jetzt weiß ich zumindest, woher der faulige Geruch kommt, der mir seit Tagen um die Nase weht. Von wegen *Karlheinz und Sylvia*«, fauche ich und ahme kurz sein affiges Gehabe nach.

»Was wollen Sie überhaupt?« Sie schießt auf mich zu, bleibt einen Meter vor mir stehen und stemmt die Hände in die Hüften. »In Ihrem Aufzug? Schämen Sie sich nicht? Sofort raus aus meinem Restaurant!«

Sie ist wieder top gestylt, allerdings heute auch mit einem kleinen Makel gestraft. An der Oberlippe hat sie ein

Wimmerl, und obwohl sie es mit Schminke kaschiert hat, sticht es heraus und zieht den Blick auf sich. Das ist wie mit dem Moosbrucker seinem Auge. Dieser Schönheitsfehler in ihrer sonst so perfekten Fassade raubt ihr in meinen Augen jegliche souveräne Autorität.

»*Ihr* Restaurant?«, frage ich gehässig nach und werfe dem Schmauderer einen bedauernden Blick zu.

»Ja, freilich, was glauben Sie denn? Der Maître braucht seine ganze Energie und Kreativität, um Vollendung in der Küche zu erreichen, und ich halte ihm dafür den Rücken frei und kümmere mich um das Geschäftliche. Außerdem wüsste ich nicht, was Sie das angeht!«

Sofort steht auch der Hartinger wieder da und der Blonden zur Seite. »Fellinger, Sie hören jetzt auf, diese Leute zu belästigen, und verlassen auf der Stelle das Restaurant. Das ist eine dienstliche Anweisung! Sie stecken schon tief genug in Schwierigkeiten, machen Sie es nicht noch schlimmer.«

Ich muss mich zwingen, meine Augen von dem Wimmerl loszueisen, das jede Regung ihrer Lippen wie den Ausschlag einer Amplitude nachzeichnet, um mich meinem Chef zuzuwenden. »Wer sich über die Konsequenzen von Bestechlichkeit im Dienst Gedanken machen soll, bin bestimmt nicht ich, nach allem, was ich hier erleben darf. Nun ist mir auch klar, warum Sie sich dermaßen drum gerissen haben, die Inspektion des Roten Ochsen höchstpersönlich vorzunehmen. Offenbar um sicherzugehen, dass bei Ihren lieben Freunden Sylvia und Karlheinz auch alles reibungslos und ohne Beanstandung läuft. War es vielleicht die Frau Sylvia, die Ihnen angeraten hat, den für diesen Verwaltungsbereich zuständigen Hygieneinspektor Fellinger zusätzlich etwas in Misskredit zu bringen, um nach allen Seiten abgesichert zu sein? Ja, ich kann mir gut vorstellen, dass das so abgelaufen ist.«

Der Hartinger ist jetzt dunkelrot bis rauf zu den Ohrmuscheln. Bevor er explodieren kann, schiebt der Schmauderer seine blütenweiße Kochuniform durch die inzwischen wild miteinander tuschelnden Gäste nach vorne und stellt sich schützend zwischen uns. »Jetzt beruhigen wir uns alle mal. Ich kann nachvollziehen, dass die angespannte Situation im Ort momentan am Nervenkostüm jedes Einzelnen von uns nagt. Hätte ich gewusst, was für ein Ausnahmezustand heute vorherrscht, hätte ich unseren Benefizabend freilich verschoben. Es ist wirklich zu schade, dass unser Vorhaben, unter Freunden Gutes zu tun und dabei meine jüngsten Kreationen zu probieren, heute so ins Wasser fällt. Aber jetzt sollten wir das Beste daraus machen, bis die Polizei Entwarnung gibt und Sie beruhigt heimfahren können.«

Er wendet sich an die paar Leute, die immer noch im Gang stehen, nach wie vor unschlüssig, ob sie ihre Garderobe wieder ablegen oder besser das Weite suchen sollen.

»Begeben Sie sich bitte zurück an Ihre Tische, mein Sommelier macht Ihnen noch einen schönen Wein auf, der geht selbstverständlich aufs Haus«, versucht er zu besänftigen. »Und Sie, Herr Fellinger, Sie kommen mit mir! Besser, ich lasse Sie hinten raus. Wenn die Polizei Sie in diesem Zustand sieht, schießen die womöglich noch auf Sie.«

»Nein, Karlheinz, du brauchst dich damit nicht …«, will die Geschäftsführerin einwenden, doch der Schmauderer hebt gebieterisch seine Hand. Will der sich gerade bei mir einschleimen? Auch mir *Gutes tun*? So unter Freunden? Der

Schmauderer ist mir schon bei unserer ersten Begegnung reichlich weltfremd vorgekommen, und dieser Eindruck verstärkt sich jetzt. Für diesen Mann gibt es nur das Leben am Gasherd, das wird mir nun klar. Er hat womöglich wirklich keine Ahnung, was die blonde Furie treibt, während er in kontemplativer Entrückung darauf wartet, dass die Butter in der Pfanne zerläuft.

Ich nicke und blicke zu Boden, gebe ganz den Geschlagenen. Letztlich habe ich nämlich gar keine Zeit, mich jetzt weiter mit dem Hartinger rumzustreiten. Das Angebot, mich hinten rauszulassen, das mir der Schmauderer eben unterbreitet hat, war schließlich überhaupt der Grund, warum ich das Nobellokal betreten habe.

»Gehen wir!«, sage ich zum Schmauderer und dränge, ohne meinen Chef noch eines Blickes zu würdigen, durch die Leute, die bereitwillig Platz machen. In meinem Rücken hebt empörtes Gemurmel an. Dann biegen wir um eine Ecke. Rechts führt eine Treppe in den Keller, links geht es in die Küche. Der Maître legt mir die Hand auf die Schulter, wie um auf Nummer sicher zu gehen, dass ich nicht doch noch seine heiligen Hallen betrete. Mit sanftem Druck schiebt er mich weiter in den Flur hinein. Denke ich. Doch nach zwei weiteren Schritten merke ich plötzlich, dass er es ist, der Führung benötigt. Oder besser gesagt Stütze. Plötzlich schwankt er, und nun muss ich meinerseits ihn festhalten, damit er nicht gegen die Wand kippt.

»Alles in Ordnung?«

»Nur eine kleine Schwäche«, murmelt er. Erst jetzt sehe ich, wie ihm der Schweiß unter seiner Kochmütze hervorrinnt. Der Mann muss sich hinsetzen. Ich öffne die nächstbeste Tür, und wir landen im Getränkelager, wo ich ihm helfe, sich auf ein Bierfass zu setzen.

»Geht gleich wieder«, versichert er mir, käsig gelb um die Nase. »Ich soll mich nicht aufregen, sagt mein Arzt. Nicht immer einfach in diesem Job, aber das kennen Sie ja auch.«

Ich sage nichts, betrachte ihn nur kritisch und stelle fest, dass der vermeintliche Spitzenkoch Karlheinz Schmauderer eine bemitleidenswerte Gestalt ist, gefangen in einer Gesellschaft, in der er gar nicht sein will. Ein Mann, den die Last des bevorstehenden Sterns bereits jetzt in die Knie zwingt. Der sich insgeheim viel lieber in einem gemütlichen Landgasthof sähe, wo er für ein einfaches Publikum jeden Tag ein paar banale Schweinsschnitzel ausbackt.

»Warum tun Sie sich das an?«, frage ich voller Mitgefühl.

»Sylvia verfolgt diesen Traum schon so lang, und es ist schön anzuschauen, wie sie darin aufgeht.«

»Und was ist mit Ihnen?«

Er greift nach einer Flasche Cognac, entkorkt sie und nimmt einen kräftigen Zug, bevor er sie an mich weiterreicht. Davidoff XO, bestimmt nicht billig. Eine Schande, den direkt aus der Flasche zu trinken, aber ich tu ihm den Gefallen.

»Seit wann sind Sie verheiratet?«

»Verheiratet?« Er schaut mich über seine Tränensäcke hinweg an.

»Sind Sie nicht?«

»Nein. Sylvia steckt noch mitten in der Scheidung von ihrem ersten Mann. Natürlich heiraten wir, sobald sie diese leidige Geschichte hinter sich hat. Ja, ich weiß, sie ist deutlich jünger als ich, aber …« Jetzt glaubt er auch noch, sich rechtfertigen zu müssen. Ich gebe den Cognac wieder ab, weil der Karlheinz ganz danach ausschaut, als könnte er noch einen Schluck vertragen.

Im Moment kann ich noch nicht einordnen, was ich mit dieser Information anfange. »Was hat Sie denn dazu verleitet, ausgerechnet in unserem Ort ein Gourmetrestaurant zu eröffnen?«

»Verleitet«, wiederholt er und setzt die Flasche an. Diesmal lässt er sie noch länger an den Lippen.

»Sylvia?«, frage ich nach.

Er senkt die Flasche und nickt. »Sie wollte hierher. Hat auch die Immobilie ausfindig gemacht. In München war ihr zu viel Konkurrenz. Selbst Landshut oder Regensburg, sogar Passau hat sie mir ausgeredet.«

Sicher, die Gasthauslandschaft auf diesem Niveau ist bei uns äußerst dünn besiedelt. Wenn überhaupt, dann kann man höchstens den Kirchenwirt als gehobene Gastronomie bezeichnen. Und … Moment. Da tut sich was in mir auf. Ein Türchen, durch das ein wenig Licht fällt. Noch nicht genug, um die Dunkelheit zu erleuchten, die mich nach wie vor umgibt. Aber es bestehen gute Aussichten, dass ich bald erkennen kann, in welcher abgründigen Kammer ich mich befinde.

»Und hier fand sie die Konkurrenz überschaubar?«

»Nicht nur überschaubar, sie beabsichtigt sogar, der ansässigen Gastronomie ordentlich Dampf zu machen. Das hat sie natürlich nur so dahingesagt«, fügt er schnell an, um seine Zukünftige in Schutz zu nehmen.

Ich versuche mir vorzustellen, wie die fragwürdige Blondine das hier alles eingefädelt haben mag. Warum hier?

Warum? Ich sehe es förmlich vor mir, wie der Karlheinz auf Sylvias Empfehlung hin in den Roten Ochsen investiert hat, immer von den eigenen Zweifeln geplagt, ob sich das bei uns im Wald wirklich lohnen kann. Noch immer rollt da was Ungreifbares heran, aber zumindest erkenne ich, dass ich jetzt ganz kurz davor bin. »Ihre Zukünftige kommt doch aus Polen, stimmt's?«

Wieder blickt er zu mir hoch und sucht in meinem Blick den Grund für meine Neugier. »Sie sollten aufhören, ihr böse Absichten zu unterstellen, und nicht auf Vorurteile hereinfallen.« Er stemmt sich hoch, noch etwas wacklig, aber entschlossen. »Besser, Sie gehen jetzt, ich muss zurück in die Küche. Meine Gäste warten auf den ersten Gang.«

Ich mache einen Schritt auf ihn zu und halte ihm das Foto vors Gesicht. Die Neonröhre, die das Getränkelager beleuchtet, wirft ein kaltes, blaues Licht auf uns.

»Woher haben Sie das?«, fragt er. Der wahre Karlheinz Schmauderer ist verschwunden, und vor mir steht wieder der Mann, der sein Restaurant in der nächsten Ausgabe des Michelin-Führers gelistet sehen will.

»Sie hat es liegen lassen.«

Für einen kurzen Moment ist er irritiert, weil er nicht versteht, wen ich mit *sie* meine. »Mila?«, fragt er dann.

»Sie kennen sie also.«

»Selbstverständlich, sie ist schließlich Sylvias Tochter.«

DEIFE

Ich stolpere hinaus in die regenreiche Nacht. Wenigstens hat das Unwetter nachgelassen, auch wenn mir das mittlerweile egal ist. Der wahre Sturm tobt in mir drin. Die letzten paar Stunden haben alles komplett gedreht. Das Geständnis vom Ferdl und seine Prophezeiung, dass sich jemand den Tod der Löffelmacher-Brüder wünscht, die Unterhaltung mit dem Kasberger Karl und dann der Paukenschlag vom Schmauderer in dessen Getränkelager. Meiner Meinung nach war ich von Beginn an auf der richtigen Spur, auch wenn mich der Lechner und seine Ermittlungsansätze kurz verunsichert haben. Während ich mich tief im Schatten der Thuja-Hecke entlang der Pfarrgemeindeverwaltung halte, kreisen meine Gedanken mit so etwas wie heimlichem Grauen um die Mila. Mila Szukala. Sie ist zu einer zentralen Figur in dieser Sache geworden. Zusammen mit ihrer Mutter Sylvia. Ich kann mich noch nicht entscheiden, wer von den beiden meine Hauptverdächtige ist. Selbstverständlich hatte die Mila die beste Gelegenheit, das Rizin über den Schweinsbraten zu träufeln. Auch wenn sie es letztlich versaut und, aus welchen Gründen auch immer, die Essen vertauscht hat. Die Indizien sind in jedem Fall eindeutig und werden durch meinen Fund der braunen Glasscherbe in ihrem Mülleimer untermauert. Aber Initiatorin dieser mörderischen Intrige kann nur die Mutter sein, die laut ihrem zukünftigen Gatten der Konkurrenz im Ort *Dampf machen* möchte. Und da hat sie nicht zu viel versprochen, wenn ich so an den Kirchenwirt denke.

Offenbar ist die Sylvia älter, als ich sie geschätzt habe, wenn sie schon eine erwachsene Tochter hat. Welche Überraschungen hat diese intrigante Schlange noch in petto?

Weil ich mich gar so heftig reinsteigere in diese Sauerei, die hier abläuft, bemerke ich verzögert, dass jemand hinter mir ist. Die Straßenlaterne wirft plötzlich einen zweiten Schatten auf den vom Regen glänzenden Asphalt. Erschrocken wirble ich herum. Er zuckt nicht weniger zusammen als ich. Steht da, die Kapuze überm Kopf. Ein tropfnasses Elend.

»Ich wollt das nicht!«, sagt er.

Ich atme einmal tief durch. »Ob du es wolltest oder nicht, es lässt sich nicht mehr rückgängig machen. Deine Großtante ist tot.«

»Das mein ich ja nicht.«

»Was dann?«

»Sie erschrecken. Ich hab sie verwechselt, hab gmeint, er wär noch mal zurückgekommen. Deshalb die Mistgabel.«

»Wer soll noch mal zurückgekommen sein?«

»Der Deife!«

Ich fühle mich sehr unwohl, allein mit ihm hier auf offener Straße. Die Amokläuferhysterie der bayerischen Polizei sollte man nicht unterschätzen. Jeden Moment können aus irgendeiner Richtung Uniformierte um die Ecke biegen und die Situation fehlinterpretieren. Sich in so unmittelbarer Nähe zum Verdächtigen aufzuhalten kann tragische

Folgen haben. Allerdings muss ich ums Verrecken wissen, was in dem naiven Kopf von dem Bub vorgeht.

»Der Deife also?«

»Ja, ganz schwarz war er, wie er da aus dem Nebel kommen ist. Von dort her, wo die Wanningermühle steht.«

Der Deife … Na ja, warum nicht? Mich wollte schließlich auch der Viahaxerte holen.

»Ich wohn gleich ums Eck, du hast doch bestimmt Hunger. Kriegst auch was Trocknes zum Anziehen, wenn du magst.«

»Und die Polizei?«

»Bei mir waren die schon.«

Kann sein, dass er lächelt, aber das Gesicht im Schatten der Kapuze ist zu dunkel, um sicher zu sein. Wir nehmen den schmalen Durchlass zwischen dem Kirchturm und der Bäckerei und gelangen ungesehen bis zu mir in die Wohnung. Das hoffe ich zumindest. Nicht, dass irgend so ein neugieriger Nachbar aus dem Fenster schaut und seine Chance wittert, morgen bei Peter Klöppel ins Mikrofon sprechen zu können. Um dann vor laufender Kamera im unverständlichsten Niederbayerisch – daher untertitelt – davon zu berichten, wie er den Verdächtigen durch nur einen einfachen Telefonanruf den Behörden ausliefern konnte.

Ich gebe ihm ein frisches Handtuch und einen Jogginganzug von mir und schiebe ihn ins Badezimmer. Dann schäle ich mich aus meinem zähen, dreckverklumpten Zeug und werfe mir den Bademantel über. Während ich in der Küche Teewasser aufsetze, ein paar Leberwurstbrote schmiere und ein Glas Essiggurken öffne, höre ich die Dusche rauschen.

Der Deife war's. Himmelherrgottnochamal. Ein schwarzer Teufel. Was soll ich damit anfangen?

Tee und Brotzeit stehen schon auf dem Tisch, als er aus dem Bad kommt. Blass schaut er aus, bis auf die paar Pickel, die entzündet auf seiner Stirn leuchten. Die weniger von der Pubertät kommen dürften, die er ja längst hinter sich hat, sondern eher von den Psychopharmaka, die er einnimmt. Deswegen schaut er vermutlich auch immer noch so kindlich aus. Der Trainingsanzug ist ihm zu groß, was ihn noch verlorener wirken lässt. Wortlos hockt er sich zu mir.

»Senf ist leider aus«, sage ich.

»Macht nix«, meint er, greift nach dem ersten Brot und stopft es sich in den Mund. So schnell kann ich gar nicht schauen, schon ist der Teller leer. Ehrlicherweise hätte ich auch gern eins gegessen, so ausgehungert, wie ich nach den ganzen Strapazen bin. »Nachschub?«

Er bläst über seine Teetasse hinweg und lächelt zurückhaltend. Ich stehe auf, schneide das restliche Brot auf und hole die Leberwurst wieder aus dem Kühlschrank.

»Wo hast du dich den ganzen Tag versteckt?«, frage ich, ohne mich nach ihm umzudrehen.

»Erst in der alten Scheuer, dann in der Kirche, danach im Pfarrheim, unten im Keller. Ich hab da einen Schlüssel, noch von damals, wie ich Ministrant war. Vorhin bin ich raus, weil ich so Hunger gehabt hab. Wie ich dann durch die Hecke gespickt habe, ob die Luft rein ist, seh ich auf einmal dich daherkommen. Und weil ich mich eh bei dir entschuldigen wollt … also … wegen der Mistgabel und so …«

»Schon in Ordnung.« Ich stelle einen zweiten Teller mit Broten vor ihn hin, und er fängt sofort wieder mit dem Essen an. Wie er so dahockt, kommt er mir vor wie ein ganz normaler Teenager.

»Wenn du es nicht warst, das mit deiner Tante, warum bist du dann nicht zur Polizei? Du hast doch gesehen, was los ist im Ort. So ein Zirkus, und alles wegen dir.«

»Die glauben mir doch nicht.«

»Du hast es ja nicht mal probiert. Und jetzt läuft wegen dir das SEK bei uns rum. Das ist doch Scheiße, Jens!«

Womöglich rastet er aus, wenn ich ihn provoziere, kommt mir in den Sinn, etwas zu spät. Aber er bleibt ruhig und knabbert an einer Essiggurke.

»Was hast du eigentlich beim Reserl getrieben, so früh am Morgen?«

»Sind doch Ferien. Und sie hat mich gefragt, ob ich ihr im Garten helfe.«

Ich hatte keine Ahnung, dass er noch zur Schule geht. Seine Erkrankung hat dieses junge Leben offenbar komplett aus der Spur geworfen.

»Der Papa will nicht, dass ich sie besuch«, redet er weiter, »deshalb sag ich ihm nichts davon. Mitkriegen tut er sowieso nie, was ich mache.« Er bekommt einen traurigen Zug um den Mund und legt eine kleine Pause ein, in der er mit den Tränen ringt. »Ich mag sie, sie ist lustig und nimmt mich so, wie ich bin. Die meisten sind ja komisch zu mir, seit ich meinen Aussetzer hatte. Die Leute glauben immer, ich merke nicht, wie sie mich anschauen. Deppert sind die, das sag ich dir, Fellinger. Die Tante Reserl ist die Einzige, die sich mir gegenüber normal benimmt.«

Kommt auf die Perspektive an, weil sie selber nicht ganz sauber ist. Sauber war, korrigiere ich mich. Der Jens hat mich mit seinem Präsens angesteckt, er spricht von ihr, als wäre sie noch unter den Lebenden.

»Na ja, jedenfalls haben wir heute früh damit angefangen, den Komposthaufen umzubetten«, berichtet er weiter in seine Teetasse hinein. »Nach einer halben Stunde musste ich aufs Klo, weil ich daheim einen Liter Orangensaft gesoffen habe, bevor ich los bin. Und wie ich wieder nach hinten in den Garten gehe, seh ich ihn aus dem Nebel heraustreten und …« Er schluckt. Seine Augen werden feucht. »Ich hab mich sofort hinter der Regentonne versteckt … Wenn ich nur den Mut gehabt hätte, sie zu warnen! Aber ich hatte einen Knödel im Hals, und er hat sofort zugeschlagen. Ich glaub, sie hat es nicht mal gespannt, dass er da hinter ihr die Schaufel nimmt und auf sie eindrischt … Ich weiß gar nicht, wie lange ich dort im Gras gehockt bin, bevor ich's geschafft hab, zu ihr hinzugehen. Der Deife war da längst wieder weg …«

»Und dann hast du den Spaten aufgehoben, mit dem er deine Großtante erschlagen hat.«

Er nickt. »Das war irgendwie ein Reflex, und ich hab ihn auch sofort wieder weggeworfen, wie ich das Blut gesehen habe. Ich hab nicht darüber nachgedacht, wegen Fingerabdrücken und so. Der Deife selbst hat ja Handschuhe getragen, daran erinnere ich mich ganz genau …« Er zieht den Rotz hoch. »Im Radio haben sie gesagt, die Leute sollen im Haus bleiben, weil sich eine gefährliche Person rumtreibt … Aber, Fellinger, ich bin überhaupt nicht gefährlich, das glaubst du mir doch?«

»Freilich, Jens, das weiß ich. Und die Polizei wird das auch erkennen«, tröste ich ihn und tätschle ihm die Schulter.

Er weint still in sich hinein, und ich warte eine Minute, auch wenn es schwerfällt. Die Neugier brennt wie ein ganzer Ameisenhaufen unter meiner Schädeldecke.

»Wie genau hat er denn jetzt ausgesehen, der Mörder?«

»Schwarz, sag ich doch.«

»Wie jetzt, ein Afrikaner?«

»Nein, mehr wie ein … Ich weiß nicht, wie ich's sagen soll, der Nebel hat alles so unscharf gemacht. Ich konnte ja nicht einmal die Apfelbäume unten am Zaun sehen. Er war … wie so eine Echse halt …«

»Eine Echse? Mit Schuppenhaut?«

»Eher glatt«, sagt er und schaut mich verzweifelt an. »Es war vielleicht auch nur irgend so ein Anzug, so CoD-mäßig.«

»C-o-D?«

»Call of Duty!«

Ich habe keinen blassen Schimmer, wovon er spricht, nicke aber erst mal verständnisvoll. »Hast du vielleicht ein Gesicht erkannt?«

»Gesicht? Ja, kann sein, er hat schon eins gehabt, wenn ich jetzt so darüber nachdenke. Aber es ging alles so schnell … Was weiß denn ich, ich war total daneben.« Er nimmt das letzte Wurstbrot. »Ich wusste nicht, was ich tun soll«, sagt er zwischen zwei Bissen. »Dann habe ich wieder was gehört, die Panik gekriegt und bin in den Holzschuppen geflüchtet. Ich hab gemeint, er hat es sich anders überlegt und ist noch mal umgekehrt. Ich war sicher, dass er mich auch holen kommt, hab mir fast in die Hose geschissen. Irgendwie ist mir da die Mistgabel unter die Finger gekommen. Ich musste mich doch wehren, bevor er mir auch den Schädel einschlägt! Dich habe ich erst erkannt, wie du auf dem Boden gelegen bist. Aber da war eh schon alles zu spät, ich konnte nur noch wegrennen … und das wird jetzt mein Leben lang so bleiben.«

»Ich sorg schon dafür, dass das nicht passiert«, verspreche ich. »Wir beide, wir kriegen das hin!«

»Ich wünschte, der Papa würde so was mal zu mir sagen.«

Bei derlei Aussagen knicke ich seelisch gerne ein. Und jetzt, da ich die Zusammenhänge zu verstehen beginne, erst recht. »Dein Vater ist im Krankenhaus«, platzt es aus mir heraus. Das ist vielleicht unsensibel in dem Moment, aber wenn jetzt ohnehin alles auf den Tisch kommt, kann auch noch diese Hiobsbotschaft dazu.

Er reißt die Augen auf. »Der Papa? Doch nicht wegen mir, weil er sich so aufgeregt hat?«

Es gibt mir einen Stich, weil er sich auch dafür gleich die Schuld gibt. Zumindest in diese Richtung kann ich ihn aber beruhigen. »Das hat gar nichts mit dir zu tun. Nichts von alledem. Aber es geht gegen euch, jemand will euch loshaben.«

»Wer?«

»Na ja, es ist nicht der Teufel, also nicht der aus der Hölle, darüber sind wir uns einig, oder?«

Er verzieht das Gesicht, was ich als Zustimmung deute. Wieder hole ich das mittlerweile arg mitgenommen Foto hervor und lege es neben das Gurkenglas. »Könnte es der gewesen sein, der das Reserl … du weißt schon?«

Etliche Sekunden verstreichen, während er die Aufnahme betrachtet und schließlich murmelt: »Ja, du, das könnt fei sein.«

KREIDLER

»Der Papa, der wird doch wieder?«

»Er ist in guten Händen«, versichere ich und versuche, kernigen Optimismus auszustrahlen. Dann deute ich erneut auf den Zettel mit der Telefonnummer vom Lechner, die ich ihm aufgeschrieben habe. »Also, wenn du in einer Stunde nichts von mir hörst, rufst du da an und wenn er nicht drangeht, dann wähl die Eins-Eins-Null!«

Selbstverständlich habe ich vorher probiert, den Lechner zu erreichen, aber offenbar meint er nach wie vor, mich ignorieren zu müssen. Ich wollte es natürlich auch gleich mit dem Handy vom Jens probieren, habe es mir aber dann anders überlegt. Um mir ein wenig Vorsprung einzuräumen. Aber davon sage ich dem Buben nichts. Nur dass ich was überprüfen will. Er verspricht auch beim dritten Nachfragen, brav in meiner Wohnung zu warten. Fernsehen will er nicht, nur dasitzen.

»Und lass dein Handy bis dahin aus!«, ermahne ich ihn erneut.

Er zeigt mir zum wiederholten Male die SIM-Karte, die er rausgenommen hat. Damit sie ihn nicht orten können. Nicht dumm. Soll mal einer sagen, die ganzen Fernsehkrimis bringen nichts. Ich muss mich wieder wundern. Wie ein psychisch Kranker kommt er mir nicht einmal in dieser angespannten Situation vor.

Nachdem ich mich angezogen und mit dem Jens das weitere Vorgehen so weit besprochen habe, fällt mir ein, ich bin nicht mehr nur handy-, sondern nun auch autolos. »Du hast doch bestimmt ein Mofa?«, frage ich den Bub.

»Ja, schon«, sagt er zögerlich.

»Kann ich mir das ausleihen?«

Er schnauft erleichtert auf, hat womöglich gemeint, ich würde ihn selbst auf eine Mission schicken. »Steht bei uns im Hof«, sagt er beinahe freudig. »Schlüssel steckt, der Helm ist hinten in der Gepäckbox.«

Woraufhin ich wieder einmal verstohlen aus dem Haus schleiche. Erst draußen fällt mir ein, dass ich hätte versuchen sollen, die Höllmüllerin zu erreichen. Alleine schon wegen des Buben. Hoch will ich aber jetzt nicht mehr, sonst denkt der Junge noch, ich bin völlig plemplem. Auch wenn wir von einer sternklaren Nacht weit entfernt sind, hat wenigstens der Regen aufgehört. In meiner Straße ist alles ruhig. Auch oben, um den Ortskern herum, sehe ich keine Blaulichter mehr kreiseln. Die werden ihre Jagd nach dem psychopathischen Schlächter doch nicht schon aufgegeben haben?

Oder lauern sie inzwischen unsichtbar in dunklen Winkeln?

Noch einmal zurück zum Kirchenwirt zu gehen ist ziemlich waghalsig. Ich nehme denselben Weg wie vorhin. Nur ein Streifenwagen steht noch da. Jetzt, ohne den Regen, bin ich mir recht sicher, dass jemand drinsitzt. Trotzdem komme ich auch diesmal bis in den Innenhof, ohne dass ich kontrolliert werde. Längst ist dort alles dunkel, nicht einmal in der Küche werkelt noch jemand rum. Die Gäste werden schlafen und darauf hoffen, dass sie sich morgen wieder auf die Straße trauen oder abreisen können, ohne erschlagen zu werden.

Ich finde das Mofa, eine alte Kreidler mit Dreigangschaltung, wie beschrieben vor, und frage mich, warum der Jens den Schlüssel im Zündschloss lässt. Vielleicht ist er in gewissen Dingen einfach ein Schussel?

Nur zu gerne hätte ich das Gefährt hinten rausgeschoben, aber der Durchgang ist verriegelt. Bleibt also nur das Tor zur Marktstraße raus, dort, wo sich die Polizei positioniert hat. Meine Zuversicht ist gewachsen, dass es sich bei den Bewachern um keine Beamten aus dem hiesigen Revier handelt. Die kennen mich alle und hätten mich folglich schon längst aufgehalten. Für die auswärtigen Polizisten hingegen könnte ich zum Beispiel auch der tschechische Spüler vom Kirchenwirt sein, der seinen späten Heimweg antritt. Und weil der natürlich keinen Urlauber wecken will, lasse ich mein Mofa erst draußen auf der Straße an. Der Plan erscheint mir plausibel. Um die Tarnung perfekt zu machen, blende ich meine Bedenken über Kopfläuse aus, ziehe mir den Sturzhelm übern Kopf und klappe das Visier runter.

Schnell, aber unauffällig husche ich samt dem Mofa durch das Tor. Die Tür des Streifenwagens bleibt geschlossen. Kurz habe ich das Bild von zwei um die Wette schnarchenden Uniformierten vor mir. Gänzlich ereilt mich die Euphorie über den gelungenen Plan, nachdem ich ums Hauseck und aus deren Sichtfeld bin. Danach komme ich genau fünf Meter weit, bevor einer aus dem Ladeneingang vom Radio- und Fernsehgeschäft springt.

»Polizeikontrolle! Stehen bleiben und die Hände hoch!«

»Dann fällt das Mofa um«, nuschle ich unter dem Helm hervor. Dass ich wieder ausgerechnet den Kronawitter erwische, das ist kein geringerer Fluch als der, den das Löffelmacher Reserl über ihren Neffen ausgesprochen hat. Erneut hat er seine Dienstpistole auf mich gerichtet, die er wohl wiedergefunden hat; nicht sehr erbaulich. Ohnehin halte ich es für eine Zumutung, diesen Menschen zu bewaffnen.

»Gut«, sagt er. »Aber keine hastigen Bewegungen!«

Ich klappe also in einer möglichst fließenden Bewegung den Seitenständer runter, lasse das Mofa los und hebe langsam die Hände.

»Und jetzt Helm ab!«

Um zu signalisieren, dass ich so den Helm nicht abnehmen kann, wedle ich mit den emporgereckten Händen. Ich merke sofort, dass ihn das ein wenig aus dem Konzept bringt. Hinzu kommt, dass es in dem Funkgerät knackt, das er am Revers hat. Mit der freien Hand drückt er die Sprechtaste. »Ich hab ihn!«

Knistern, Rauschen, eine zerhackte Stimme, vielleicht ein Code, ich verstehe nur Bahnhof.

»Ja, freilich, den Jens«, bestätigt der Kronawitter. »Steht auf dem Helm.«

Bevor er reagieren kann, ziehe ich mir den Sturzhelm vom Kopf. Okay, ich hätte mir die Schüssel näher anschauen sollen. Dick, fett und unübersehbar hat dieser Dackel mit Glitzerbuchstaben JENS oben übers Visier geklebt.

Dem Kronawitter steht jetzt das Maul offen. »Korrigiere«, raunzt er ins Funkgerät. »Fehlalarm!«

Neues Kratzen und Krächzen.

»Der Fellinger«, macht er Meldung, ohne die Waffe runterzunehmen.

Das Nächste, was aus dem Lautsprecher bröckelt, verstehe ich dann. »Festsetzen!«

Ohne mich. Ich werfe dem Kronawitter den Sturzhelm zu. Ein Sklave seiner Reflexe, fängt er ihn auf. Kaum zeigt die Pistole nicht mehr auf mich, springe ich aufs Mofa und schiebe kräftig an, hinein in die Badstraße, die steil bergab geht.

»Halt!«, schreit er mir hinterher, während ich den Schlüssel drehe und den zweiten Gang einlege. Der Zweitakter spuckt kurz, bockt ein wenig, dann springt er an. Der Auspuff knattert blechern. Dann knallt es. Fehlzündung, denke ich zuerst, aber dann kommt die eiskalte Erkenntnis. Ich drehe mich nicht um, in der festen Hoffnung, dass der Polizeimeister Kronawitter auch weitere Warnschüsse nur in die Luft ballert.

6-VOLT-FUNZEL

Die Kreidler zieht nicht schlecht, aber den Fürsetzinger Buckel hoch fährt sie doch kaum schneller als 25 Stundenkilometer. Was jetzt weiter nicht beunruhigend wäre, wenn ich nicht plötzlich von allen Seiten Sirenen hören würde. Dass ich genötigt war, auf der falschen Seite den Berg runterzuflüchten, daran ist einzig und allein dieser Loamsiada von Kronawitter schuld. Ich kann immer noch nicht fassen, dass er tatsächlich geschossen hat. Weil mich diese Feststellung nervlich zu sehr mitnimmt, bemühe ich mich, keinen weiteren Gedanken daran zu verschwenden. Auch nicht an die Folgen. Das Nachspiel. Die disziplinarischen Maßnahmen, die ihn erwarten. Schreien könnte ich … aber ich muss meine Sinne beisammenhalten, denn vorrangig muss ich nun alles daransetzen, den Jens zu retten.

Der Anstieg ist lang, wenn man ihn nur kriechend bewältigen kann. Selbst als ich die Pedale mit benutze, werde ich nicht schneller. Am Ende meiner Geduld hat glücklicherweise auch der Berg ein Ende. Danach geht es wieder abwärts, und der Motor überdreht. Gibt Laute von sich wie die Nähmaschine von der Mama. Ich hoffe, der Kolben im Zylinder hat eine gute Schmierung, denn falls es den frisst, bin ich geliefert.

Das bin ich natürlich auch, wenn sie mich anhalten, bevor

ich am Ziel bin. Ein Ausweichen auf irgendwelche Schleich- und Feldwege ist leider nicht möglich, bei der Route, die mir der Kronawitter aufgezwungen hat.

Gerade als ich über die Hauptstraße muss, sehe ich sie kommen. Von zwei Seiten blinkt es blau, als beabsichtigten sie, mich in die Zange zu nehmen. Hoffentlich haben die mitgekriegt, dass der Kronawitter seine Erstmeldung wieder zurückgenommen hat. Dass ich nicht der Jens bin, auch wenn ich auf seinem Mofa hocke. Während mir der Fahrtwind um die Nase weht, überlege ich kurz, wie es wäre, mich zu stellen. Wenn ich nur sicher sein könnte, dass der Lechner sofort kapiert, worum es wirklich geht. Warum das alles hier passiert. Nun ja, der Lechner, dem könnte ich den Ernst der Situation vielleicht sogar noch beibringen. Aber falls er den Ritzer im Schlepp hat, lande ich in einer Zelle, ohne auch nur ansatzweise Gehör zu finden. Darauf möchte ich wetten. Und dann ist es womöglich zu spät. Sobald sie den Jens finden, haben sie, was sie wollen. Nein, ich muss das jetzt durchziehen, bis zum bitteren Ende.

Ich biege in die Schulstraße ab, und das Gefährt wird noch schneller, weil ich in den Leerlauf schalte und mich über den Lenker ducke. Über den Zustand der Bremsen zu spekulieren, bevor es unten in der Niederung in die scharfe Kurve ums Stadion geht, ist auch so eine Sache, die ich besser unterlasse. Im Rückspiegel bemerke ich, wie die Einsatzwagen folgen. Sie sind trotz Leerlauf schneller als ich und werden mich in wenigen Sekunden einholen, wenn ich auf der Straße bleibe. Wie in früheren Zeiten, als ich selbst so ein frisiertes Gerät geritten habe, schanze ich todesmutig über den Bürgersteig hinweg in die Wendeplatte für die

Schulbusse hinein, um dann auf letzter Rille in den Fußweg aufs Schulgelände einzuscheren. Ein Manöver, das ich damals bei nassem Asphalt nicht riskiert hätte. Dabei heißt es immer, im Alter wird man schlauer und bedächtiger. Vor allem, was die Gesundheit angeht.

Durch dieses kaskadeurhafte Kunststück kann ich meine Verfolger fürs Erste abschütteln, da sie nun den Umweg über den Lehrerparkplatz nehmen müssen. Das Schulgelände ist weitläufig und bietet zahlreiche Möglichkeiten zum Entkommen oder Verstecken. Das wird sie hoffentlich eine Weile aufhalten. Diese Zeit nutze ich, um bei der Sporthalle die Treppen runterzurattern und quer über den Sandplatz zu flüchten. Dafür mache ich sogar das Licht aus, selbst wenn das bedeutet, dass ich wie ein Bekloppter in die Dunkelheit hineinrase. Wie genau ich es schaffe, oberhalb vom Fußballstadion wieder rauszukommen, kann ich gar nicht so recht nachvollziehen, aber letztlich bin ich wieder auf meiner ursprünglichen Route hangabwärts.

Das Lalülala der Sirenen ist nun weit entfernt. Ich bin randvoll mit Adrenalin. Vermutlich bin ich deshalb so zuversichtlich, dass mir in dieser aufreibenden Phase meiner Mission alles gelingt. Ohne aus der Kurve zu fliegen und mit nichts als einer Ahnung im Gepäck, erreiche ich den Bachlauf. Zum dritten Mal in diesen turbulenten Tagen biege ich in die schmale Straße ein. Eigentlich ein grob fahrlässiges Verhalten, wenn ich bedenke, dass hier vor Mord nicht mehr zurückgeschreckt wird. Vor mehrfachem Mord sogar! Aber wie immer, wenn's um meine detektivischen Recherchen geht, möchte ich etwas in der Hand haben, bevor ich die Polizei hinzuziehe. Alles andere wäre blamabel, und beim

Ritzer habe ich mich eh schon zu tief in die Nesseln gesetzt. Kurz gesagt, ich kann es mir nicht mehr leisten danebenzuliegen.

Sobald die Straßenbeleuchtung aufhört, wird es stockfinster. Die 6-Volt-Funzel vorn an der Kreidler strahlt gefühlt kaum drei Meter weit. Aber es gibt nur diesen einen Weg, ich kann mich nicht verfahren. Schlimmstenfalls lande ich in der Hölle.

MECKLENBURG-VORPOMMERN

Jonathan Harker kann es nicht anders ergangen sein, als er auf seiner Reise durch die Karpaten von seiner Kutsche aus erstmals das Schloss des Grafen erblickte. Gespenstisch ragt die Mühle plötzlich vor mir auf, am Ende der Sackgasse. Dahinter beginnt der Wald, der in dieser wolkenverhangenen Nacht ebenfalls keinen einladenden Eindruck hinterlässt. Gut, es heulen keine Wölfe, und der Mond hängt auch nicht wie ein überdimensionaler Totenkopf am Nachthimmel. Aber die Furcht, die fährt trotzdem mit.

Apropos fahren … ich Depp! Hundertprozentig zu spät stelle ich den knatternden Zweitaktmotor ab und lasse das Gefährt ausrollen. Gehört dürften sie mich auf jeden Fall schon haben. Theoretisch wäre es denkbar, dass sie mich für einen Halbstarken halten, der sein frisiertes Mofa auf dieser einsamen Straße einer nächtlichen Testfahrt unterzieht. Vielleicht habe ich ja ähnliches Glück wie bei meiner Flucht vor der Polizei? Andererseits habe ich damit mein Glück für diese Nacht bereits überstrapaziert.

Kaum ist die Rennkachel aus, ist es still wie im Grab. Nicht einmal eine Eule, die aus dem finsteren Gehölz herausschreit. Ich beschließe, den Rest zu Fuß zurückzulegen, steige ab und lehne das Mofa an die Hecke vom Löffelmacher Reserl. Nach ein paar Schritten vernehme ich das

Rauschen des Bachs. Geduckt und ganz nahe am Straßenrand schleiche ich auf die Wanningermühle zu. Haselnussstauden bilden ein Spalier, dann erreiche ich die Zufahrt. Es gibt kein Tor, nur eine rostige Kette, die jemand über den geschotterten Weg gehängt hat. Sie schwingt leicht im Wind und erzeugt dabei ein unterschwelliges Quietschen. Von hier kann ich auch gut das Auto erkennen, das vor dem Gebäude parkt und wovon ich bei meinem ersten Besuch beim Reserl nur das Dach sehen konnte. Ich nehme an, es ist das gleiche. Ebenfalls ein Volvo, aber einer von den alten, eckigen Kombis. Ich muss mich anstrengen, um das Kennzeichen zu entziffern. WLG. Das ist bestimmt irgendwo im Osten. An der Ecke der Abzweigung gehe ich hinter einem Busch in Deckung und betrachte die heruntergekommene Fassade. Der Teufel hat längst nicht mehr nur an der Rückseite des Gebäudes den Putz abgeschlagen. Die unteren Fensterläden wurden geöffnet, während im oberen Stockwerk noch alles verrammelt ist. Da das Auto vor der Mühle steht, ist damit zu rechnen, dass sich jemand im Haus befindet, auch wenn ich nirgendwo Licht entdecke. Unwahrscheinlich, dass sie schon schlafen; vielleicht haben sie einfach noch keinen Strom. Oder ich bin hier komplett falsch.

Der Kies in der Einfahrt knirscht, obwohl ich mich bemühe, elfengleich darüber hinwegzuschweben. Hinter dem Volvo kauere ich mich nieder. Wolgast/Usedom steht auf dem Stempel vom Landratsamt. Mecklenburg-Vorpommern. Das bestätigt meinen Verdacht, weshalb ich mich schlagartig noch unwohler bei der Sache fühle. Ich ertappe mich dabei, dass ich jetzt gerne den Lechner an meiner Seite hätte.

Von meiner Position aus kann ich den Eingang sehen. Eine runde Tür mit zwei Flügeln. Früher hing ein schweres Schloss davor, jetzt hat jemand eine Klinke mit Schließzylinder nachgerüstet. So einfach machen sie es mir nicht. Zumindest was den Vordereingang betrifft. Doch da wäre ja noch die andere Möglichkeit. Ich war schon sehr lang nicht mehr hier, aber ich meine mich an ein Tor zu erinnern, durch das früher die Bäume ins Sägewerk gehievt wurden, um als Bretter auf der anderen Seite des Mühlrads wieder herauszukommen. Ich werde nicht erfahren, ob auf der Rückseite die Zugänge ebenfalls vernagelt sind, wenn ich es nicht überprüfe. Nur, wenn ich das tue, muss ich an der Stelle entlang, wo der Riss in der Wand ist. Vorbei am Teufel sozusagen.

Da das Mondlicht nun durch vereinzelte Löcher in der Wolkendecke schimmert, ist die Sicht besser geworden. Gut genug, um nicht irgendwo zu stolpern. Ich bleibe im Schatten der Sträucher und Stauden, die unkontrolliert wuchernd das Grundstück eingrenzen. Bedächtig schleiche ich an der Schmalseite der Mühle entlang bis direkt an die Abrisskante, die hinunter ins Bachbett führt. Dort unten umspült das Wasser wildsaugroße Findlinge, zwischen denen sich schwarzes Geäst verfangen hat. Zehn Meter voraus ragt der Stumpf aus der Mauer, an dem einst das Mühlrad befestigt war. Hier befindet sich der hintere Zugang, eine Holztür, die wenig stabil wirkt. Da reicht ein Windhauch oder die Schulter eines Hygieneinspektors.

Ein Stück davor springt der gezackte Riss die Wand empor. Unter dem aufgeplatzten Putz kann ich die erodierten Ziegel erkennen. Dass sie geradzu blutrot daraus hervorleuchten, muss ich mir einbilden, denn um so was zu erkennen, reicht das blasse Mondlicht gar nicht. An der breitesten Stelle, direkt über der Grasnarbe, herrscht hingegen absolute Finsternis. Die Schwärze der Hölle. Zefix, ich muss auf andere Gedanken kommen!

Obwohl die Fensterläden auf der Rückseite auch im Erdgeschoss geschlossen sind, ducke ich mich unter ihnen hindurch und taste mich an der Wand entlang, bis mich nur noch eine Armlänge von dem Spalt trennt. Aberglaube hin oder her, ich beschließe, das Tor zur Unterwelt in möglichst großem Radius zu umrunden. Leider beträgt der Abstand zwischen Mauer und Bach maximal einen Meter. Das Ufer fällt steil ab, das Gras, das die Böschung säumt, ist glitschig vom Regen. Ich balanciere auf dem schmalen Grat zwischen Todessturz und Luzifers Bannkreis. Es sind ja nur zwei, drei Schritte, rede ich mir zu. Just wie ich den zweiten auf den weichen, nachgiebigen Grund setze, klingelt mein Handy.

Ich rudere wild mit den Armen, und es gelingt mir irgendwie, nicht in den Bach zu fallen. Dafür lande ich schmerzhaft auf den Knien, aber das kann ich verwinden. Das ist ja der Klingelton, den ich dafür eingestellt habe, wenn der Lechner anruft. Bluadige Hennakrepf! Wie kann man so schusslig sein und bei so einem heiklen Unterfangen vergessen, dieses Ding auszumachen. Mit matschigen Fingern suche ich meine Hosentaschen ab. Eine Sekunde später fällt mir wieder einmal ein, dass ich es gar nicht bei mir trage.

Trotzdem bimmelt es ungeniert weiter.

Mit angehaltenem Atem schaue ich auf. In der Tür, durch die ich mich in die Wanningermühle stehlen wollte, steht eine Gestalt, mein Telefon in der Hand, und starrt überrascht darauf. Von unten her angestrahlt vom bläulichen Licht des Displays, könnte man ihn glatt für den Deife halten. Doch trotz seines diabolischen Aussehens und der durchaus satanischen Absichten, die ihn hiergeführt haben, bleibt er ein Mensch aus Fleisch und Blut.

Während er links mein verschwundenes Handy hält, umklammert seine Rechte den Griff einer Pistole, die auf mich zielt.

CALL OF DUTY

Nach Kurzem verstummt das Handy. Er steckt es zurück in seine Jacke und schaut mich an. Dass ich sein billiges Rasierwasser riechen kann, bilde ich mir wahrscheinlich nur ein. Dieses Entlaubungsmittel, das er sich auf die speckigen Wangen schmiert. »Du warst das also, in der alten Scheuer.«

Er zuckt nur mit den Schultern. Es ist zu dunkel, um eine Regung in seinem Gesicht zu erkennen.

»Ist das die Knarre vom Kronawitter?« Was für eine bescheuerte Frage, die mir da über die Lippen kommt. Dass dieser Sauhund weiß, wer der Kronawitter ist, ist äußerst unwahrscheinlich. Allerdings auch nicht so abwegig, überlege ich, denn es ist anzunehmen, dass er die Lage hier bei uns umfangreich ausgespäht hat, bevor er aktiv geworden ist.

»Wenn wo was liegen bleibt, steck ich's gern ein«, antwortet er und wedelt mit der Pistole. »Eine scharfe Waffe an sich zu nehmen, bevor sich jemand damit verletzt, fällt ja quasi schon unter die Bürgerpflicht.«

»Falls man sie unverzüglich gewissenhaft im nächsten Polizeirevier abliefert.« Ich muss irgendwie Zeit schinden. Für was auch immer. Vielleicht zum Verhandeln? Zum Ins-Gewissen-Reden? Das wird ihn nicht jucken, wenn er der ist, für den ich ihn halte.

Für eine Weile belauern wir uns stumm. Er ist bullig und mir sehr wahrscheinlich körperlich überlegen – ganz abgesehen davon, dass er bewaffnet ist.

»Gehen wir rein«, meint er endlich. »Ist zwar nichts Besonderes, aber gemütlicher als hier draußen.«

Warum erschießt du mich nicht gleich und wirfst mich in den Bach? Nein, diese Frage stelle ich lieber nicht. Keine Ahnung, was er in all den Jahren so getrieben hat, aber ich hoffe inständig, dass er in der Ferne nicht einfach der kaltblütige Hund geworden ist, als der er mir momentan gegenübersteht. Besser, ich beteilige mich an der Inszenierung. Vielleicht will er ja tatsächlich nur reden. Sich erleichtern. Beichten. Wobei das nicht unbedingt in der Familie liegt, wie ich feststellen durfte. Weder das Reden noch das Erleichtern. Jedenfalls stemme ich mich hoch und wische mir die schlammigen Hände an den Hosenbeinen sauber. Er macht einen Schritt zur Seite und lässt mir den Vortritt. Ein modriger Geruch empfängt mich. In der Wanningermühle hat schon seit Äonen niemand mehr durchgelüftet. Er lenkt mich über nackten, unebenen Steinboden durch düstere, von Schimmel befallene Gänge hin zu einem Zimmer, aus dem ein schwaches Licht leuchtet. Energisch drückt er mir den Pistolenlauf gegen die Wirbelsäule, und ich folge der Einladung. Mitten im Raum, auf einem verratzten, mit Stockflecken übersäten Tisch steht eine LED-Campinglampe. An der Wand unter dem Fenster liegt ein Schlafsack auf einer Isomatte. Daneben ein Rucksack und zwei Plastiktüten, dem Anschein nach mit Proviant gefüllt. Er haust hier unter erschwerten Bedingungen, keine Frage. Ich versuche mir eben vorzustellen, wie lange schon, da entdecke ich das, was der Jens als Echsenhaut beschrieben hat. *Call of Duty*. Ich habe zwar immer noch keine Ahnung, worauf das anspielt, weiß jetzt aber wenigstens, was mir beim nächtlichen Badeausflug im Freudensee widerfahren ist.

Er folgt meinem Blick hin zu dem Neopreananzug mit den Anschlüssen für die Luftversorgungsschläuche im Brustbereich, der an einem Haken rechts neben der Tür hängt. Das sieht mir nach einer professionellen Ausrüstung aus. Trockentauchanzug nennt man so was, meines Wissens. Handschuhe, Maske, Halsmanschette und Flossen liegen neben den Pressluftflaschen. Wenn man in so einem hermetisch abgeschlossenen System steckt, hinterlässt man keine Spuren am Tatort. Praktisch ist das schon; aber sich zuerst in so ein Ding zu zwängen und dann jemandem eine Schaufel an die Schläfe zu dreschen, zeugt auch von einem unumstößlichen Vorsatz. Damit sind die letzten Zweifel beseitigt. Ich stehe Angesicht zu Angesicht mit einem kaltblütigen Mörder. Mir wird eng um den Brustkorb.

»Ich war zu der Zeit auch bei der Wasserwacht, daran erinnern sich vielleicht nicht mehr viele. Hätten wir damals eine gescheite Ausrüstung gehabt, so wie die hier, dann hätten wir ihn eventuell noch rechtzeitig hochholen können.«

Im kalten Licht der Campinglampe kann ich ihm endlich in die Augen sehen.

»Danach hatte ich nur noch das ehrbare Ziel, Menschen zu retten. Als eine Art Wiedergutmachung, weil es mir beim Johannes nicht geglückt ist.«

Er geht zu dem Tisch. Sein Schritt kommt mir ungemein schwer vor. Eine unendliche Last scheint ihn auf den alten Stuhl zu drücken, auf dem er Platz nimmt. Ich lasse mich von seiner plötzlichen Melancholie nicht täuschen. Immerhin zielt er nach wie vor mit einer Waffe auf mich.

»Setz dich! Ich habe im ganzen Haus genau zwei Stühle gefunden, auf die man sich noch risikofrei hocken kann.«

Ich tue ihm den Gefallen. Erst jetzt sehe ich die Flasche, die zwischen zwei Plastikbechern und den mit Essensresten beladenen Papptellern steht. *Soplica Wisniowa,* polnischer Kirschwodka.

»Hast mir ganz schön eine verpasst, in deiner Panik. Direkt auf die Atemmaske. Ich hätte es freilich wissen müssen. Ertrinkende sind unberechenbar.«

Er deutet auf eine blaugrüne Stelle überm Jochbein, und ich verspüre einen Hauch Genugtuung.

»Nichts für ungut, zu diesem Zeitpunkt sollte ich dir nur einen Schrecken einjagen.« Mit dieser faden Entschuldigung schraubt er die Flasche auf und gießt den klaren Schnaps doppelt fingerhoch in die Becher. Alles mit einer Hand, denn die andere umklammert weiter verbissen den Pistolengriff.

Zwei Becher. Hat er mich erwartet?

Er trinkt. Ex. Ohne auf mich zu warten.

»Weiber«, sagt er, nachdem er sich mit dem Handrücken über den Mund gewischt hat. »Sie hat von Anfang an gesagt, ich soll dich im Auge behalten. Erst hab ich mir gedacht, lass sie reden, aber jetzt bist du hier, und ich muss gestehen, sie hatte wie immer recht.«

»Die Sylvia.«

»Genau, die Sylvia.«

»Sie hat überhaupt nicht vor, sich von dir scheiden zu lassen, um den Schmauderer zu heiraten«, mutmaße ich, und jetzt grinst er mich an, der Löffelmacher Rudi.

WEIBER

Die Campinglampe flackert. Eine Motte und zwei, drei Mücken kreisen um die Lichtquelle. Der Rudi schaut wie hypnotisert den Insekten zu. Bin ich schnell genug, um nach der Schnapsflasche zu greifen und ihm damit die Pistole aus der Hand zu schlagen? Doch was dann? Er ist zwar nicht so groß wie sein Bruder, wirkt aber recht durchtrainiert. Eine Statur wie ein Pitbull.

»Zuerst bin ich an die Ostsee, nach Greifswald. Später dann weiter nach Polen«, beginnt er ungefragt zu berichten. »In Masuren habe ich Sylvia kennengelernt. Ihr Vater hatte dort eine Tauchschule, in Ostróda, am Jezioro Drwęckie. Er war ehemaliger Kampftaucher, ausgebildet von den Russen. Hat mir viel beigebracht. Und Sylvia. Sie war so jung, so bildschön und so schnell schwanger.« Er lächelt schwach. »Aber Polen, Fellinger, Polen und Abtreibung … und dazu einen hochdekorierten Militär als Schwiegervater. Einer, der fürs Töten ausgebildet wurde … Du verstehst, Fellinger, ich hatte nicht wirklich eine Wahl.«

Ich verstehe. In Polen findet man *Abtreibung* nicht mal im Wörterbuch, und was die Erbarmungslosigkeit russischer Söldner angeht, das kennt man ja zu Genüge aus James-Bond-Filmen.

»Die Tauchschule haben wir kurz nach unserer Heirat

übernommen. Da war die Mila schon auf der Welt. Wir hatten eine gute Zeit, aber irgendwie ging nach und nach alles den Bach runter. Ich will dich auch nicht langweilen damit, wie und warum und was schiefgelaufen ist. Wir Löffelmacher haben kein Talent fürs Geschäftemachen. Abgesehen vom Ferdl«, fügt er an und verliert seinen träumerischen Blick.

»Dem wiederum der Erfolg nicht vergönnt wird«, wende ich ein, woraufhin er erneut grinst.

»Nachdem absehbar war, dass uns bald das Geld ausgeht, hat Sylvia begonnen, mich fortwährend dran zu erinnern, dass ich Erbansprüche geltend machen kann. In immer kürzeren Abständen hat sie mich damit getriezt, bis ich schließlich nicht mehr anders konnte, als nachzugeben. Obwohl ich mir damals geschworen habe, nie wieder zurückzukehren, haben wir vor vier Jahren einen Erkundungsausflug hierher unternommen. Als Sylvia sah, was der Ferdl aus dem einfachen Wirtshaus gemacht hat, das sie nur aus meinen Schilderungen von früher kannte, da sind bei ihr die Sicherungen durchgebrannt …«

»Und dein Pflichtteil, den du hättest einfordern können, hat ihr auf einmal nicht mehr gereicht«, runde ich die Geschichte ab und nehme nun meinerseits einen Schluck Wodka. »Ich kapier nur nicht, wie ihr den Schmauderer zu dieser Intrige bewegen konntet.«

»Der Schmauderer«, wiederholt er und zieht eine verächtliche Miene. »Jeden Morgen steht ein Trottel auf, hat der Opa Rainer immer gesagt, man muss ihn nur finden. Der Schmauderer ist einfach der Trottel, den die Sylvia gefunden hat. Es ist schon eine ganze Weile her, da hat er mal eine

Saison lang in Ostróda in einem Luxushotel gekocht. Wir haben dort zu der Zeit Tauchkurse für die Hotelgäste angeboten, und dabei ist er meiner Holden übern Weg gelaufen. Irgendwie hat sie den Kontakt zum Karlheinz nie abreißen lassen, als hätte sie damals schon geahnt, dass sie diesen Bocuse für Arme noch mal brauchen kann. Er war ihr vom ersten Moment an hörig, von daher ist es ihr nicht schwergefallen, ihn so zu bezirzen, dass er ihren Plänen folgt. Da ist er wie ein Hund. Platz, Karlheinz! Fass, Karlheinz!«

»Und du hast das so hingenommen? All die Zeit? Sogar dass du in diesem Loch hausen musstest?«

»Weiber halt!«, winkt er ab und schenkt sich nach. »Ich habe vor allem an die Mila gedacht und dass der Zweck die Mittel heiligt. Es ließ sich alles so gut an. Der Schmauderer hat mitgezogen und im Ort sein Restaurant eröffnet. Um den Druck auf meinen Bruder zu erhöhen. Es war nicht allzu schwer rauszukriegen, dass der sich finanziell weit aus dem Fenster gelehnt hat für seinen Wellnesstempel. Zudem haben wir das Bravourstück hinbekommen und die Mila beim Ferdl untergebracht. Selbst da hat der gutgläubige Karlheinz mitgeholfen und über seine Verbindungen in der Gastroszene ein ansehnliches Zeugnis vom Kempinski organisiert. Leider ist es meinen Damen dann mit dem Dahinscheiden vom Ferdl nicht schnell genug vorangegangen. Und zuletzt hast auch du noch laufend deinen Rüssel mit drin gehabt. Obwohl ich es, wie gesagt, der Sylvia anfangs nicht glauben wollte, dass du ein Problem werden könntest, habe ich letztlich doch damit gerechnet, dass du hier auftauchst. Spätestens nachdem ich noch mal in Milas Wohnung war. Nach der Sache am See habe ich sie genötigt, in aller Eile ihr Zeug zu packen – und dabei muss ihr das Foto unters Bett gerutscht sein. Ich hab darunter die Spur im Staub entdeckt und wusste, dass du die Aufnahme von ihr und mir gefunden hast.«

Wieder flackert das Licht, nun leuchtet es schon deutlich schwächer.

»Batterie«, sagt der Rudi und haut gegen den Sockel der Lampe. Die Motte flattert erschrocken auf.

»Womit ihr inzwischen drei Leute loswerden müsst. Den Ferdl, den Jens und mich.« Ich sollte ihn dahingehend nicht ermuntern, aber wo wir gerade so schön beieinandersitzen … »Das mit dem Ferdl und deinem Neffen kann ich ja noch nachvollziehen, da geht es ums Geld, du wärst Alleinerbe. Aber warum hast du das Reserl erschlagen?«

Bevor er antwortet, stürzt er einen weiteren Becher Wodka hinunter. Den dritten, wenn ich richtig gezählt habe. Ist er so trinkfest wie sein Bruder, wird es sich noch eine Weile hinziehen, bis er besoffen genug ist und ich den Versuch machen könnte, ihn zu entwaffnen. Falls es überhaupt je so weit kommt.

»Mei, die Tante hat sich so gefreut, mich zu sehen. Nach zwanzig Jahren«, sagt er, und kurz leuchten seine Augen auf. »Ich musste Kontakt mit ihr aufnehmen, allein schon, um mein Informationsdefizit auszugleichen. Während des Besuchs bei ihr bin ich dann übrigens auf die Idee gekommen, mich in der Wanningermühle einzuquartieren. Das war auch so ein Zufall, dass ich den aktuellen Besitzer noch von früher her kenne. Ich hab so getan, als würde ich mich für den verfallenen Kasten interessieren, und da war's für meinen alten Spezl überhaupt kein Problem, mir den Schlüssel auszuhändigen. Damit ich jederzeit reinkann mit dem Gutachter, verstehst du?«

Selbstverständlich verstehe ich, aber nichts davon interessiert mich im Moment. »Das Reserl?«, helfe ich ihm, den Faden wieder aufzunehmen.

»Das Reserl, freilich. Gefreut hat sie sich wie ein kleines Kind, als ich vor ihrer Tür stand. Und wie ich sie in den Plan eingeweiht habe, den Ferdl von seinem Thron zu stoßen, war sie gleich eifrig mit dabei. Sie ist schon immer auf das Geheimnistuerische abgefahren, von daher wusste ich, sie kann den Mund halten, wenn sie will … Zumindest so lang, bis ihr aufgegangen ist, was die Sylvia vorhat. Und da konnte ich sie doch schlecht zur Polizei rennen lassen, nicht nachdem wir so weit gekommen waren.«

Dem Reserl war klar geworden, dass nicht nur der verhasste Neffe, sondern auch dessen Sohn dran glauben soll. Der Jens, den sie wiederum in ihr Herz geschlossen hat. Das muss sie in einen argen inneren Konflikt gebracht haben. Ich frage mich, ob sie schon mit sich gerungen hat, als ich in ihrer Küche gesessen und mit ihr zusammen Blutwurz geschnapselt habe. »Den Jens, den wollte sie nicht opfern«, murmle ich vor mich hin.

»Ist ja auch eine arme Sau, der Bub«, sagt er und setzt wieder dieses bedauernde Gschau auf.

Das ärgert mich. »Was soll das Geheuchel? Es ist dir doch nur allzu leichtgefallen, ihn ins offene Messer laufen zu lassen. Was Besseres hätte dir ja gar nicht passieren können, als dass die Polizei ihn für den Mörder seiner Tante hält.«

Bevor er was erwidern kann, fliegt die Tür auf, und zu meiner Bestürzung stolpert der herein, über den wir eben gesprochen haben. Hinter ihm drein die Mila, bewaffnet mit einer Harpune. »Hab ihn draußen beim Rumschnüffeln erwischt«, erklärt sie und richtet den Edelstahlpfeil auf den jungen Löffelmacher.

»Zefix, Jens, du solltest doch bei mir in der Wohnung bleiben«, fahre ich ihn an, womit er sich gleich noch mehr duckt und die Arme über den Kopf wirft. Rotz läuft ihm aus der Nase, seine Wangen glühen. Er schnieft und schaut abwechselnd von mir zur Mila. Dann bleibt sein Blick am Taucheranzug hängen, und man kann direkt zuschauen, wie er die richtigen Schlüsse zieht. Falls überhaupt möglich, wird er noch käsiger um die Nase. Auch er kennt jetzt den Teufel, der ihm seine Tante genommen hat.

»Nimm das Ding runter!«, zischt der Rudi und erntet einen trotzigen Blick von seiner Tochter. Dennoch folgt sie seiner Anweisung und lehnt die Harpune gegen die stockfleckige Wand, von der der Putz bereits vor Jahrzehnten großflächig abgebröckelt ist. Ich starre auf die maritime Jagdwaffe, in der Vorstellung gefangen, dass der Rudi dieses Mordsintrument im Freudensee dabeihatte und was er bei mir damit hätte anrichten können.

Unverhofft steht der Rudi auf, geht zum Jens und hält ihm den Kirschwodka unter die Nase. »Beruhig dich und trink einen Schluck!«

Hat das auch die Mila zum Ferdl gesagt, als sie ihm die Schnapsflasche überreichte? Ist vielleicht auch dieser Hochprozentige mit Gift versetzt? Nein, Schmarrn. Dann würde sich der Rudi wohl kaum selbst so ausgiebig daraus bedienen.

»Keinen Schnaps, bäh!«, erwidert der Jens. Verängstigt,

wie er ist, wundert es mich, dass er eigensinnig den Kopf schüttelt.

Sein Verhalten bringt den Rudi zu Lachen. »Was das angeht, kommst du aber nicht nach deinem Vater.«

»Jetzt lass ihn halt in Ruhe!«, mische ich mich ein, weil ich merke, dass der Bub gleich wieder zu plärren anfängt. In dieser Verfassung könnte man ihn glatt für dreizehn halten.

»Unglaublich, dass ihr mich mit diesem beschränkten Hirni verkuppeln wolltet, um an dieses beschissene Hotel zu kommen«, kommentiert die Mila verächtlich das Verhalten vom Jens. Mit verschränkten Armen steht sie vor der Tür und blockiert so den Weg in die Freiheit.

»Das war, bevor wir wussten, wie schlimm es um ihn steht«, verteidigt sich ihr Vater und sagt zu mir: »Sie ist ein bisserl schlecht drauf, seit ich sie verschwinden lassen habe.«

»Seit ich in diesem abgewrackten Loch mit dir hausen darf, sag doch, wie's ist.«

»Wenn du mit dem Gift ein bisserl sorgsamer umgegangen wärst und nicht versehentlich einen anderen damit umgebracht hättest, hätten wir dich auch nicht aus dem Schussfeld nehmen müssen.«

»Zumindest habe ich Engagement gezeigt, um die Sache zu beschleunigen. Du hast doch selbst feststellen dürfen, dass das Zeug vom Reserl nicht schnell und effektiv genug wirkt. Ich hab dir gleich gesagt, wir brauchen was Stärkeres.«

»Dann hast *du* das Rizin besorgt?«, werfe ich ein, woraufhin ich erneut tödliche Blicke ernte.

»Leider hat an dem Abend jemand die Teller umgestellt, kurz bevor ich servieren wollte, und ich wusste plötzlich nicht mehr, über welchen ich das Gift geträufelt habe.«

Damit wäre auch das Schicksal vom Hansen geklärt, wobei ich nicht behaupten kann, dass es mir um den Fischkopf leidtut.

»Normalerweise war es ganz einfach, das Essen für den Ferdl zu identifizieren, wegen seiner depperten Spezialknödel, die er immer bekommen hat. Aber an diesem Abend hatte einer der Lehrlinge einen Groll auf den Chef und wollte ihn ein wenig an Verdauungsproblemen leiden lassen. Er hat die Knödel ausgetauscht, und so …« Sie stockt mitten in ihrem Geständnis, weil ihr mit einmal aufgeht, dass sie mir keinerlei Erklärung schuldig ist. »Warum lebt der eigentlich noch?«, wendet sie sich stattdessen ungeniert an ihren Vater und bringt mir den Ernst meiner Lage in aller Grausamkeit näher. Wie konnte ich mich von dieser Matz nur so blenden lassen?

Offensichtlich ist auch dem Rudi der martialische Auftritt seiner Tochter unangenehm. »Wir müssen ab sofort ganz vorsichtig sein. Abgesehen davon, dass die Sache schon viel zu viel Staub aufgewirbelt hat, haben wir dummerweise auch die Behörden aufgescheucht. Das Wichtigste ist jetzt, einen kühlen Kopf zu bewahren!«

Die Mila rümpft nur stumm die Nase, und fast könnte er mir leidtun. Vermutlich hat er sich von seinen gierigen Weibern in was reintreiben lassen, was ihm schon lang über den Kopf gewachsen ist, den er so gern kühl halten möchte. Letzlich ist er nicht besser dran als der Schmauderer. Na ja, der hat für *seine* Sylvia zumindest noch keinen umgebracht, das hoffe ich wenigstens. Aber was weiß ich denn, was diese Furie in ihrer Geldgeilheit noch alles inszeniert und wie sie intrigiert hat, um ihr Ziel zu erreichen.

»Sperren wir die beiden wenigstens in den Keller, ich kann dieses Elend nicht länger anschauen«, verlangt die Mila. Was dazu führt, dass der Jens noch lauter schluchzt. Mich hält es nicht mehr auf dem vor Altersschwäche knarzenden Stuhl. Sofort zielt die Mündung von Kronawitters Dienstpistole auf meine Brust. Beschwichtigend hebe ich die Hände, gehe langsam rüber zum Jens und lege ihm den Arm um die Schulter. »Das war eine ausgesprochene Schnapsidee von dir, mir zu folgen.«

»I-i–ich hab halt gmeint, du könntest Verstärkung brauchen«, stottert er.

»Wie bist du überhaupt drauf gekommen, mich hier zu suchen?«

»Mir war irgendwie klar, dass du noch mal bei der Tante vorbeischaust. Dort habe ich dann auch mein Mofa gefunden. Na ja, und nachdem du nicht bei ihr im Haus warst, war es nicht schwer, sich auszurechnen, wohin du gegangen bist.«

Womit ich mir den Schuh anziehen muss, dieser gestörten Familie den legitimen Erben vom Kirchenwirt auf dem Tablett serviert zu haben. Sofern der Ferdl das Giftattentat nicht überlebt, ist der Jens der Letzte, der noch zwischen ihnen und dem Hotel steht.

»Trink jetzt!«, versucht es der Rudi noch mal mit dem Wodka. Der Bub presst die Lippen aufeinander.

»Dein Vater wenn dich so sehen würd«, raunzt sein Onkel ihn an.

»Ist er ja gar nicht.«

»Wer?«, frage ich.

»Der Ferdl.«

»Der Ferdl ist nicht dein Vater?« Ich falle gleich vom Glauben ab. Ich blicke in die Runde. Dem Rudi steht der Mund offen. Selbst die Mila wirkt verdattert.

»Das hat die Mama geschrieben … in dem Brief, bevor sie, na, du weißt schon. Der Papa hat ihn niemandem gezeigt und später gemeint, er hätte ihn verbrannt.«

Die Magdalena hat einen Abschiedsbrief hinterlassen, den der Kirchenwirt allen vorenthalten hat? Leck-o-mio! »Hat er aber nicht«, folgere ich.

»Nicht verbrannt, nicht mal sonderlich gut versteckt«, bestätigt der Jens.

»Und was stand drin, in dem Brief?«

»Dass der Papa nicht mein Papa ist, also nicht mein leiblicher.«

Der Rudi flucht auf Polnisch.

»Hat sie denn wenigsten auch reingeschrieben, wer dein biologischer Vater ist, du Idiot?«, faucht die Mila. Eine Frage, die mir nicht weniger auf der Seele brennt, auch wenn ich sie zurückhaltender gestellt hätte.

»Der Deife«, sagt der Jens, und die Verachtung in seiner Stimme trifft mich bis ins Mark.

»Teufel?«, fragt die Mila. »Welcher Teufel?«

»Na, er«, sagt der Jens und deutet auf seinen Onkel.

»Weiber«, sagt der Rudi.

Dann fällt die Lampe aus.

SCHNEESCHMELZE

In der kurzen Millisekunde, bevor die Dunkelheit das Licht im Raum verschluckt, kommt es mir so vor, als wäre der Rudi sich dieser Vaterschaft durchaus bewusst. Das Geständnis hat ihn wenig überrascht, und vielleicht hat tatsächlich in all der Zeit diese Möglichkeit in seinem flachen Hinterkopf geschlummert. Weshalb ich mich trotz der prekären Lage unwillkürlich frage, ob nicht Magdalenas Schwangerschaft der wahre Grund war, weshalb der Löffelmacher Rudi damals die Flucht in den Osten angetreten hat.

Die Magdalena. Dieses rassige Madl, hinter der sie einst alle her waren. Die scheint sich vor zwanzig Jahren recht unschlüssig gewesen zu sein, welcher der drei Löffelmacher-Brüder ihr am besten zur Seite stehen soll. Praktisch veranlagt, wie sie war, probierte sie deshalb einfach jeden aus. Wobei der Rudi allem Anschein nach über die aktivsten, durchsetzungsstärksten Spermien verfügte.

Und die Mila. Die hätte ihren Cousin, der auf einmal zu ihrem Halbbruder geworden ist, wahrscheinlich am liebsten gleich erschossen. Allerdings ist es nun stockdunkel im Zimmer. Der schwache Mondschein, der durchs Fenster fällt, reicht nicht aus, um zu unterscheiden, wer sich wo im Raum befindet. Ich vertraue darauf, dass der Rudi nicht wild um sich schießen wird. Immerhin könnte er seine Tochter treffen. So wie seinen Sohn.

Schnell schnappe ich nach dem dünnen Faden der Hoffnung. Und nach dem Jens, dessen Standort noch in meinem Gedächtnis haftet, weshalb ich ihn trotz der Finsternis am Oberarm zu packen bekommen.

»Stehen bleiben!«, befielt der Rudi.

»Papa?«, ruft die Mila.

»Aua«, stöhnt der Jens, als ich ihn mit mir reiße. In die Richtung, wo ich die Tür vermute. Niemand steht im Weg. Kein Knall peitscht durch den Raum, kein Mündungsfeuer verscheucht für einen Wimpernschlag die Schwärze. Mein Kopf verfehlt nur knapp den maroden Türstock, auch das spüre ich eher, als dass ich es sehe. Tatsächlich gelange ich mit dem Bub im Schlepp in den Flur, der uns mit massiver Schwärze empfängt. Ich kann mich nicht erinnern, ob's nach rechts geht oder nach links. Der gemeine Rechtshänder entscheidet sich instiktiv für diese Seite. Begleitet von Jens' Wimmern pralle ich nach vier Schritten gegen eine Mauer, bleibe jedoch auf den Beinen. Hinter mir vernehme ich das Scharren von Sohlen auf dem Steinboden und das Zischen von Stimmen. Vater und Tochter in aggressiv gezischtem Austausch, um die Lage wieder unter Kontrolle zu bekommen. Vermutlich auf Polnisch, denn ich verstehe kein Wort bis auf den leicht verzweifelten Ruf nach einer Taschenlampe. Ich ziehe den Jens mit um die Ecke. Wenn ich mich nicht täusche, ist das, was ich da höre, das Rauschen des Bachs. So schnell es die widrigen Umstände zulassen, bewege ich mich in diese Richtung. Eine Hand vor mir ausgestreckt, um die nächste Kollision zu vermeiden, mit der anderen den Arm vom Jens umklammert. Mit Schwung brechen wir durch die knarrende Holztür, durch die mich der Rudi vorhin hereingebeten hat, und stürzen hinaus in die Nacht. Hinein in den eisigen Bach.

Der Jens schreit.

Ich tauche ein in das brodelnde Wasser, und die Kälte trifft mich wie ein Hammerschlag. Wie kann ein Gewässer im Hochsommer so dermaßen saukalt sein, als befänden wir uns mitten in der Schneeschmelze? Wieder packt mich die Panik. Das Freudensee-Trauma, das ich noch nicht verarbeitet habe. Nur ist es diesmal die schiere Naturgewalt des Wildwassers, die mich wie ein Blatt herumwirbelt. Allerdings nur für einen Moment. Da der Bach allenfalls hüfttief ist, bin ich schnell zurück an der sprudelnden Oberfläche. Plötzlich muss ich an die großen Felsbrocken denken, die hier überall verteilt sind. Mir bleibt nicht einmal eine Sekunde, um mir über die verheerenden Folgen einer Kollision mit einem dieser Findlinge Gedanken zu machen, da ramme ich mit dem Rücken voraus auch schon dagegen. Die Kälte dämpft den Schmerz, aber es schleudert mich herum, und der Sog hinter dem Fels drückt mich erneut unter Wasser. Der sandige Grund bietet mir keinen Halt. Ich wirbele lediglich Sediment auf in meinem kopflosen Versuch, mich irgendwo festzuhalten. Unerbittlich spült mich das Wildwasser weiter. Gerade bevor mir die Luft ausgeht, schaffe ich es aufzutauchen, auch wenn ich dank der zahlreichen Salti und Schrauben, die mir der Bachlauf aufgezwungen hat, keine Orientierung mehr habe.

Pack den Ast!

Der ins Wasser ragende Ast ist glitschig, aber ich verfange

mich in der Gabelung und kann mich festhalten. Schwer tosend zerrt es an mir, trotzdem verschaffe ich mir in den nächsten Sekunden einen Überblick.

Wo ist der Jens?

Verschwunden. Abgetrieben? Ersoffen?

Nur ein paar Meter entfernt ist eine Biegung, ein scharfer Knick im Verlauf, das rechte Ufer ausgewaschen. Eine Stelle zum Rauskrabbeln. Ich muss nur loslassen und mich dort hintragen lassen. Die Entscheidung wird mir abgenommen. Ein Schuss zerreißt die Nacht. Meine Hand öffnet sich automatisch, und der Sog nimmt mich mit, als hätte jemand die Klospülung betätigt.

Wie erhofft presst es mich nach wenigen Sekunden gegen die steile Uferböschung. Die angeschwemmten Steine am Grund bieten mir einen guten Stand. Erstmals kann ich mich gegen die Strömung stemmen. Zudem ist die Kuhle seicht. Das kalte Nass umspült mich nur bis knapp unter der Hüfte, als ich mich endlich aufrichte.

Wo ist der Jens?

Und wo der Rudi?

Wie aus dem Nichts taucht der Bub vor mir auf. Mir fehlt die Zeit zum Erschrecken. Das Wasser drückt ihn direkt in meine Arme und in dieser innigen Vereinigung wieder hinab in die eisige Tiefe. Verhakt wie paarungswillige Flußkrebse kämpfen wir uns zurück an die Oberfläche; prustend nach Luft schnappend sinken wir gegen das bewachsene Ufer. Klammern uns nicht nur aneinander, sondern auch in das Schilfgras. Ziehen und zerren. Robben durch das morastige Unterholz, hinaus aus der Kälte, zurück an Land. Zwischen durchweichtem Laub und messerscharfen Gräsern bleiben wir liegen wie zwei gestrandete Welse, die kaum mehr Kraft zum Zappeln haben. Der Jens würgt immer noch Wasser hervor. Vom Mondlicht beschienen erkenne ich, dass er eine Platzwunde überm linken Auge hat. Der morastige Untergrund, so nah am Ufer, saugt an mir. Dann knackt es vor uns. Keine Zeit zum Verschnaufen. Ich zucke hoch und richte mich auf. Durchs Gehölz kommt der Rudi angestapft. Hier draußen braucht er nicht einmal eine Taschenlampe. Die Wolken haben dem Sternenhimmel Platz gemacht. Trockenen Fußes und nicht ohne Schadenfreude im Gesicht erreicht uns der Löffelmacher und nimmt mich ins Visier.

»Und, was hat's euch gebracht? Nix, nur dass ihr jetzt tropfnass ins Gras beißen müsst.« Er kratzt mit dem Schuh den moosigen Boden beseite. »Schön weich, viel Strauchwerk um uns rum und jede Menge Brennnesseln, die Schwammerlsucher und Schwarzfischer abhalten. Ihr habt euch eine gute Stelle ausgesucht, wo ich euch verscharren kann.«

»Rudi!«, krächze ich. »Du wirst doch nicht deinen eigenen Sohn erschießen?«

Mit der Linken hält er sich am Stamm einer Weide fest, als bräuchte er eine moralische Stütze für das, was ihm gleich bevorsteht. »Du musst doch einsehen, Fellinger, dass mir gar nichts anderes übrig bleibt.«

Neben mir fängt der Jens wieder zu schluchzen an.

»Es gibt immer einen Ausweg«, probiere ich es. Traurig, dass mir nichts Besseres als diese substanzlose Standardpsychologie einfällt, jetzt, im Angesicht des Todes.

»Red nicht!«, sagt der Rudi und zielt auf meinen Kopf.

Ich will gerade die Augen zumachen, damit ich das Unausweichliche nicht kommen sehe, da springt etwas wild fauchend aus dem Geäst, ihm direkt ins Gesicht.

Dann fällt der Schuss.

Ich spüre den Luftzug der Kugel. Einen Meter links von mir spritzt feuchtes Erdreich auf. Dreckklumpen klatschen gegen meine Stirn, aber das bemerke ich kaum. Meine ganze Aufmerksamkeit gilt dem Schauspiel, das sich unter der knorrigen Weide ereignet. Der Rudi stolpert kreischend rückwärts und fällt der Länge nach hin. Mit dem Hinterkopf genau auf einen Baumstumpf. Es knirscht ganz grausig in seinem Genick, seine Körperspannung verpufft, und er bleibt regungslos liegen, wie eine Marionette. Vielleicht ist es nur eine Ohnmacht. Oder auch was Schlimmeres. Das kann ich nicht beurteilen, weil sein Gesicht nach wie vor von dem Fellknäuel verdeckt ist, das die Krallen tief in die Kopfhaut gegraben hat. Dann wendet sich das struppige Monstrum mir zu und mustert mich aus schwefelgelben Augen.

»Miez, miez«, stammle ich, und der Herbert löst eine seiner Pranken aus dem rotblonden Schopf vom Löffelmacher und streicht sich lässig arrogant über die Schnurrbarthaare.

QUARANTÄNE

Ob es mir einmal gelingt, vorm Lechner beim Frühschoppen zu sein? Heute jedenfalls nicht. Er hockt schon auf seinem Stammplatz, und sein Bier ist bereits halb leer.

»Wolltest du nicht mit deinen Lieben in die Kirche?«, frage ich und setze mich zu ihm.

»Sommergrippe«, erklärt er. »Die liegen alle flach, und bevor ich mich anstecken lasse, begebe ich mich besser in Quarantäne.«

»Das mit der Quarantäne hast du falsch verstanden«, erkläre ich und winke dem Pauli, dass er mir eine Halbe bringt.

Ich bin gottfroh, dass diese Scheißwoche rum ist und ich trotz meines Eisbades im hiesigen Wildwasser von Erkältungen und Ähnlichem verschont geblieben bin. Dass sie uns Montagnacht relativ zügig gefunden haben, verdanken wir dem Jens. Aber auch der Weitsicht vom Lechner. Wegen der angeordneten Handyortung. Bevor der Jens nämlich los ist, um mir Beistand zu leisten, hat er die SIM-Karte wieder ins Handy geschoben, und sofort hatte ihn die Fahndung auf dem Radar.

Der Jens und ich, wir haben uns vom Bach nicht weggetraut, weil wir nicht wussten, ob nicht auch noch irgendwo die verrückte Mila mit ihrer Harpune lauert. Erst als die Sirenen durch die Nacht hallten und durch die Bäume hindurch die ersten Blaulichter blinkten, kehrte Erleichterung ein. Ich kann ja einerseits von Glück reden, dass der Herbert in seinem Blutrausch nicht auch noch uns angefallen hat. Andererseits verdanken wir diesem Katzenviech unser Leben. Diese Geschichte, dass der Kater den Tod seines Frauchens auf so spektakuläre Weise gerächt hat, die glaubt uns ohnehin keiner. Nicht einmal die Boulevardpresse hat sich darauf eingelassen. Allesamt haben sie von einer Wildkatze berichtet, die sich vermutlich aus dem Nationalpark zu uns heraus verirrt hat und die der Täter aufgeschreckt haben soll. Ist ja auch wurscht. Es reicht völlig, wenn *ich* weiß, dass es der Herbert war. Manche Sachen sind so merkwürdig, die behält man besser für sich. Der Kater war nach dem Eintreffen der Polizei nicht mehr auffindbar. Er hatte seine Vergeltung und ist zurück in die Wälder verschwunden, wo er nun vermutlich umherstreicht und unvorsichtige Katzendamen beglückt, egal ob wild oder domestiziert. Es sei ihm vergönnt.

»Der Rudi ist übrigens aufgewacht«, verkündet der Lechner, als wüsste er, worüber ich eben nachgedacht habe. »Und der Ferdl soll bei ihm am Bett gesessen haben, als er gestern Abend das Bewusstsein wiedererlangt hat. So verrückte Geschichten passieren nur bei uns, Fellinger, das sag ich dir.«

Der Ferdl hat sich letztlich als unverwüstlich gezeigt, zumindest was seine Physis angeht. In der Wodkaflasche hat das Labor zwar keine Toxine gefunden, doch seine Laborwerte haben bestätigt, dass er an einer schleichenden Vergiftung litt. Offensichtlich hat ihm die polnische Verwandschaft über einen längeren Zeitraum heimlich und hinterhältig ein pflanzliches Toxin verabreicht. Irgendein Zeug, das vermutlich seine Großtante angesetzt hatte. Das

Rizin, mit dem die Mila die Sache schließlich beschleunigen wollte, ist ja wie bekannt auf dem falschen Teller gelandet. Der Rudi geht jedenfalls in den Knast, sobald er wieder gehen *kann*. Interessieren würde mich schon, was ihm sein Bruder am Krankenbett zugeflüstert hat, dass es ihn sogar aus dem Koma gerissen hat. Na, vielleicht rückt der Ferdl beim nächsten Schafkopf-Turnier damit raus.

Die Mila hat es vorgezogen, endgültig zu verschwinden, genau wie ihre Mutter. Dass die Sylvia stiften gegangen ist, weiß ich vom Schmauderer. Den habe ich selbstverständlich diese Woche besucht, sobald ich wieder dazu fähig war, meinen Chemiekoffer zu tragen. Der hat mir vielleicht die Ohren vollgejammert! Wie sie ihm das nur hat antun können. Ihn allein zu lassen mit dem Restaurant. Jetzt, wo der Michelin sich angekündigt hat. Und überhaupt. Die Trauringe hätte sie auch schon ausgesucht gehabt.

Gut, irgendwie hat er mir leidgetan, und ich habe ihn glimpflich davonkommen lassen, was die Beanstandungen im Rahmen der Lebensmittelkontrollen angeht. Gnade vor Recht, möchte ich mal sagen, auch weil er ohnehin nicht mehr lang durchhält. Ein Gourmetrestaurant in unserem Kaff – so ein Schmarrn ist vorher noch keinem eingefallen.

Den Kirchenwirt wird's freuen, wenn der Rote Ochse bald wieder schließt. Und mich auch, weil mir das irgendwie das Gefühl gibt, dass dann endlich wieder Ruhe bei uns einkehrt. Dass es wieder beschaulich wird – spätestens dann, wenn die Urlaubssaison rum ist.

Der Pauli kommt mit meinem Bier daher und hockt sich gleich mit dazu. Er trinkt Mate-Tee aus der Flasche. Der Lechner und ich mustern ihn besorgt.

»Was ist denn das?«

Er schaut auf das Getränk, als würde ihm erst jetzt aufgehen, was er da in der Hand hält. »Meine Alte hat sich diesen Dreck vom Getränkelieferanten aufschwätzen lassen. Aber den Gästen kann ich so ein Gebräu nicht zumuten, und irgendwer muss es ja wegsaufen«, entschuldigt er sich. »Und ich soll viel Flüssigkeit zu mir nehmen, hat mir die Frau Doktor verordnet.«

»Mit Flüssigkeit meinst du demnach was ohne Alkohol«, mutmaße ich.

»Leider«, bedauert der Pauli, und wahrscheinlich wäre es jetzt angemessen zu fragen, wie es denn überhaupt zu diesem therapeutischen Ratschlag hat kommen können. Aber weder der Lechner noch ich wollen wissen, was ihm für eine Diagnose gestellt worden ist. So sind wir halt. Selbst unter engsten Freunden sind wir in bestimmten Dingen erst mal zurückhaltend. Damit sich niemand peinlich berührt fühlen muss. Was nicht heißt, dass wir ohne Mitgefühl sind, weshalb der Pauli ausnahmsweise von Häme verschont bleibt und mit dem Mate-Tee anstoßen darf.

Dann klingelt mein Handy. Das habe ich tatsächlich wiedergekriegt. *Unbürokratisch*, hat der Lechner das genannt und es mir einen Tag nach der Verhaftung vom Rudi wohlwollend zugesteckt. Was auch das Mindeste ist, finde ich. Immerhin habe ich ihm schon wieder einen Fall gelöst. Wobei man ja nicht von einer Verhaftung sprechen kann, eher von Aufsammeln. Die Nummer auf dem Display verspricht nichts Gutes. Meine Dienststelle. Samstags! Das ist nicht nur ärgerlich, sondern auch sehr ungewöhnlich. Der Lechner und der Pauli schauen mich an. *Geh halt endlich ran!*, sagen ihre Blicke, und ich füge mich dem Unausweichlichen.

Es ist die Frau Gottinger, die Sekretärin vom Hartinger.

»Frau Gottinger? An einem Samstag?«

»Herr Fellinger! Mei, es tut mir auch leid, Sie am Wochenende … aber der Herr Dr. Hartinger, dem war das ganz arg, dass ich Ihnen das nicht schon gestern ausgerichtet habe. Sie kennen ihn ja, wenn er …«

»Nur zu gut, Frau Gottinger«, falle ich ihr ins Wort. »Und mir muss es leidtun, dass er Sie deswegen extra am Wochenende ins Büro zitiert.«

Daraufhin sagt sie nichts, aber ich nehme an, dass sie mir im Geiste zustimmt und den Hartinger im Stillen als Arschloch vor dem Herrn bezeichnet.

»Also, ich soll Ihnen mitteilen, dass die Ermittlungen gegen Sie mit sofortiger Wirkung eingestellt wurden. Die Hinweise auf Bestechlichkeit haben sich als haltlos erwiesen. Der Dr. Hartinger hat sich persönlich dafür eingesetzt, dass diese Sache schnell vom Tisch kommt.«

So so, der Hartinger. Meint er wirklich, dass ich mich so leicht um den Finger wickeln lasse? Dieser alte Schleimscheißer. Die Geschichte ist für mich noch lang nicht ausgestanden. Aber das behalte ich für mich. Ich wünsche der Frau Gottinger ein schönes Restwochenende und trenne, für den Moment höchst zufrieden, die Verbindung.

Erwartungsvoll beugen sich der Kellerwirt und der Polizeihauptmeister über den Tisch. »Rein geschäftlich«, erkläre ich beiläufig und trinke mein Bier leer. Über den Schaum hinweg kann ich durchs Halbeglas hindurch ihre Enttäuschung sehen. »Hat mich wie immer gefreut!«, verkünde ich, drücke dem Pauli einen Fünfer in die Hand und stehe auf.

»Du willst doch nicht jetzt schon …«, fängt der Lechner an und schaut leicht verwirrt auf die Uhr.

»Ich muss bei meinen Eltern vorbei. Es gibt Schweinsbraten.«

»Es ist doch erst elf«, wirft der Pauli ein, der mit fünf Euro Zeche nicht einverstanden zu sein scheint. Selbstverständlich hat er recht, es ist viel zu früh, aber ich will vorher noch die Höllmüllerin abholen. Die ist nämlich auch eingeladen, aber davon erzähle ich den beiden Bierdimpfln nix. Dann haben sie auch nichts, worüber sie sich das Maul zerreißen können, sobald ich weg bin.

Das Wetter ist prächtig, vielleicht machen die Franziska und ich im Anschluss ans Essen eine kleine Wanderung, hinauf auf den Feichthiaslberg.

Der Schauberger hat sich natürlich nicht mehr blicken lassen. An diesem herrlichen Tag und im Hinblick auf die gemeinsamen Stunden mit der Höllmüllerin an diesen Dreckhamme zu denken ist schon fast eine Schande. Aber ich bin durchaus schadenfroh, dass sich dem sein kriminelles Vorhaben so sauber totgelaufen hat. Kolbenfresser auf ganzer Linie.

Genau wie für den Kriminalkommissar Ritzer. Da kommt gleich noch mehr gehässige Stimmung auf. Der Kelch der Innenrevision ist nämlich an mir vorübergegangen und zum Ritzer hin weitergereicht worden. Gegen den Oberlippenbart läuft ein Ermittlungsverfahren. Details lässt der Lechner darüber nicht raus, weil es ihm ohne Frage saupeinlich ist, sich dem Kriminaler die ganze Zeit über so angebiedert zu haben. Nur so viel habe ich rausbekommen: Der Ritzer hat gern mal die Hand aufgehalten, wenn der Hansen und der Schauberger wieder ein paar frische Damen aus dem Osten rübergeholt haben. Die Genugtuung, die ich darüber verspüre, hat erheblich zu meiner raschen Genesung beigetragen. Genau wie die Tatsache, dass meine Eltern das mit der Ferienwohnung auf Eis gelegt haben. Weil es immer noch zwickt, im Kreuz, erklärt der Papa – ohne dass ich ihm das wirklich abnehme. Ja, der Tag könnte wahrlich nicht besser sein. Voller Energie und Seelenfrieden steuere ich mein Auto an und muss abrupt stehen bleiben, kaum dass ich um die Ecke biege. Ja, leck mich am Arsch! Das gibt es doch gar nicht. Im ersten Moment weiß ich nicht, ob ich lachen oder weinen soll. Aber eine Sekunde darauf muss ich natürlich laut auflachen. Was denn auch sonst. Wie hat der Lechner vorhin gesagt: *Solche Geschichten passieren nur bei uns.* Ich gebe ihm ja nicht oft recht, aber diesmal kann ich nicht anders. Ich behaupte gern, dass ich mich recht gut mit Käfern und andersgearteten Schädlingen auskenne – mit Säugetieren dafür weniger. Wie auch immer, bisher habe ich es für zoologisch unmöglich gehalten, dass Katzen lachen können. Trotzdem schwöre ich Stein und Bein, dass mich der Herbert angrinst, wie er da brettlbreit auf der Motorhaube von meinem BMW liegt. Na, wenn das mal nicht der Beginn einer innigen Freundschaft ist.

Bluadige Hennakrepf

Ab und an habe ich mir beim Schreiben gedacht: *Jetzt schlägst du über die Stränge.* Ständig schleudern sich die Leute bar jeglichen Anstands unverblümt Schimpfworte an den Kopf. Ist das denn wirklich so? Gehen die Niederbayern so miteinander um?

O ja! Sie tun es. Sagen dem anderen geradeheraus auf den Kopf zu, was sie von ihm halten. Und das hat überhaupt nichts mit der Verrohung der Umgangsformen zu tun, wie das in den Medien gelegentlich beklagt wird. Bei uns war das schon immer so, folglich ist es Kultur. Und das ist gut so! Zumal ja nicht jede verbale Attacke böse gemeint ist.

Motherfucker muss je nach Gesellschaftsstruktur oder Gruppenzugehörigkeit auch nicht zwingend eine Beleidigung sein. Kurz gesagt, wir Niederbayern sind durchaus ein liebenswertes Völkchen, und falls es doch einmal zu Missverständnissen kommt, dann liegt das in den allermeisten Fällen an kulturellen Unterschieden und falscher Interpretation des Vorgefallenen.

Wer sich mithilfe des Romans geografisch wie landschaftlich orientieren möchte, wird feststellen, dass nicht zu hundert Prozent darauf Verlass ist. Die schriftstellerische Freiheit, die ich mir wieder mal großzügig herausgenommen habe, lässt mich ab und an Berge versetzen oder Täler graben, wo in Wirklichkeit keine sind. Lassen Sie sich davon nicht beirren, auch das Wasser im Freudensee ist in der Realität nicht so kalt wie beschrieben. Seien Sie mutig und finden Sie einfach selber raus, inwieweit Sie mir da vertrauen können.

Ansonsten gilt natürlich wie immer: Alle Figuren und Ereignisse in diesem Buch sind fiktiv. Jede Ähnlichkeit zu realen Personen, lebendig oder tot, ist rein zufällig und nicht beabsichtigt.

Abschließend gilt mein Dank meinem Lektor Tim Müller, dem Team von Heyne Hardcore, meiner stets aufmerksamen Redakteurin Tamara Rapp sowie der Agentur Schlück. Nicht unerwähnt möchte ich meine Autorenkolleginnen und -kollegen vom Club der fetten Dichter lassen, die mir stets mit Rat und Tat und vor allem mit tiefer Freundschaft beiseite stehen. Meiner Familie danke ich für ihre Unterstützung in jeglicher Hinsicht. Meiner lieben Chris zudem dafür, dass sie sich auch diesmal wieder mit viel Geduld durch den ersten Entwurf gearbeitet und mir wertvolle Hinweise gegeben hat.

Als kleine Hilfe habe ich Ihnen wieder die verwendeten Begriffe, Ausdrücke und Formulierungen aufgelistet, von denen ich meine, dass sie eventuell einer Erklärung bedürfen.

Kleine Übersetzungshilfe

ausgschamt – *unverschämt*

BayWa – ehemals niederbayerische Baumarktkette, sehr beliebt bei Landwirten, neuerdings gesamtbayerisch und auch in Baden-Württemberg zu finden, was an der Globalisierung liegen muss

Bierdimpfl – *dem Gerstensaft sehr zugetane Person*

Bluadige Hennakrepf – wörtlich blutige Hühnerkröpfe, *Fluch, der einen fragwürdigen Zustand beschreibt*

Boa – *Knochen*

Bua – *Bube*

dablecka – *verhöhnen, verspotten, aufziehen*

dahoam – *daheim*

Deife – *Teufel*

Dorfratschn – *meist ältere Dame, die den hiesigen Klatsch und Tratsch unverblümt in aller Ohren trägt*

Dreckhamme – *auch Dreckhammel,* Schimpfwort

Gfries – *unschöner, missmutiger Gesichtsausdruck*

a gmahde Wies' – wörtlich eine gemähte Wiese, *zumeist anzuwenden auf eine Frau, für die man wenig Aufwand betreiben muss, um sie für sich zu gewinnen; kann aber für vieles benutzt werden, für das nichts oder nicht viel getan werden muss, um es zu erlangen*

Gnick – *Genick*

Graffl – *unnützes Zeug*
Grattler – *heruntergekommener Typ*
Gschaftlhuber – *Wichtigtuer*
Gschau – *wenig intelligenter Blick*
Gsottenes – *gekochtes Fleisch, meist schwach geräucherter Schweinebauch*
Gspusi – *Liebhaber/-in*
guade Schua – *gute Schuhe*
jetzt hat's gschnackelt – *jetzt ist der Groschen gefallen*
Hausleut – *Eigentümer einer zumeist ländlichen Immobilie*
Hundling – *Hund*, abwertend
Karteln – *Kartenspielen*
Kuchel – Küche
Lätschn – großer, hässlicher Mund
Loamsiada – wörtlich Leimsieder, *in seiner Interaktion arg langsame Person*
Matz – *ungezogenes Mädchen*
nachkarteln – *nachfragen, auch hinterfragen, alles mit einer gewissen Vehemenz*
Noderhirn – wörtlich Natternhirn, *kleingeistiges Individuum*
Sautrog – *Utensil für die Hausschlachtung*
Schmarrn – *Unsinn*
schnapseln – *Hochprozentiges zu sich nehmen*
Schnaxlausflug – *Reise mit der Absicht, einen (zumeist bezahlten) Beischlaf auszuüben*
Schnaxln – *Geschlechtsverkehr*
Schraz/Schrazn – negativ für *Kind/Kinder*
Schnointreiber – *Zuhälter, ein im Umgang mit leichten Mädchen versierter Mann*
Schusser – *Murmeln*

Sprichklopfer – *Sprücheklopfer*
Stamperl – *Maßeinheit für Schnaps, Schnapsglas*
Tandler – abfällig für *Händler*
tramhappert – *noch im Halbschlaf, zu nichts zu gebrauchen*
Viahaxerter – wörtlich Vierbeiniger, *niederbayerischer Yeti*
Waidler – *aus dem Bayerischen Wald stammende Person (m/w)*
Watschn – *Backpfeife*
Zefix – religiöser Fluch, Abkürzung von *(Kreuz-)Kruzifix, ausbaufähig durch Zefixhalleluja*
zuzeln – *saugen, z. B. die Weißwurst, aus der Hülle heraus*

Luis Sellano

Sonne, Mord und Portugal

978-3-641-17854-3

978-3-641-17852-9

978-3-453-41946-9

978-3-453-43922-1

HEYNE